FRANZ KAFKA

The Trial

SPANISH EDITION

Publicado por

PUBLICACIONES DE PAGES PLANET

Correo electrónico: pagesplanetpublishing@gmail.com

Para obtener más información o realizar consultas, póngase en contacto con el editor en el correo electrónico anterior.

Publicado por primera vez por Pages Planet Publishing en 2025

PAGES PLANET PUBLISHING

CONTENTS

Capítulo primero
Arresto: conversación con la señora Grubach y luego con la señorita Bürstner

Alguien debía de haber estado mintiendo sobre Josef K., sabía que no había hecho nada malo pero, una mañana, fue arrestado. Todos los días, a las ocho de la mañana, la cocinera de la señora Grubach le traía el desayuno —la señora Grubach era su casera—, pero hoy no venía. Eso nunca había sucedido antes. K esperó un momento, miró desde la almohada a la anciana que vivía enfrente y que lo observaba con una curiosidad poco habitual en ella, y finalmente, hambriento y desconcertado, tocó el timbre. Inmediatamente llamaron a la puerta y entró un hombre. Nunca antes había visto a ese hombre en esta casa. Era delgado pero de complexión firme, su ropa era negra y ceñida, con muchos pliegues y bolsillos, hebillas y botones y un cinturón, todo lo cual daba la impresión de ser muy práctico pero sin dejar muy claro para qué servían realmente. —¿Quién es usted? —preguntó K., sentándose medio derecho en su cama. El hombre, sin embargo, ignoró la pregunta como si su llegada simplemente tuviera que ser aceptada, y simplemente respondió: "¿Llamaste?" —Anna debería haberme traído el desayuno —dijo K—. Trató de averiguar quién era realmente el hombre, primero en silencio, simplemente observando y pensando en ello, pero el hombre no se quedó quieto para ser mirado por mucho tiempo. En lugar de eso, se acercó a la puerta, la abrió un poco y le dijo a alguien que claramente estaba de pie justo detrás de ella: —Quiere que Anna le traiga el desayuno. Hubo una pequeña risa en la habitación vecina, no estaba claro por el sonido si había varias personas riendo. El extraño hombre no podía haber aprendido nada de ello que no supiera ya, pero ahora le dijo a K., como si estuviera haciendo su informe: «No es posible». —Sería la primera vez que ocurría —dijo K., mientras saltaba de la cama y se ponía rápidamente los pantalones—. Quiero ver quién es el que está en la habitación de al lado, y por qué la señora Grubach ha permitido que me molesten de esta manera. Inmediatamente se le ocurrió que no tenía por qué haberlo dicho en voz alta, y que hasta cierto punto debía haber reconocido su autoridad al hacerlo, pero eso no le parecía importante en ese momento. Al menos, así es como lo tomó el desconocido, cuando dijo: "¿No crees que será mejor que te quedes donde estás?" No quiero quedarme aquí ni que me hables hasta que te hayas presentado. —Lo hice por tu bien —dijo el desconocido y abrió la puerta, esta vez sin que nadie se lo pidiera—. La habitación contigua, en la que K entró más despacio de lo que se había propuesto, parecía a primera vista exactamente igual que la noche anterior. Era la sala de estar de la señora Grubach, repleta de muebles, manteles, porcelanas y fotografías. Tal vez había un poco más de espacio de lo habitual hoy, pero si era así, no era obvio de inmediato, especialmente porque la principal diferencia era la presencia de un hombre sentado junto a la ventana abierta con un libro del que ahora levantaba la vista. "¡Deberías haberte quedado en tu habitación! ¿No te lo dijo Franz? -¿Y qué es lo que quieres, entonces? -preguntó K., mirando de un lado a otro entre este nuevo conocido y el que se llamaba Franz, que se había quedado en la puerta. A través de la ventana abierta volvió a ver a la anciana, que se había acercado a la ventana de enfrente para poder seguir viéndolo todo. Mostraba una curiosidad que realmente hacía parecer que se estaba volviendo senil. —Quiero ver a la señora Grubach... —dijo K., haciendo un movimiento como si se apartara de los dos hombres, a pesar de que estaban muy lejos de él, y quisiera irse. —No —dijo el hombre de la ventana, que arrojó el libro sobre una mesita y se levantó—. "No puedes irte cuando estás bajo arresto". —Así es como parece —dijo K. —¿Y por qué estoy detenido? —preguntó entonces. "Eso es algo que no estamos autorizados a decirte. Ve a tu habitación y espera allí. Los procedimientos están en marcha y se enterará de todo a su debido tiempo. Realmente no es parte de mi trabajo ser amigable contigo de esta manera, pero espero que nadie, aparte de Franz, se entere, y él ha sido más amigable contigo de lo que debería haber sido, según las reglas, él mismo. Si sigue teniendo tanta suerte como la ha tenido con los agentes que lo arrestaron, entonces puede contar con que las cosas le irán bien. K quiso sentarse, pero luego vio que, aparte de la silla junto a la ventana, no había ningún lugar en la habitación donde pudiera sentarse. —Tendrás la oportunidad de comprobar por ti mismo cuán cierto es todo esto —dijo Franz, y los dos hombres se acercaron a K—. Eran significativamente más grandes que él, especialmente el segundo hombre, que con frecuencia le daba palmadas en el hombro. Los dos palparon el camisón de K. y le dijeron que ahora tendría que ponerse uno de mucha menor calidad, pero que se quedarían con el camisón junto con el resto de su ropa interior y se la devolverían si su caso salía bien. "Es mejor para ti que nos entregues las cosas que si las dejas en el almacén", le dijeron. "Las cosas tienden a desaparecer en el almacén, y después de un cierto tiempo venden las cosas, ya sea que el caso involucrado haya llegado a su fin o no. Y casos como este pueden durar mucho tiempo, especialmente los que han estado surgiendo últimamente. Te darían el dinero que consiguieron por ellos, pero no sería mucho, ya que lo que cuenta no es lo que les ofrecen cuando los venden, sino cuánto se les escapa, y cosas así pierden su valor de todos modos cuando pasan de mano en mano, año tras año. No le daba mucho valor a lo que aún poseía ni a quién decidía lo que les sucedía. Era mucho más importante para él tener una comprensión clara de su posición, pero no podía pensar con claridad mientras estas personas estaban allí, el vientre del segundo policía —y solo podían ser policías— parecía lo suficientemente amigable, sobresaliendo hacia él, pero cuando K levantó la vista y vio su rostro seco y huesudo, no pareció encajar con el cuerpo. Su fuerte nariz se torció hacia un lado, como si ignorara a K y compartiera un entendimiento con el otro policía. ¿Qué clase de personas eran estas? ¿De qué estaban hablando? ¿A qué cargo pertenecían? Al fin y al cabo, K. vivía en un país libre, en todas partes había paz, todas las leyes eran decentes y se cumplían, ¿quién era el que se atrevía a abordarlo en su propia casa? Siempre se inclinó a tomar la vida tan a la ligera como podía, a cruzar puentes cuando llegaba a ellos, a no prestar atención al futuro, incluso cuando todo parecía amenazado. Pero en este caso eso no parecía lo correcto. Podría haberlo tomado todo como una broma, una gran broma montada por sus colegas en el banco por alguna razón desconocida, o también tal vez porque hoy era su trigésimo cumpleaños, todo era posible, por supuesto, tal vez todo lo que tenía que hacer era reírse en la cara de los policías de alguna manera y ellos se reirían con él, tal vez eran comerciantes de la esquina de la calle, lo parecían, pero, no obstante, desde que vio por primera vez al que se llamaba Franz, estaba decidido a no perder la más mínima ventaja que pudiera haber tenido sobre aquella gente. Existía un riesgo muy leve de que la gente dijera más tarde que no podía entender un chiste, pero, aunque normalmente no tenía la costumbre de aprender de la experiencia, también podría haber tenido en mente algunas ocasiones sin importancia en las que, a diferencia de sus amigos más cautelosos, había actuado sin pensar en absoluto en lo que podría suceder y se le había hecho sufrir por ello. No quería que eso volviera a suceder, al menos no esta vez; Si estaban actuando, él actuaba junto con ellos.

Todavía estaba a tiempo. —Permítame —dijo, y se apresuró a entrar en su habitación entre los dos policías—. —Parece bastante sensato —oyó que decían a sus espaldas—. Una vez en su habitación, abrió rápidamente el cajón de su escritorio, todo estaba muy ordenado, pero en su agitación no pudo encontrar los documentos de identificación que buscaba de inmediato. Finalmente encontró su permiso de bicicleta y estaba a punto de volver a la policía con él cuando le pareció demasiado mezquino, así que siguió buscando hasta que encontró su certificado de nacimiento. Justo cuando volvía a la habitación contigua, se abrió la puerta del otro lado y la señora Grubach estaba a punto de entrar. Solo la vio un instante, porque tan pronto como reconoció a K. se sintió claramente avergonzada, pidió perdón y desapareció, cerrando la puerta detrás de ella con mucho cuidado. —Entra —podría haber dicho K en ese momento—. Pero ahora estaba de pie en medio de la habitación, con los papeles en la mano y sin dejar de mirar la puerta, que no volvía a abrirse. Permaneció así hasta que el grito del policía que estaba sentado en la mesita de la ventana abierta y, como K vio ahora, estaba desayunando. "¿Por qué no entró?", preguntó. —No se le permite —dijo el corpulento policía—. —Está usted detenido, ¿verdad? "Pero, ¿cómo puedo estar bajo arresto? ¿Y cómo es que es así? —Ahora empiezas de nuevo —dijo el policía, mojando un trozo de pan con mantequilla en el tarro de miel—. "No respondemos a preguntas como esa". —Tendrá usted que contestarles —dijo K. —Aquí están mis documentos de identificación, ahora muéstrame los tuyos y ciertamente quiero ver la orden de arresto. —¡Oh, Dios mío! —exclamó el policía—. "En una posición como la tuya, y crees que puedes empezar a dar órdenes, ¿verdad? No te servirá de nada ponernos en el lado equivocado, incluso si crees que lo hará... ¡probablemente estemos más de tu lado que cualquier otra persona que conozcas! —Es verdad, ya sabes, será mejor que lo creas —dijo Franz, sosteniendo una taza de café en la mano, que no se llevó a la boca, sino que miró a K de una manera que probablemente estaba llena de significado, pero que en realidad no podía entenderse—. K. se encontró, sin proponérselo, en un diálogo mudo con Franz, pero luego se golpeó los papeles con la mano y dijo: —Aquí están mis documentos de identidad. —¿Y qué quiere usted que hagamos al respecto? —replicó el policía corpulento en voz alta. "La forma en que te estás comportando, es peor que un niño. ¿Qué es lo que quieres? ¿Quiere terminar este gran y sangriento juicio suyo rápidamente hablando con nosotros sobre identificación y órdenes de arresto? Solo somos cobres, eso es todo lo que somos. Los oficiales subalternos como nosotros apenas distinguimos un extremo de una tarjeta de identificación de la otra, todo lo que tenemos que hacer con usted es vigilarlo durante diez horas al día y que nos paguen por ello. Eso es todo lo que somos. Eso sí, lo que podemos hacer es asegurarnos de que los altos funcionarios para los que trabajamos averigüen qué tipo de persona es la que van a arrestar, y por qué debería ser arrestada, antes de emitir la orden de arresto. Ahí no hay error. Nuestras autoridades, hasta donde yo sé, y solo conozco los grados más bajos, no salen a buscar culpas entre el público; Es la culpa la que los saca de la cárcel, como dice la ley, y nos tienen que mandar a los policías. Esa es la ley. ¿Dónde crees que habría algún error ahí? —Yo no conozco esta ley —dijo K. —Tanto peor para usted, entonces —dijo el policía—. —Es probable que sólo exista en su cabeza —dijo K., deseando, de algún modo, insinuar su camino en los pensamientos de los policías, remodelar esos pensamientos en su beneficio o sentirse como en casa allí. Pero el policía se limitó a decir con desdén: "Lo sabrás cuando te afecte". Franz se unió y dijo: "Mira esto, Willem, admite que no conoce la ley y al mismo tiempo insiste en que es inocente". —Tienes toda la razón, pero no podemos hacerle entender nada —dijo el otro—. K. dejó de hablar con ellos; ¿De veras tengo que seguir enredándome con la cháchara de funcionarios de base como éste?, y ellos mismos admiten que son de la posición más baja. De todos modos, están hablando de cosas de las que no tienen la menor comprensión. Es solo por su estupidez que son capaces de estar tan seguros de sí mismos. Solo necesito unas pocas palabras con alguien de la misma posición social que yo y todo será incomparablemente más claro, mucho más claro de lo que una larga conversación con estos dos puede hacerlo. Caminó un par de veces de un lado a otro del espacio libre de la habitación, al otro lado de la calle pudo ver a la anciana que, ahora, había acercado a un anciano, mucho mayor que ella, a la ventana y lo había rodeado con sus brazos. K. tuvo que poner fin a esta exhibición: "Llévame a tu superior", le dijo. "Tan pronto como quiera verte. No antes —dijo el policía, el que se llamaba Willem— . —Y ahora mi consejo para ti —añadió— es que vayas a tu habitación, mantengas la calma y esperes a ver qué se hace contigo. Si sigues nuestros consejos, no te cansarás pensando en cosas sin ningún propósito, necesitas recomponerte ya que hay mucho que te va a exigir. No te has comportado con nosotros como nos merecemos después de haber sido tan buenos contigo, olvidas que nosotros, seamos lo que seamos, seguimos siendo hombres libres y tú no, y eso es una gran ventaja. Pero a pesar de todo eso, seguimos dispuestos, si tienes dinero, a ir a buscarte el desayuno a la cafetería de enfrente.

Sin dar ninguna respuesta a esta oferta, K se quedó quieto durante algún tiempo. Tal vez, si abriera la puerta de la habitación contigua o incluso la puerta principal, los dos no se atreverían a interponerse en su camino, tal vez esa sería la forma más sencilla de resolver todo el asunto, llevándolo a un punto crítico. Pero tal vez lo agarrarían, y si lo tiraban al suelo, perdería toda la ventaja que, en cierto aspecto, tenía sobre ellos. De modo que optó por la solución más segura, el modo en que las cosas se desarrollarían en el curso natural de los acontecimientos, y regresó a su habitación sin que él ni los policías dijeran nada más.

Se dejó caer en la cama y del tocador sacó la manzana que había puesto allí la noche anterior para desayunar. Ahora era todo el desayuno que había desayunado y, de todos modos, como confirmó en cuanto le dio su primer gran bocado, era mucho mejor que un desayuno que podría haber tomado gracias a la buena voluntad de los policías del sucio café. Se sentía bien y confiado, no había podido ir a trabajar al banco esa mañana, pero eso podía excusarse fácilmente debido a la posición relativamente alta que ocupaba allí. ¿Realmente debería enviar su explicación? Se lo preguntó. Si nadie le creía, y en este caso eso sería comprensible, podía traer a la señora Grubach como testigo, o incluso a la pareja de ancianos del otro lado de la calle, que probablemente ya ahora se dirigían a la ventana de enfrente. A K le desconcertaba, al menos le desconcertaba viéndolo desde el punto de vista de los policías, que le hubieran hecho entrar en la habitación y lo hubieran dejado allí solo, donde tenía diez maneras diferentes de matarse. Al mismo tiempo, sin embargo, se preguntó, esta vez viéndolo desde su propio punto de vista, qué razón podría tener para hacerlo. Porque esos dos estaban sentados allí, en la habitación de al lado, y tal vez le habían tomado el desayuno. Habría sido tan inútil suicidarse que, incluso si hubiera querido, la inutilidad lo habría hecho incapaz. Tal vez, si los policías no hubieran estado tan obviamente limitados en sus capacidades mentales, se podría haber supuesto que habían llegado a la misma conclusión y no veían ningún peligro en dejarlo solo por ello. Ahora podían mirar, si querían, y ver cómo se acercaba al armario de la pared donde guardaba una botella de buen aguardiente, cómo primero vaciaba un vaso en lugar de desayunar y cómo luego tomaba un segundo vaso para darse valor, el último sólo como precaución por la improbable posibilidad de que fuera necesario.

Entonces se sobresaltó tanto por un grito que le llegó de la otra habitación que golpeó con los dientes el cristal. "¡El supervisor quiere verte!", dijo una voz. Lo único que le sobresaltó fue el grito, ese grito brusco, brusco, militar, que no habría esperado del policía llamado Franz. En sí misma, la orden le pareció muy bien recibida. —¡Por fin! —gritó, cerró el armario con llave y, sin demora, se apresuró a pasar a la habitación contigua. Los dos policías estaban allí y lo persiguieron hasta su dormitorio como si eso fuera algo natural. "¿Qué crees que estás haciendo?", gritaron. —¿Crees que vas a ver al supervisor vestido solo con tu camisa, verdad? ¡Él se encargaría de que tú recibieras una buena paliza, y nosotros y todos! -¡Suéltame, por el amor de Dios! -exclamó K., que ya había sido empujado hasta su armario-, si me abordas cuando todavía estoy en la cama, no puedes esperar encontrarme en mi traje de noche. —Eso no le servirá de nada —decían los policías, que siempre se quedaban muy callados, casi tristes, cuando K empezaba a gritar, y de esa manera le confundían o, hasta cierto punto, le hacían entrar en razón. —¡Formalidades ridículas! —refunfuñó, mientras levantaba su abrigo de la silla y lo guardaba con ambas manos durante un rato, como si lo extendiera para la inspección de los policías—. Negaron con la cabeza. "Tiene que ser un abrigo negro", dijeron. Al oír esto, K tiró el abrigo al suelo y dijo, sin saber ni él mismo lo que quería decir con ello: —Bueno, después de todo, no va a ser la prueba principal. Los policías se rieron, pero continuaron insistiendo: "Tiene que ser un abrigo negro". —Bueno, a mí me parece bien si eso hace que las cosas vayan más rápido —dijo K—. Él mismo abrió el armario, pasó un buen rato buscando entre todas las prendas y eligió su mejor traje negro que tenía una chaqueta corta que había sorprendido mucho a quienes lo conocían, luego también sacó una camisa nueva y comenzó, con cuidado, a vestirse. Se dijo a sí mismo en secreto que había conseguido acelerar las cosas dejando que los policías se olvidaran de hacerle bañarse. Los observó para ver si se acordaban después de todo, pero, por supuesto, nunca se les ocurrió, aunque Willem no se olvidó de enviar a Franz al supervisor con el mensaje de que K. se estaba vistiendo.

Una vez que se vistió adecuadamente, K. tuvo que pasar junto a Willem mientras pasaba por la habitación contigua a la que estaba más abajo, cuya puerta ya estaba abierta de par en par. K. sabía muy bien que esta habitación había sido alquilada recientemente a una mecanógrafa llamada «la señorita Bürstner». Tenía la costumbre de salir a trabajar muy temprano y volver a casa muy tarde, y K no había intercambiado con ella más que unas pocas palabras de saludo. Ahora, su mesita de noche había sido colocada en el centro de la habitación para ser utilizada como escritorio para estos procedimientos, y el supervisor se sentó detrás de ella. Tenía las piernas cruzadas y había echado un brazo sobre el respaldo de la silla.

En un rincón de la habitación había tres jóvenes mirando las fotografías de la señorita Bürstner que habían sido colocadas en un trozo de tela de la pared. Colgada del pomo de la ventana abierta había una blusa blanca. En la ventana del otro lado de la calle, allí estaba de nuevo la vieja pareja, aunque ahora su número había aumentado, ya que detrás de ellos, y mucho más alto que ellos, había un hombre con una camisa abierta que dejaba ver el pecho y una barba de chivo rojiza que apretaba y retorcía con los dedos. —¿Josef K.? —preguntó el supervisor, tal vez sólo para atraer la atención de K mientras miraba alrededor de la habitación. K. asintió. —Me atrevo a decir que ha quedado usted bastante sorprendido por todo lo que ha ocurrido esta mañana —dijo el supervisor mientras, con ambas manos, apartaba los pocos objetos que había en la mesita de noche: la vela y la caja de cerillas, un libro y un alfiletero que yacían allí como si fueran cosas que necesitaría para sus propios asuntos. —Claro que sí —dijo K., y empezó a sentirse tranquilo ahora que, por fin, se encontraba frente a alguien con algún sentido común, alguien con quien podría hablar de su situación. "Ciertamente estoy sorprendido, pero de ninguna manera estoy muy sorprendido". "¿No te sorprende mucho?", preguntó el supervisor, mientras colocaba la vela en el centro de la mesa y las otras cosas en un grupo a su alrededor. —Quizá no me comprenda usted del todo —se apresuró a señalar K—. "Lo que quiero decir es..." Aquí K interrumpió lo que estaba diciendo y miró a su alrededor en busca de un lugar donde sentarse. —Puedo sentarme, ¿no? —preguntó. "Eso no es usual", respondió el supervisor. —Lo que quiero decir es... —dijo K sin demorarse por segunda vez— que, sí, estoy muy sorprendido, pero cuando ya has estado en el mundo durante treinta años y has tenido que abrirte camino por ti mismo a través de todo, que ha sido mi suerte, entonces te endureces a las sorpresas y no las tomas demasiado a pecho. Sobre todo lo que ha pasado hoy". —¿Por qué no lo que ha ocurrido hoy? "No me gustaría decir que veo todo esto como una broma, parece que te has tomado demasiadas molestias haciendo todos estos arreglos para eso. Todos los miembros de la casa deben estar participando en ella, así como todos ustedes, eso sería ir más allá de lo que podría ser una broma. Así que no quiero decir que esto es una broma". —Muy bien —dijo el supervisor, mirando cuántas cerillas quedaban en la caja—. —Pero, por otra parte —prosiguió K., mirando a su alrededor a todos los presentes e incluso deseando llamar la atención de los tres que miraban las fotografías—, por otra parte, esto no puede ser tan importante. Eso se deduce del hecho de que he sido acusado, pero no puedo pensar en la más mínima ofensa por la que podría ser acusado. Pero incluso eso no viene al caso, la pregunta principal es: ¿Quién está emitiendo la acusación? ¿Qué oficina está llevando a cabo este asunto? ¿Son ustedes funcionarios? Ninguno de vosotros lleva uniforme, a menos que lo que lleváis puesto -se volvió hacia Franz- sea un uniforme, es más bien un traje de viaje. Necesito una respuesta clara a todas estas preguntas, y estoy bastante seguro de que una vez que las cosas se hayan aclarado, podremos despedirnos el uno del otro en los mejores términos". El supervisor golpeó la caja de cerillas sobre la mesa. "Estás cometiendo un gran error", dijo. "Estos caballeros y yo no tenemos nada que ver con sus asuntos, de hecho, no sabemos casi nada de usted. Podríamos llevar uniformes tan apropiados y exactos como usted quiera y su situación no sería peor por ello. En cuanto a si estás en un cargo, no puedo darte ningún tipo de respuesta clara a eso, ni siquiera sé si lo estás o no. Estás bajo arresto, tienes toda la razón en eso, pero no sé más que eso. Tal vez estos oficiales han estado charlando contigo, bueno, si lo han hecho, eso es todo lo que es, charla. No puedo darte una respuesta a tus preguntas, pero puedo darte un pequeño consejo: Será mejor que pienses menos en nosotros y en lo que te va a pasar, y pienses un poco más en ti mismo. Y deja de hacer todo este alboroto sobre tu sentido de la inocencia; No das una mala impresión, pero con todo este alboroto lo estás dañando. Y también deberías hablar un poco menos. Casi todo lo que has dicho hasta ahora han sido cosas que podríamos haber sacado de tu comportamiento, incluso si no hubieras dicho más que unas pocas palabras. Y lo que has dicho no ha sido precisamente a tu favor".

K. miró fijamente al supervisor. ¿Era este hombre, probablemente más joven que él, sermoneándolo como un maestro de escuela? ¿Estaba siendo castigado por su honestidad con una reprimenda? ¿Y no iba a saber nada de las razones de su arresto ni de quienes lo estaban arrestando? Se enfadó un poco y empezó a caminar de un lado a otro. Nadie se lo impidió y se echó las mangas hacia atrás, se palpó el pecho, se alisó el pelo, se acercó a los tres hombres y dijo: «No tiene sentido», a lo que estos tres se volvieron para mirarlo y se acercaron a él con expresión seria. Finalmente se detuvo de nuevo frente al escritorio del supervisor. —El fiscal Hasterer es un buen amigo mío —dijo—, ¿puedo llamarle por teléfono? —Ciertamente —dijo el supervisor—, pero no sé cuál será el sentido de eso, supongo que debe tener algún asunto privado que quiera discutir con él. —¿Qué sentido tiene? —exclamó K., más desconcertado aquel encrucijada. "¿Quién te crees que eres? Quieres ver algún punto en ello mientras llevas a cabo algo tan inútil como podría ser. ¡Es suficiente para hacerte llorar! Estos caballeros primero me abordan, y ahora se sientan o se paran aquí y dejan que me levanten frente a ustedes. ¿Qué sentido tendría llamar por teléfono a un fiscal del estado cuando aparentemente estoy bajo arresto? Muy bien, no haré la llamada telefónica". —Puede llamarlo si desea —dijo el supervisor, extendiendo la mano hacia la habitación exterior donde estaba el teléfono—, por favor, continúe, haga su llamada telefónica. —No, ya no quiero —dijo K., y se acercó a la ventana—. Al otro lado de la calle, la gente seguía junto a la ventana, y sólo ahora que K se había acercado a su ventana parecía inquietarse por la idea de observar en silencio lo que sucedía. La pareja de ancianos quería levantarse, pero el hombre detrás de ellos los calmó. —Tenemos una especie de público allí —dijo K al supervisor, en voz bastante alta, mientras señalaba con el dedo índice—. "Váyanse", les gritó. Y los tres se retiraron inmediatamente unos pasos, la vieja pareja incluso se encontró detrás del hombre que luego los ocultó con la amplitud de su cuerpo y parecía, por los movimientos de su boca, estar diciendo algo incomprensible a lo lejos. Sin embargo, no desaparecieron del todo, sino que parecían estar esperando el momento en que pudieran volver a la ventana sin ser notados. —¡Gente intrusiva e irreflexiva! —dijo K mientras volvía a la habitación—. Es posible que el supervisor estuviera de acuerdo con él, al menos K pensó que eso era lo que veía por el rabillo del ojo. Pero era igualmente posible que ni siquiera hubiera estado escuchando, ya que tenía la mano firmemente presionada sobre la mesa y parecía estar comparando la longitud de sus dedos. Los dos policías estaban sentados sobre un cofre cubierto con una manta de colores, frotándose las rodillas. Los tres jóvenes se habían puesto las manos en las caderas y miraban a su alrededor sin rumbo fijo. Todo estaba quieto, como en una oficina que ha sido olvidada. —Bien, caballeros —exclamó K., y por un momento pareció como si los llevara a todos sobre sus hombros—, parece que sus asuntos conmigo han terminado. En mi opinión, ahora es mejor dejar de preguntarse si está procediendo correcta o incorrectamente, y llevar el asunto a un cierre pacífico con un apretón de manos mutuo. Si usted es de la misma opinión, entonces por favor...". Y se acercó al escritorio del supervisor y le tendió la mano. El supervisor alzó los ojos, se mordió el labio y miró la mano extendida de K.; K. seguía creyendo que el supervisor haría lo que él sugiriera. Pero en lugar de eso, se levantó, cogió un sombrero redondo que estaba sobre la cama de la señorita Bürstner y se lo puso cuidadosamente en la cabeza, usando ambas manos como si se probara un sombrero nuevo. —Todo le parece tan sencillo, ¿no es así? —le dijo a K. mientras lo hacía—, ¿así que cree que deberíamos poner fin al asunto de manera pacífica, verdad? No, no, eso no sirve. Eso sí, por otro lado, ciertamente no me gustaría que pensaras que no hay esperanza para ti. No, ¿por qué deberías pensar eso? Simplemente estás bajo arresto, nada más que eso. Eso es lo que tenía que decirte, eso es lo que he hecho y ahora he visto cómo te lo has tomado. Eso es suficiente por un día y podemos despedirnos el uno del otro, al menos por el momento. Supongo que ahora querrás ir al banco, ¿verdad? —¿Al banco? —preguntó K. —Creía que me habían detenido. K. dijo esto con cierto tono desafiante, ya que, aunque su apretón de manos no había sido aceptado, se sentía más independiente de todas esas personas, sobre todo desde que el supervisor se había levantado. Estaba jugando con ellos. Si se iban, había decidido que correría tras ellos y se ofrecería a que lo arrestaran. Por eso llegó a repetir: "¿Cómo voy a entrar al banco si estoy detenido?". —Veo que me has entendido mal —dijo el supervisor que ya estaba en la puerta—. "Es cierto que estás bajo arresto, pero eso no debería impedirte llevar a cabo tu trabajo. Y no debería haber nada que te impida seguir con tu vida habitual". —En ese caso no es tan malo estar bajo arresto —dijo K., y se acercó al supervisor—. "Nunca quise que fuera otra cosa", respondió. —No parece que haya sido necesario notificarme la detención en ese caso —dijo K., y se acercó aún más—. Los demás también se habían acercado. Todos se habían reunido en un espacio estrecho junto a la puerta. —Ese era mi deber —dijo el supervisor—. —Un deber absurdo —dijo K., inflexible—. —Puede ser así —replicó el supervisor—, pero no perdamos el tiempo hablando así. Había asumido que querrías ir al banco. Como estás prestando mucha atención a cada palabra, agregaré esto: no te estoy obligando a ir al banco, simplemente había asumido que querías hacerlo. Y para facilitarle las cosas y que pueda llegar al banco con el menor alboroto posible, he puesto a su disposición a estos tres caballeros, colegas suyos. —¿Qué es eso? —exclamó K., y miró a los tres con asombro. Solo recordaba haberlos visto en su grupo por las fotografías, pero estos jóvenes anémicos y sin carácter eran en realidad funcionarios de su banco, no colegas suyos, eso era exagerar y mostraba una laguna en la omnisciencia del supervisor, pero no obstante eran miembros subalternos del personal del banco. ¿Cómo es posible que K no se diera cuenta de eso? ¡Cuán ocupado debía de estar con el supervisor y los policías para no haber reconocido a estos tres! Rabensteiner, con su actitud rígida y sus manos oscilantes, Kullich, con su pelo rubio y sus ojos hundidos, y Kaminer, con su sonrisa involuntaria provocada por espasmos musculares crónicos. —Buenos días —dijo K al cabo de un rato, tendiendo la mano a los caballeros que le hacían una reverencia—. "No te reconocí en absoluto. Así que vamos a ponernos a trabajar ahora, ¿de acuerdo? Los caballeros se echaron a reír y asintieron con entusiasmo, como si eso fuera lo que habían estado esperando todo el tiempo, excepto que K se había dejado el sombrero en su habitación, por lo que todos entraron, uno tras otro, en la habitación para buscarlo, lo que causó cierta vergüenza. K se quedó donde estaba y los observó a través de la doble puerta abierta, el último en irse, por supuesto, fue el apático Rabensteiner, que no había hecho más que un elegante trote. Kaminer se acercó al sombrero y K., como solía hacer en el banco, se recordó a sí mismo que la sonrisa no era deliberada, que en realidad no era capaz de sonreír deliberadamente. En ese momento la señora Grubach abrió la puerta del pasillo a la sala de estar donde estaba toda la gente. No parecía sentirse culpable de nada en absoluto, y K., como tantas veces antes, bajó la vista hacia el cinturón de su delantal que, sin razón alguna, cortaba tan profundamente su corpulento cuerpo. Una vez abajo, K., con el reloj en la mano, decidió tomar un taxi: ya se había retrasado media hora y no había necesidad de retrasarse más. Kaminer corrió a la esquina para llamarlo, y los otros dos estaban haciendo evidentes esfuerzos para mantener a K distraído cuando Kullich señaló la puerta de la casa al otro lado de la calle, donde apareció el hombre corpulento con barba de chivo rubio y, un poco avergonzado al principio por dejarse ver en toda su estatura, Dio un paso atrás hacia la pared y se apoyó en ella. Es probable que la pareja de ancianos todavía estuviera en las escaleras. K. se enfadó con Kullich por señalar a este hombre al que él mismo ya había visto, de hecho, al que había estado esperando. "¡No lo mires!", le espetó, sin darse cuenta de lo extraño que era hablar a hombres libres de esa manera. Pero de todos modos no se necesitó ninguna explicación, ya que justo en ese momento llegó el taxi, se sentaron adentro y se pusieron en marcha. Dentro del taxi, K recordó que no se había dado cuenta de que el supervisor y los policías se iban: el supervisor le había impedido fijarse en los tres empleados del banco y ahora los tres empleados del banco le habían impedido fijarse en el supervisor. Esto demostraba que K no era muy atento, y resolvió vigilarse a sí mismo con más cuidado a este respecto. Sin embargo, no le dio importancia mientras se daba la vuelta y se inclinaba sobre el estante trasero del coche para ver al supervisor y a los policías si podía. Pero enseguida se dio la vuelta y se inclinó cómodamente en la esquina del taxi sin haber hecho siquiera el esfuerzo de ver a nadie. Aunque no lo pareciera, ahora era el momento justo en que necesitaba un poco de aliento, pero los caballeros parecían cansados en ese momento, Rabensteiner miró fuera del coche a la derecha, Kullich a la izquierda y solo Kaminer estaba allí con su sonrisa al servicio de K. Habría sido inhumano burlarse de eso.

Aquella primavera, siempre que le era posible, K solía pasar las tardes después del trabajo —solía quedarse en la oficina hasta las nueve— dando un pequeño paseo, solo o en compañía de algunos de los funcionarios del banco, y luego entraba en un bar donde se sentaba a la mesa de los clientes habituales, en su mayoría hombres mayores, hasta las once. Sin embargo, también había excepciones a este hábito, por ejemplo, cuando K. era invitado por el gerente del banco (a quien respetaba mucho por su laboriosidad y honradez) a dar un paseo en su coche o a cenar con él en su gran casa. K. también iba, una vez a la semana, a ver a una chica llamada Elsa que trabajaba como camarera en un bar de vinos durante toda la noche hasta altas horas de la madrugada. Durante el día, solo recibía visitas mientras aún estaba en la cama.

Aquella noche, sin embargo, —el día había transcurrido rápidamente con mucho trabajo duro y muchas felicitaciones de cumpleaños respetuosas y amistosas—, K quería irse directamente a casa. Cada vez que tenía un pequeño descanso del trabajo del día, pensaba, sin saber exactamente lo que tenía en mente, que el apartamento de la señora Grubach parecía haber sido sumido en un gran desorden por los acontecimientos de esa mañana, y que le correspondía a él volver a ponerlo en orden. Una vez restablecido el orden, se habría borrado todo rastro de aquellos acontecimientos y todo volvería a su curso anterior. En particular, no había nada que temer de los tres funcionarios del banco, se habían sumergido de nuevo en sus papeles y no se veía ninguna alteración en ellos. K. había llamado a cada uno de ellos, por separado o todos juntos, a su oficina ese día sin otra razón que la de observarlos; Siempre estaba satisfecho y siempre había sido capaz de dejarlos ir de nuevo.

A las nueve y media de la noche, cuando llegó frente al edificio donde vivía, se encontró en la puerta con un muchacho que estaba de pie, con las piernas separadas y fumando una pipa. —¿Quién es usted? —preguntó K. inmediatamente, acercando su rostro al del muchacho, que era difícil de ver en la penumbra del rellano. -Soy el hijo del ventero, señor -respondió el muchacho, quitándose la pipa de la boca y haciéndose a un lado-. —¿El hijo del propietario? —preguntó K., y golpeó el suelo con impaciencia con su bastón. —¿Quería algo, señor? ¿Quieres que vaya a buscar a mi padre? —No, no —dijo K., había algo indulgente en su voz, como si el muchacho le hubiera hecho algún daño y le estuviera disculpando—. —Está bien — dijo entonces, y prosiguió, pero antes de subir las escaleras se dio la vuelta una vez más.

Podría haber ido directamente a su habitación, pero como quería hablar con la señora Grubach, fue directamente a su puerta y llamó. Estaba sentada a la mesa con una media de punto y un montón de medias viejas frente a ella. K. se disculpó, un poco avergonzado por llegar tan tarde, pero la señora Grubach era muy amable y no quería oír ninguna disculpa, siempre estaba dispuesta a hablar con él, él sabía muy bien que él era su mejor y su inquilino favorito. K. miró alrededor de la habitación, que tenía exactamente el mismo aspecto que de costumbre, los platos del desayuno, que aquella mañana habían estado sobre la mesa junto a la ventana, ya habían sido retirados. "Las manos de una mujer hacen muchas cosas cuando nadie las mira", pensó, él mismo podría haber roto todos los platos en el acto, pero ciertamente no habría sido capaz de sacarlo todo. Miró a la señora Grubach con cierta gratitud. "¿Por qué trabajas hasta tan tarde?", preguntó. Los dos estaban sentados a la mesa, y K hundía de vez en cuando las manos en el montón de medias. "Hay mucho trabajo por hacer", dijo, "durante el día pertenezco a los inquilinos; si tengo que arreglar mis propias cosas, sólo me quedan las tardes. —Me temo que hoy le he hecho un trabajo excepcional. —¿Qué quiere decir, señor K.? —preguntó ella, interesándose cada vez más y dejando su trabajo en su regazo. Me refiero a los hombres que estuvieron aquí esta mañana. —Oh, ya veo —dijo, y volvió tranquilamente a lo que estaba haciendo—, eso no fue un problema, no especialmente. K. miró en silencio mientras volvía a coger la media de punto. Parece sorprendida de que lo mencione, pensó él, parece pensar que es impropio que lo mencione. Lo más importante para mí es hacerlo. Una anciana es la única persona con la que puedo hablar de ello. —Pero debe haberte causado algún trabajo —dijo entonces—, pero no volverá a suceder. —No, no puede volver a suceder —asintió ella, y le sonrió a K de una manera casi dolorosa—. —¿Lo dice usted en serio? —preguntó K. —Sí —dijo ella con más dulzura—, pero lo importante es que no debe tomárselo demasiado a pecho. ¡Están sucediendo tantas cosas horribles en el mundo! Como usted es tan honesto conmigo, señor K., puedo admitirle que escuché un poco de lo que sucedía detrás de la puerta, y que esos dos policías también me dijeron una o dos cosas. Todo tiene que ver con tu felicidad, y eso es algo que está bastante cerca de mi corazón, tal vez más de lo que debería ser, ya que después de todo, solo soy tu casera. De todos modos, escuché una o dos cosas, pero realmente no puedo decir que se trate de algo muy serio. No. Te han arrestado, pero no es de la misma manera que cuando arrestan a un ladrón. Si te arrestan de la misma manera que a un ladrón, entonces es malo, pero un arresto como este... Me parece que es algo muy complicado —perdónenme si estoy diciendo algo estúpido—, algo muy complicado que no entiendo, pero que de todos modos no es necesario entender.

—No hay nada estúpido en lo que ha dicho, señora Grubach, o al menos estoy parcialmente de acuerdo con usted, sólo que la forma en que juzgo todo el asunto es más dura que la suya, y creo que no sólo no es algo complicado, sino simplemente un alboroto por nada. Me pilló desprevenido, eso fue lo que pasó. Si me hubiera levantado en cuanto me desperté sin dejarme confundir porque Anna no estaba, si me hubiera levantado y no hubiera hecho caso de nadie que pudiera haber estorbado en mi camino y hubiera venido directamente a ti, si hubiera hecho algo como desayunar en la cocina como una excepción, Te pedí que trajeras mi ropa de mi habitación, en resumen, si me hubiera comportado con sensatez, no habría pasado nada más, todo lo que estaba a punto de suceder habría sido sofocado. La gente a menudo no está preparada. En el banco, por ejemplo, estoy bien preparado, no me podría pasar nada de este tipo, tengo mi propio asistente allí, hay teléfonos para llamadas internas y externas frente a mí en el escritorio, recibo continuamente visitas de personas, representantes, funcionarios, pero además de eso, y lo más importante, siempre estoy ocupado con mi trabajo, es decir, siempre estoy alerta, incluso sería un placer para mí encontrarme frente a algo así. Pero ahora se acabó, y realmente ni siquiera quería hablar más de eso, solo quería escuchar lo que usted, como mujer sensata, pensaba sobre todo esto, y estoy muy contenta de saber que estamos de acuerdo. Pero ahora tienes que darme la mano, un acuerdo de este tipo tiene que ser confirmado con un apretón de manos.

¿Me dará la mano? El supervisor no le dio la mano, pensó, y miró a la mujer de manera diferente a como lo había hecho antes, examinándola. Ella se puso de pie, como él también se había levantado, y estaba un poco cohibida, no había sido capaz de entender todo lo que K decía. Como resultado de esta timidez, dijo algo que ciertamente no era su intención y ciertamente no era apropiado. —No se lo tome tan a pecho, señor K. —dijo ella, con lágrimas en la voz y también, por supuesto, olvidando el apretón de manos—. —No sabía que me lo estaba tomando a mal —dijo K., sintiéndose de repente cansado y viendo que si esta mujer estaba de acuerdo con él, de muy poco valía.

Antes de salir por la puerta, preguntó: —¿Está la señorita Bürstner en casa? —No —dijo la señora Grubach, sonriendo mientras daba esta sencilla información, diciendo por fin algo sensato—. "Está en el teatro. ¿Querías verla? ¿Debería darle un mensaje? "Yo, eh, solo quería tener unas palabras con ella". "Me temo que no sé cuándo va a entrar; Por lo general, vuelve tarde cuando ha ido al teatro". —Realmente no importa —dijo K. con la cabeza gacha, mientras se volvía hacia la puerta para irse—, solo quería disculparla por haberme apoderado de su habitación hoy. "No hay necesidad de eso, señor K., es usted demasiado concienzudo, la joven no sabe nada al respecto, no ha estado en casa desde temprano esta mañana y todo se ha ordenado de nuevo, puede verlo usted mismo". Y abrió la puerta de la habitación de la señorita Bürstner. —Gracias, le doy la palabra —dijo K., pero no obstante se acercó a la puerta abierta—. La luna brillaba silenciosamente en la habitación sin luz. Por lo que se podía ver, todo estaba en su lugar, ni siquiera la blusa colgaba de la manija de la ventana. Las almohadas de la cama parecían notablemente regordetas mientras yacían medio a la luz de la luna. —La señorita Bürstner llega a menudo tarde —

dijo K., mirando a la señora Grubach como si ésa fuera su responsabilidad—. —¡Así son los jóvenes! —dijo la señora Grubach para excusarse—. —Por supuesto, por supuesto —dijo K.—, pero se puede llevar demasiado lejos. —Sí, puede ser —dijo la señora Grubach—, tiene usted mucha razón, señor K. Quizás lo sea en este caso. Desde luego, no me gustaría decir nada desagradable sobre la señorita Bürstner, es una chica buena, dulce, simpática, ordenada, puntual, trabaja duro, aprecio mucho todo eso, pero una cosa es cierta, debería tener más orgullo, ser un poco menos comunicativa. Ya dos veces este mes, en la calle de enfrente, la he visto con otro caballero. Realmente no me gusta decir esto, usted es el único a quien le he dicho esto, señor K., lo juro por Dios, pero no voy a tener más remedio que tener unas palabras con la señorita Bürstner al respecto. Y no es lo único que me preocupa de ella". -Señora Grubach, va usted por el camino equivocado -dijo K., tan enfadado que apenas pudo disimularlo-, y además ha entendido mal lo que yo decía de la señorita Bürstner, no es eso lo que quería decir. De hecho, le advierto directamente que no le diga nada, está muy equivocado, conozco muy bien a la señorita Bürstner y no hay nada de cierto en lo que dice. Y lo que es más, tal vez voy demasiado lejos, no quiero interponerme en tu camino, dile lo que creas conveniente. Buenas noches. —Señor K. —dijo la señora Grubach como si le pidiera algo y se apresurara a dirigirse a la puerta que él ya había abierto—, no quiero hablar con la señorita Bürstner en absoluto, todavía no, por supuesto que seguiré vigilándola, pero usted es la única a la que le he dicho lo que sé. Y es, después de todo, algo que todos los que alquilan habitaciones tienen que hacer si quieren mantener la casa decente, eso es todo lo que estoy tratando de hacer". —¡Decente! —exclamó K a través de la rendija de la puerta—, si quieres que la casa siga siendo decente, primero tendrás que avisarme. Luego cerró la puerta de golpe, se oyó un suave golpeteo al que no prestó más atención.

No tenía ganas de irse a la cama, así que decidió quedarse despierto, y esto también le daría la oportunidad de saber cuándo llegaría la señorita Bürstner a casa. Tal vez también sería posible, aunque un poco inapropiado, tener unas palabras con ella. Mientras yacía junto a la ventana, llevándose las manos a los ojos cansados, pensó por un momento que podría castigar a la señora Grubach persuadiendo a la señorita Bürstner para que la notificara al mismo tiempo que él lo haría. Pero enseguida se dio cuenta de que eso sería escandalosamente excesivo, e incluso existiría la sospecha de que se mudaba de casa debido a los incidentes de esa mañana. Nada habría sido más absurdo y, sobre todo, más absurdo y despreciable.

Cuando se cansó de mirar hacia la calle vacía, abrió ligeramente la puerta del salón para poder ver a cualquiera que entrara en el piso desde donde él estaba, y se acostó en el sofá. Permaneció allí tumbado, fumando tranquilamente un cigarro, hasta las once. No pudo aguantar más que eso, y se adentró un poco en el pasillo, como si de esa manera pudiera hacer que la señorita Bürstner llegara antes. No tenía ningún deseo particular por ella, ni siquiera podía recordar cómo era, pero ahora quería hablar con ella y le irritaba que su llegada tardía a casa significara que ese día estaría lleno de inquietud y desorden hasta el final. También era culpa suya que él no hubiera cenado esa noche y que no hubiera podido visitar a Elsa como había previsto. Sin embargo, aún podría compensar ambas cosas si iba al bar de vinos donde trabajaba Elsa. Quería hacerlo incluso más tarde, después de la discusión con la señorita Bürstner.

Ya eran las once y media cuando se oyó a alguien en la escalera. K., que había estado absorto en sus pensamientos en el corredor, caminando de un lado a otro como si fuera su propia habitación, huyó detrás de su puerta. La señorita Bürstner había llegado. Temblando, se cubrió los delgados hombros con un chal de seda mientras cerraba la puerta. Al momento siguiente entraría sin duda en su habitación, donde K no debía entrometerse en medio de la noche; Eso significaba que ahora tendría que hablar con ella, pero, por desgracia, no había encendido la luz eléctrica de su habitación para que, cuando saliera de la oscuridad, diera la impresión de ser un ataque y, sin duda, al menos, habría sido bastante alarmante. No había tiempo que perder, y en su impotencia susurró a través de la rendija de la puerta: —Señorita Bürstner. Sonaba como si le estuviera suplicando, no llamándola. —¿Hay alguien ahí? —preguntó la señorita Bürstner, mirando a su alrededor con los ojos muy abiertos. —Soy yo —dijo K., y salió—. —¡Oh, señor K.! —dijo la señorita Bürstner con una sonrisa—. —Buenas noches —y le tendió la mano—. —Quería hablar con usted, ¿me lo permite? —¿Y ahora? —preguntó la señorita Bürstner—, ¿tiene que ser ahora? Es un poco extraño, ¿no?" "Te he estado esperando desde las nueve". "Bueno, estaba en el teatro, no sabía nada de ti esperándome". "La razón por la que necesito hablar contigo solo surgió hoy". "Ya veo, bueno, no veo por qué no, supongo, aparte de estar tan cansado que podría caerme. Entra en mi habitación por unos minutos. Ciertamente no podemos hablar aquí, despertaríamos a todos y creo que eso sería más desagradable para nosotros que para ellos. Espere aquí hasta que haya encendido la luz de mi habitación, y luego baje la luz de aquí. K hizo lo que le dijeron, y luego incluso esperó hasta que la señorita Bürstner salió de su habitación y lo invitó en voz baja, una vez más, a entrar. —Siéntate —dijo, señalando la otomana, mientras ella misma permanecía de pie junto al poste de la cama a pesar del cansancio del que había hablado—; Ni siquiera se quitó el sombrero, que era pequeño pero estaba decorado con abundantes flores. —¿Qué es lo que querías, entonces? La verdad es que tengo mucha curiosidad". Cruzó suavemente las piernas. —Espero que diga usted —empezó K— que el asunto no es realmente tan urgente y que no necesitamos hablar de ello ahora mismo, pero... —Nunca escucho presentaciones —dijo la señorita Bürstner—. —Eso hace que mi trabajo sea mucho más fácil —dijo K. "Esta mañana, hasta cierto punto por mi culpa, su habitación quedó un poco desordenada, esto sucedió por culpa de personas que no conocía y contra mi voluntad, pero, como dije, por mi culpa; Quería disculparme por ello". —¿Mi habitación? —preguntó la señorita Bürstner, y en lugar de mirar alrededor de la habitación, escudriñó a K. —Es verdad —dijo K., y ahora, por primera vez, se miraron a los ojos—, no tiene sentido decir exactamente cómo sucedió esto. —Pero eso es lo interesante —dijo la señorita Bürstner—. —No —dijo K. —Pues entonces —dijo la señorita Bürstner—, no quiero meterme a la fuerza en ningún secreto, si usted insiste en que no tiene interés, yo no insistiré. Estoy muy contento de perdonarte por ello, como me pides, sobre todo porque no veo nada que haya quedado desordenado. Con la mano apoyada en la parte inferior de la cadera, dio una vuelta por la habitación. En la alfombra donde estaban las fotografías se detuvo. "¡Mira esto!", exclamó. "Mis fotografías realmente han sido colocadas en los lugares equivocados. Oh, eso es horrible. Alguien ha estado en mi habitación sin permiso. K. asintió, y maldijo en voz baja a Kaminer, que trabajaba en su banco y que siempre estaba activo haciendo cosas que no tenían ni utilidad ni propósito. —Es extraño —dijo la señorita Bürstner— que me vea obligada a prohibirle que haga algo que debería haberse prohibido a sí misma, a saber, entrar en mi habitación cuando yo no estoy aquí. —Pero sí le expliqué —dijo K., y se acercó a ella junto a las fotografías— que no fui yo quien interfirió en sus fotografías; pero como no me cree, tendré que admitir que la comisión investigadora trajo consigo a tres empleados del banco, uno de ellos debe haber tocado sus fotografías y tan pronto como tenga la oportunidad pediré que lo despidan del banco. Sí, aquí había una comisión de investigación -añadió K., mientras la joven lo miraba inquisitivamente-. "¿Por tu culpa?", preguntó. —Sí —respondió K. —No! —exclamó la señora riendo—. —Sí, lo eran —dijo K.—, ¿cree usted que soy inocente entonces, verdad? "Bueno, inocente..." dijo la señora: "No quiero comenzar a hacer declaraciones que puedan tener graves consecuencias, realmente no te conozco después de todo, significa que están tratando con un criminal serio si envían un comité de investigación directamente a buscarlo. Pero ahora no estás bajo custodia, al menos supongo que no te has fugado de la cárcel, teniendo en cuenta que pareces bastante tranquilo, así que no puedes haber cometido ningún delito de ese tipo. —Sí —dijo K.—, pero podría ser que la comisión investigadora descubriera que soy inocente, o que no soy tan culpable como se suponía. —Sí, ciertamente es una posibilidad —dijo la señorita Bürstner, que parecía muy interesada—. —Escuche —dijo K.—, usted no tiene mucha experiencia en asuntos legales. —No, es verdad, no —dijo la señorita Bürstner—, y a menudo me he arrepentido, porque me gustaría saberlo todo y me interesan mucho los asuntos jurídicos. Hay algo peculiarmente atractivo en la ley, ¿no es así? Pero sin duda perfeccionaré mis conocimientos en esta área, ya que el próximo mes empiezo a trabajar en un bufete de abogados". —Eso es muy bueno —dijo K.—, eso significa que podrás ayudarme con mi prueba. —Bien podría ser —dijo la señorita Bürstner—, ¿por qué no? Me gusta hacer uso de lo que sé". —Lo digo en serio —dijo K.—, o por lo menos, medio en serio, como usted lo hace. Este asunto es demasiado insignificante para llamar a un abogado, pero podría hacer un buen uso de alguien que pudiera darme consejos. —Sí, pero si voy a darle un consejo, tendré que saber de qué se trata —dijo la señorita Bürstner—. —Ése es exactamente el problema —dijo K.—, yo mismo no lo sé. —De modo que se ha estado burlando de mí, entonces —dijo la señorita Bürstner muy decepcionada—, en realidad no debería intentar algo así a estas horas de la noche. Y se alejó de las fotografías en las que habían estado juntos durante tanto tiempo. —Señorita Bürstner, no —dijo K.—, no me estoy burlando de usted. ¡Por favor, créeme! Ya te he contado todo lo que sé. Más de lo que sé, de hecho, como en realidad ni siquiera era un comité de investigación, así es como los llamé porque no sé cómo llamarlos de otra manera. No hubo ningún interrogatorio, simplemente fui arrestado, pero por un comité". La señorita Bürstner se sentó en la otomana y volvió a reír. "¿Cómo era entonces?", preguntó. —Ha sido terrible —dijo K., aunque ya no estaba en el tema, había quedado totalmente absorto por la mirada de la señorita Bürstner, que le apoyaba la barbilla en una mano —el codo descansaba en el cojín de la otomana— y le acariciaba lentamente la cadera con la otra. —Eso es demasiado vago —dijo la señorita Bürstner—. —¿Qué es demasiado vago? —preguntó K. Entonces se acordó de sí mismo y preguntó: "¿Quieres que te muestre cómo era?" Quería moverse de alguna manera, pero no quería irse. —Ya estoy cansada —dijo la señorita Bürstner—. —Has vuelto tan tarde —dijo K. —Ahora has empezado a regañarme. Bueno, supongo que me lo merezco, ya que no debería haberte dejado entrar aquí en primer lugar, y resulta que ni siquiera tenía sentido. —Oh, hubo un punto, ahora verás lo importante que era —dijo K. —¿Puedo apartar esta mesa de tu cama y ponerla aquí? —¿Qué cree que está haciendo? —preguntó la señorita Bürstner. "¡Por supuesto que no puedes!" —En ese caso, no puedo demostrárselo —dijo K., bastante alterado, como si la señorita Bürstner hubiera cometido alguna ofensa incomprensible contra él—. —Muy bien, si lo necesita para mostrar lo que quiere decir, tome la mesita de noche —dijo la señorita Bürstner, y después de una breve pausa añadió con voz débil—: Estoy tan cansada que estoy permitiendo más de lo que debería. K. colocó la mesita en el centro de la habitación y se sentó detrás de ella. "Hay que tener una idea adecuada de dónde estaba situada la gente, es muy interesante. Yo soy el supervisor, sentados allí en el cofre hay dos policías, de pie al lado de las fotografías hay tres jóvenes. Colgada de la manija de la ventana hay una blusa blanca, por cierto, solo lo menciono. Y ahora comienza. Ah, sí, me estoy olvidando de mí mismo, la persona más importante de todas, así que estoy parado aquí frente a la mesa. El supervisor está sentado muy cómodamente, con las piernas cruzadas y el brazo colgando sobre el respaldo, como un vagabundo. Y ahora sí que comienza. El supervisor grita como si tuviera que despertarme, de hecho me grita, me temo, si tengo que dejártelo claro, también tendré que gritar, y no es más que mi nombre lo que grita". La señorita Bürstner, riendo mientras lo escuchaba, se llevó el dedo índice a la boca para que K no gritara, pero ya era demasiado tarde. K. estaba demasiado absorto en su papel y gritó lentamente: "¡Josef K.!" No era tan fuerte como había amenazado, pero, sin embargo, una vez que lo hubo pronunciado de repente, el grito pareció extenderse gradualmente por toda la habitación.

Se oyó una serie de golpes fuertes, bruscos y regulares en la puerta de la habitación contigua. La señorita Bürstner palideció y se llevó la mano al corazón. K se sobresaltó especialmente, ya que por un momento había sido incapaz de pensar en otra cosa que en los acontecimientos de esa mañana y en la muchacha para la que los estaba representando. Apenas se había recuperado cuando se acercó de un salto a la señorita Bürstner y le tomó la mano. —No tengas miedo —susurró—, lo arreglaré todo. Pero, ¿quién puede ser? Es solo la sala de estar de al lado, nadie duerme allí". —Sí —susurró la señorita Bürstner al oído de K.—, un sobrino de la señora Grubach, capitán del ejército, duerme allí desde ayer. No hay otra habitación libre. Yo también me había olvidado de eso. ¿Por qué tuviste que gritar así? Me has enfadado bastante. —No hay razón para ello —dijo

K., y, mientras se dejaba caer sobre el cojín, le besó la frente—. "Vete, vete", dijo ella, volviéndose a sentar apresuradamente, "sal de aquí, vete, qué es lo que quieres, él está escuchando en la puerta, puede escuchar todo. ¡Me estás causando tantos problemas!" —No iré —dijo K.— hasta que te hayas calmado un poco. Acércate a la otra esquina de la habitación, allí no podrá escucharnos. Dejó que él la llevara hasta allí. —No lo olvides —dijo—, aunque esto pueda ser desagradable para ti, no corres ningún peligro real. Usted sabe cuánta estima tiene la señora Grubach por mí, ella es la que tomará todas las decisiones en esto, especialmente porque el capitán es su sobrino, pero ella cree todo lo que digo sin cuestionar. Es más, me ha pedido prestada una gran suma de dinero y eso la hace dependiente de mí. Confirmaré lo que usted diga para explicar que estemos aquí juntos, por inapropiado que sea, y le garantizo que me aseguraré de que la señora Grubach no sólo dirá que cree en la explicación en público, sino que la creerá verdadera y sinceramente. No tendrás necesidad de considerarme de ninguna manera. Si desea que se sepa que le he atacado, la señora Grubach será informada de ello y lo creerá sin perder siquiera la confianza en mí, ese es el respeto que me tiene. La señorita Bürstner miró al suelo frente a ella, callada y un poco ensimismada. —¿Por qué la señora Grubach no cree que la he atacado? —añadió K—. Miró su cabello frente a él, con raya, recogido, rojizo y firmemente sujeto. Pensó que ella lo miraría, pero sin cambiar su actitud dijo: —Perdóneme, pero fue lo repentino de los golpes lo que me sobresaltó tanto, no tanto las consecuencias de que el capitán estuviera aquí. Todo estaba tan tranquilo después de que habías gritado, y luego vinieron los golpes, eso es lo que me sorprendió tanto, y estaba sentado justo al lado de la puerta, los golpes estaban justo a mi lado. Gracias por sus sugerencias, pero no las aceptaré. Puedo asumir la responsabilidad de cualquier cosa que suceda en mi habitación, y puedo hacerlo con cualquiera. Me sorprende que no te des cuenta de lo insultantes que son tus sugerencias y de lo que implican sobre mí, aunque ciertamente reconozco tus buenas intenciones. Pero ahora, por favor vete, déjame en paz, necesito que te vayas ahora incluso más de lo que lo hice antes. El par de minutos que pediste se han convertido en media hora, ahora más de media hora. -K le cogió la mano y luego la muñeca-. ¿Pero no estás enfadada conmigo? -dijo-. Ella retiró la mano y respondió: "No, no, nunca me enfado con nadie". Él la agarró de la muñeca una vez más, ella lo toleró ahora y, de esa manera, lo condujo hasta la puerta. Tenía toda la intención de marcharse. Pero cuando llegó a la puerta se detuvo, como si no esperara encontrar allí una puerta, y la señorita Bürstner aprovechó ese momento para liberarse, abrir la puerta, salir al pasillo y decirle amablemente a K desde allí: Mira —señaló la puerta del capitán, por debajo de la cual brillaba una luz—, ha puesto una luz y se está riendo de nosotros. -Está bien, ya voy -dijo K., se adelantó, la agarró, la besó en la boca y luego en toda la cara como un animal sediento lamiendo con la lengua cuando por fin encuentra agua. Finalmente la besó en el cuello y en la garganta y dejó sus labios apretados allí durante mucho tiempo. No levantó la vista hasta que se oyó un ruido procedente de la habitación del capitán. —Me iré ahora —dijo, quería dirigirse a la señorita Bürstner por su nombre de pila, pero no lo sabía—. Ella asintió con la cabeza, le ofreció su mano para besarla mientras se alejaba como si no supiera lo que estaba haciendo, y volvió a su habitación con la cabeza gacha. Poco después, K estaba acostado en su cama. Muy pronto se durmió, pero antes de hacerlo pensó un rato en su comportamiento, estaba satisfecho con él, pero sintió cierta sorpresa de que no estaba más satisfecho; estaba seriamente preocupado por la señorita Bürstner a causa del capitán.

Capítulo Segundo

Primer contrainterrogatorio

K. fue informado por teléfono de que el domingo siguiente se celebraría una pequeña audiencia sobre su caso. Se le informó de que estos interrogatorios se sucederían regularmente, tal vez no cada semana, pero con bastante frecuencia. Por un lado, redundaba en interés de todos que los procedimientos concluyeran rápidamente, pero, por otro lado, todos los aspectos de los exámenes debían llevarse a cabo a fondo sin durar demasiado tiempo debido al estrés asociado. Por estas razones, se decidió realizar una serie de breves exámenes que se sucedieron uno tras otro. El domingo había sido elegido como día para las audiencias para que K. no se viera perturbado en su trabajo profesional. Se suponía que estaría de acuerdo con esto, pero si deseaba otra fecha, entonces, en la medida de lo posible, se le acomodaría. Los contrainterrogatorios podían celebrarse incluso por la noche, por ejemplo, pero K. probablemente no estaría lo suficientemente fresco a esa hora. De todos modos, mientras K. no hiciera ninguna objeción, la audiencia se dejaría los domingos. Era natural que tuviera que aparecer sin falta, probablemente no había necesidad de señalárselo. Le darían el número del edificio donde debía presentarse, que estaba en una calle de un suburbio, muy alejado del centro de la ciudad, en el que K nunca había estado antes.

Una vez recibida esta notificación, K. colgó el auricular sin dar respuesta; Había decidido ir allí de inmediato ese domingo, sin duda era necesario, el procedimiento había comenzado y tenía que afrontarlo, y este primer examen probablemente también sería el último. Todavía estaba pensativo junto al teléfono cuando oyó la voz del subdirector detrás de él: quería usar el teléfono, pero K se interpuso en su camino. —¿Malas noticias? —preguntó el subdirector casualmente, no para averiguar nada, sino para alejar a K del aparato. —No, no —dijo K., y se hizo a un lado, pero no se alejó del todo—. El subdirector cogió el auricular y, mientras esperaba su conexión, se alejó de él y le dijo a K.: "Una pregunta, señor K.: ¿Le gustaría darme el placer de acompañarme en mi velero el domingo por la mañana? Viene bastantes personas, seguro que conoces a algunas de ellas. Uno de ellos es Hasterer, el fiscal del estado. ¿Te animas a participar? K. trató de prestar atención a lo que decía el subdirector. No era de poca importancia para él, ya que esta invitación del subdirector, con el que nunca se había llevado muy bien, significaba que estaba tratando de mejorar sus relaciones con él. Mostraba lo importante que se había vuelto K en el banco y cómo su segundo funcionario más importante parecía valorar su amistad, o al menos su imparcialidad. Solo hablaba a un lado del auricular del teléfono mientras esperaba su conexión, pero al hacer esta invitación el subdirector se humillaba a sí mismo. Pero K. tendría que humillarlo por segunda vez como resultado, dijo: "Muchas gracias, pero me temo que no tendré tiempo el domingo, tengo una obligación previa". —Lástima —dijo el subdirector, y se volvió hacia la conversación telefónica que acababa de conectarse—. No fue una conversación corta, pero K permaneció de pie, confundido por el instrumento, todo el tiempo que estaba en marcha. Fue solo cuando el subdirector colgó que se sorprendió y dijo, para excusar parcialmente su presencia sin ninguna razón: "Acabo de recibir una llamada telefónica, hay un lugar al que tengo que ir, pero se olvidaron de decirme a qué hora". —Pregúnteles entonces —dijo el subdirector—. —No es tan importante —dijo K., aunque de esa manera su excusa anterior, que ya era bastante débil, se hizo aún más débil. A medida que avanzaba, el subdirector continuaba hablando de otras cosas. K se obligó a contestar, pero sus pensamientos se centraban principalmente en aquel domingo, en cómo sería mejor llegar a las nueve de la mañana, ya que era la hora en que los tribunales siempre empiezan a funcionar entre semana.

El domingo el tiempo estaba aburrido. K estaba muy cansado, ya que se había quedado bebiendo hasta altas horas de la noche celebrando con algunos de los clientes habituales, y casi se había quedado dormido. Se vistió apresuradamente, sin tiempo para pensar y armar los diversos planes que había elaborado durante la semana. Sin desayunar, corrió al suburbio del que le habían hablado. Curiosamente, aunque tuvo poco tiempo para mirar a su alrededor, se encontró con los tres funcionarios bancarios involucrados en su caso, Rabensteiner, Kullich y Kaminer. Los dos primeros viajaban en un tranvía que cruzaba la ruta de K., pero Kaminer se sentó en la terraza de un café y se inclinó con curiosidad sobre la pared cuando K. se acercó. Todos parecían mirarle, sorprendidos de ver correr a su superior; era una especie de orgullo lo que hacía que K quisiera ir a pie, este era su asunto y la idea de cualquier ayuda de extraños, por leve que fuera, le resultaba repulsiva, también quería evitar pedir ayuda a nadie porque eso los iniciaría en el asunto, aunque solo fuera ligeramente. Y después de todo, no tenía ningún deseo de humillarse ante el comité por ser demasiado puntual. De todos modos, ahora corría para llegar a las nueve, si era posible, aunque no tenía cita para esa hora.

Había pensado que reconocería el edificio desde la distancia por algún tipo de letrero, sin saber exactamente cómo sería el letrero, o por algún tipo particular de actividad fuera de la entrada. A K le habían dicho que el edificio estaba en la Juliusstrasse, pero cuando se situó a la entrada de la calle, no consistía a cada lado más que en construcciones monótonas y grises, altos bloques de pisos ocupados por gente pobre. Ahora, un domingo por la mañana, la mayoría de las ventanas estaban ocupadas, los hombres en mangas de camisa se asomaban a fumar o sostenían con cuidado y delicadeza a los niños pequeños en los alféizares. Otras ventanas estaban llenas de ropa de cama, sobre la cual aparecería brevemente la cabeza desaliñada de una mujer. La gente se llamaba al otro lado de la calle, una de las llamadas provocó una fuerte carcajada sobre el propio K. Era una calle larga, y espaciadas uniformemente a lo largo de ella había pequeñas tiendas por debajo del nivel de la calle, que vendían varios tipos de productos alimenticios, a los que se llegaba bajando unos pocos escalones. Las mujeres entraban y salían de ellos o se quedaban charlando en las escaleras. Un frutero, que llevaba sus mercancías hasta las ventanas, se mostró tan distraído como K y estuvo a punto de atropellarlo con su carreta. Justo en ese momento, un gramófono, que en las mejores partes de la ciudad se habría visto desgastado, comenzó a tocar una melodía asesina.

K. se adentró en la calle, lentamente, como si ya tuviera tiempo de sobra, o como si el juez de instrucción lo estuviera mirando desde una de las ventanas y, por lo tanto, supiera que K había encontrado el camino hacia allí. Eran poco más de las nueve. El edificio estaba bastante lejos de la calle, cubría tanto área que era casi extraordinario, y la puerta de entrada en particular era alta y larga. Era evidente que estaba destinado a los vagones de reparto pertenecientes a los distintos almacenes de los alrededores del patio, que ahora estaban cerrados con llave y llevaban los nombres de empresas, algunas de las cuales K conocía por su trabajo en el banco. Haciendo honor a sus costumbres, permaneció un rato de pie a la entrada del patio contemplando todos estos detalles externos. Cerca de él, había un hombre descalzo sentado en una caja y leyendo un periódico. Había dos muchachos columpiándose en un carro de mano. Frente a una bomba había una muchacha débil y joven, vestida con una chaqueta de cama que, mientras el agua fluía hacia su lata, miró a K. Había un trozo de cuerda tendido entre dos ventanas en un rincón del patio, con algo de ropa colgada para que se secara. Un hombre estaba de pie debajo de ella dando instrucciones para dirigir el trabajo que se estaba realizando.

K se acercó a la escalera para llegar a la sala donde iba a tener lugar la audiencia, pero luego se detuvo de nuevo, ya que además de estos escalones podía ver otras tres entradas de escalera, y también parecía haber un pequeño pasillo al final del patio que conducía a un segundo patio. Le irritaba que no le hubieran dado instrucciones más precisas para llegar a la habitación, significaba que estaban siendo especialmente negligentes con él o especialmente indiferentes, y decidió dejárselo claro en voz muy alta y sin ambigüedades. Al final decidió subir las escaleras, sus pensamientos jugando con algo que recordaba que le había dicho el policía, Willem; que el tribunal se siente atraído por la culpa, de lo que se deduce que la sala debe estar en la escalera que K. eligió al azar.

A medida que subía, molestó a un gran grupo de niños que jugaban en las escaleras y que lo miraban mientras caminaba por sus filas. "La próxima vez que venga aquí", se dijo a sí mismo, "tengo que llevar conmigo caramelos para que les guste, o un palo para pegarles". Justo antes de llegar al primer rellano, incluso tuvo que esperar un poco hasta que una pelota terminara su movimiento, dos muchachos pequeños con rostros pícaros como sinvergüenzas de adultos lo sujetaron por las perneras del pantalón hasta que lo hizo; Si tenía que sacudérselos, tendría que hacerles daño, y tenía miedo del ruido que harían al gritar.

En el primer piso, su búsqueda comenzó de verdad. Todavía se sentía incapaz de pedir la comisión de investigación, así que inventó un carpintero llamado Lanz —ese nombre se le ocurrió porque el capitán, el sobrino de la señora Grubach, se llamaba Lanz— para poder preguntar en cada piso si Lanz, el carpintero, vivía allí y así tener la oportunidad de ver las habitaciones. Resultó, sin embargo, que eso era posible en su mayoría sin más preámbulos, ya que casi todas las puertas quedaron abiertas y los niños entraron y salieron corriendo. La mayoría de ellas eran habitaciones pequeñas, con una sola ventana, donde también cocinaban. Muchas mujeres sostenían a sus bebés en un brazo y trabajaban en la estufa con el otro. Las muchachas a medio crecer, que parecían estar vestidas solo con sus delantales, trabajaban más duro corriendo de un lado a otro. En todas las habitaciones, las camas seguían siendo utilizadas por personas enfermas, o que aún dormían, o personas tendidas en ellas con sus ropas. K. llamó a los pisos donde estaban cerradas las puertas y preguntó si Lanz, el carpintero, vivía allí. Por lo general, era una mujer la que abría la puerta, escuchaba la pregunta y se volvía hacia alguien en la habitación que se levantaba de la cama. —El caballero pregunta si vive aquí un carpintero llamado Lanz. —¿Un carpintero llamado Lanz? —preguntaba desde la cama. —Así es —decía K., aunque estaba claro que la comisión investigadora no se encontraba allí, por lo que su tarea había llegado a su fin. Había muchos que pensaban que debía ser muy importante para K. encontrar a Lanz, el carpintero, y lo pensaban largamente, nombrando a un carpintero que no se llamaba Lanz o dando un nombre que tuviera alguna vaga similitud con Lanz, o preguntaban a los vecinos o acompañaban a K. a una puerta muy lejana donde pensaban que alguien de esa clase podría vivir en la parte trasera del edificio o donde alguien lo haría ser los que podían aconsejar a K. mejor de lo que ellos mismos podían. Al final, K tuvo que renunciar a preguntar si no quería que le llevaran de un piso a otro de este modo. Se arrepintió de su plan inicial, que al principio le había parecido tan práctico. Al llegar al quinto piso, decidió abandonar la búsqueda, se despidió de un amable y joven trabajador que quería guiarlo aún más y bajó las escaleras. Pero entonces la idea de cuánto tiempo estaba perdiendo lo hizo enfadarse, volvió y llamó a la primera puerta del quinto piso. Lo primero que vio en la pequeña habitación fue un gran reloj en la pared que ya marcaba las diez. —¿Hay un carpintero llamado Lanz que viva aquí? —preguntó. "¿Perdón?", dijo una joven de ojos negros y brillantes que, en ese momento, estaba lavando la ropa interior de los niños en un balde. Señaló con su mano mojada la puerta abierta de la habitación contigua.

K creyó entrar en una reunión. Una habitación de tamaño mediano y dos ventanas estaba llena de la más diversa multitud de personas: nadie prestaba atención a la persona que acababa de entrar. Cerca de su techo estaba rodeada por una galería, que también estaba completamente ocupada y donde la gente solo podía permanecer inclinada con la cabeza y la espalda tocando el techo. K., que encontró el aire demasiado sofocante, salió de nuevo y le dijo a la joven, que probablemente había entendido mal lo que había dicho: —Pedí un carpintero, alguien llamado Lanz. —Sí —dijo la mujer—, por favor, siga adelante. K. probablemente no la habría seguido si la mujer no se hubiera acercado a él, no hubiera agarrado el pomo de la puerta y le hubiera dicho: "Tendré que cerrar la puerta después de ti, no se permitirá la entrada a nadie más". —Muy sensato —dijo K.—, pero ya está demasiado lleno. Pero luego volvió a entrar de todos modos. Pasó entre dos hombres que hablaban al lado de la puerta —uno de ellos tenía las dos manos muy extendidas frente a sí haciendo los movimientos de contar dinero, el otro lo miró atentamente a los ojos— y alguien lo tomó de la mano. Era un joven pequeño y con la cara roja. "Entra, entra", dijo. K. se dejó guiar por él, y resultó que había, sorprendentemente, en medio de una densa multitud de gente que se movía de un lado a otro, un estrecho pasadizo que pudo haber sido la división entre dos facciones; Esta idea se vio reforzada por el hecho de que en las primeras filas a la izquierda y a la derecha de él apenas había ningún rostro que mirara en su dirección, no veía nada más que las espaldas de las personas que dirigían su discurso y sus movimientos solo hacia los miembros de su propio bando. La mayoría de ellos iban vestidos de negro, con levita vieja, larga y formal que les caía holgadamente a su alrededor. Estas ropas eran lo único que desconcertaba a K., ya que de otro modo habría llevado a toda la asamblea a una reunión política local.

En el otro extremo de la sala, adonde habían conducido a K., había una mesita colocada en ángulo sobre un podio muy bajo, tan abarrotado como en todas partes, y detrás de la mesa, cerca del borde del podio, estaba sentado un hombre pequeño, gordo y jadeante que hablaba con alguien detrás de él. Este segundo hombre estaba de pie con las piernas cruzadas y los codos en el respaldo de la silla, provocando muchas risas. De vez en cuando levantaba el brazo como si hiciera una caricatura de alguien. El joven que dirigía a K tuvo algunas dificultades para informar al hombre. Ya había intentado decirle algo dos veces, poniéndose de puntillas, pero sin llamar la atención del hombre que estaba sentado encima de él. Fue solo cuando una de las personas en el podio llamó su atención hacia el joven, que el hombre se volvió hacia él y se inclinó para escuchar qué era lo que decía en voz baja. Luego sacó su reloj y miró rápidamente a K. —Deberías haber estado aquí hace una hora y cinco minutos —dijo—. K iba a darle una respuesta, pero no tuvo tiempo de hacerlo, ya que apenas el hombre había hablado, un murmullo general se elevó por todo el lado derecho de la sala. —Tendrías que haber estado aquí hace una hora y cinco minutos —repitió ahora el hombre, alzando la voz esta vez, y rápidamente miró a su alrededor—. El murmullo también se hizo inmediatamente más fuerte y, como el hombre no dijo nada más, se extinguió gradualmente. Ahora la sala estaba mucho más silenciosa que cuando K había entrado. Sólo la gente de la tribuna no había dejado de hacer comentarios. Por lo que se podía distinguir, en la penumbra, el polvo y la neblina, parecían estar menos bien vestidos que los de abajo. Muchos de ellos habían traído almohadas que habían puesto entre sus cabezas y el techo para no lastimarse apretados contra él.

K había decidido que se dedicaría más a observar que a hablar, así que no se defendió por supuestamente haber llegado tarde, y se limitó a decir: "Bueno, tal vez haya llegado tarde, estoy aquí ahora". Siguieron fuertes aplausos, una vez más desde el lado derecho de la sala. La gente fácil de poner de tu lado, pensó K., y sólo le molestaba el silencio del lado izquierdo, que estaba directamente detrás de él y del que sólo se escuchaban aplausos de unos pocos individuos. Se preguntaba qué podía decir para que todos juntos lo apoyaran o, si eso no era posible, para al menos conseguir el apoyo de los demás por un tiempo.

—Sí —dijo el hombre—, pero ahora ya no tengo ninguna obligación de oír su caso —volvió a oír un murmullo, pero esta vez fue engañoso, ya que el hombre hizo a un lado las objeciones de la gente con la mano y continuó—, sin embargo, como excepción, continuaré con ello hoy. Pero nunca se debe llegar tarde así. Y ahora, ¡da un paso adelante!" Alguien saltó del podio para que quedara un lugar libre para K., y K. se subió a él. Estaba apretado contra la mesa, la presión de la multitud detrás de él era tan grande que tenía que apretarse contra ella si no quería empujar el escritorio del juez fuera del podio y tal vez al juez junto con él.

El juez, sin embargo, no prestó atención a eso, sino que se sentó muy cómodamente en su silla y, después de decir unas palabras para cerrar su discusión con el hombre que estaba detrás de él, tomó un pequeño cuaderno de notas, el único elemento en su escritorio. Era como un cuaderno de ejercicios de la vieja escuela y se había deformado bastante de tanto hojear. —Ahora —dijo el juez, hojeando el libro—. Se volvió hacia K con el tono de quien conoce los hechos y le dijo: —¿Es usted un pintor de casas? —No —dijo K.—, soy el jefe de un gran banco. Esta respuesta fue seguida por risas entre la facción de la mano derecha en el vestíbulo, fue tan cordial que K no pudo evitar unirse a ella. La gente se apoyaba con las manos en las rodillas y temblaba como si sufriera un grave ataque de tos. Incluso algunos de los que estaban en la galería se reían. El juez se había enfadado bastante, pero parecía no tener poder sobre los que estaban debajo de él en la sala, trató de reducir el daño que se había hecho en la galería y se levantó de un salto amenazándolos, sus cejas, hasta entonces apenas notables, se levantaron y se volvieron grandes, negras y tupidas sobre sus ojos.

El lado izquierdo de la sala todavía estaba en silencio, sin embargo, la gente se quedó allí en filas con sus rostros mirando hacia el podio escuchando lo que se decía allí, observaron el ruido del otro lado de la sala con la misma quietud e incluso permitieron que algunos individuos de sus propias filas, aquí y allá, para avanzar hacia la otra facción. La gente de la facción de izquierda no sólo era menos numerosa que la de derecha, sino que probablemente no era más importante que ellos, aunque su comportamiento era más tranquilo y eso hacía que pareciera que lo eran. Cuando K empezó a hablar, se convenció de que lo hacía de la misma manera que ellos.

—Su pregunta, mi señor, sobre si soy un pintor de casas —de hecho, incluso más que eso, usted no me lo preguntó en absoluto, sino que simplemente me lo impuso— es sintomática de toda la forma en que se están llevando a cabo estos procedimientos contra mí. Tal vez usted objetará que no hay ningún procedimiento contra mí. Tendrá usted toda la razón, ya que sólo hay procedimientos si reconozco que los hay. Pero, por el momento, lo reconozco, en gran medida por lástima hacia ustedes mismos. Es imposible no observar todo este asunto sin sentir lástima. No digo que las cosas se estén haciendo sin el debido cuidado, pero me gustaría dejar claro que soy yo quien hace el reconocimiento".

K dejó de hablar y miró hacia el vestíbulo. Había hablado con dureza, más bruscamente de lo que pretendía, pero tenía toda la razón. Debería haber sido recompensado con algunos aplausos aquí y allá, pero todo estaba en silencio, todos estaban claramente esperando lo que vendría después, tal vez la quietud estaba preparando el terreno para un estallido de actividad que pondría fin a todo este asunto. Fue un poco inquietante que justo en ese momento se abrió la puerta del fondo del pasillo, la joven lavandera, que parecía haber terminado su trabajo, entró y, a pesar de todas sus precauciones, atrajo la atención de algunas de las personas que estaban allí. Sólo el juez dio a K algún placer directo, ya que parecía haber quedado inmediatamente impresionado por las palabras de K. Hasta entonces, lo había escuchado de pie, ya que el discurso de K lo había tomado por sorpresa mientras dirigía su atención a la galería. Ahora, en la pausa, se sentó muy lentamente, como si no quisiera que nadie se diera cuenta. Volvió a sacar el cuaderno, probablemente para dar la impresión de estar más tranquilo.

-Eso no le servirá de nada, señor -prosiguió K.-, ni siquiera su librito no hará más que confirmar lo que le digo. K. se contentaba con no oír más que sus propias palabras en voz baja en aquella habitación llena de desconocidos, e incluso se atrevía a coger casualmente el cuaderno del juez de instrucción y, tocándolo sólo con la punta de los dedos, como si fuera algo repugnante: Lo levantó en el aire, sosteniéndolo justo por una de las páginas del medio, de modo que las otras a cada lado de él, escritas al detalle, borrosas y amarillentas, ondeaban. —Esas son las notas oficiales del juez de instrucción —dijo, y dejó caer el cuaderno sobre la mesa—. "Puede leer en su libro todo lo que quiera, señor, realmente no tengo nada en este libro de cargos que temer, aunque no tengo acceso a él ya que no lo querría en mi mano, solo puedo tocarlo con dos dedos". El juez agarró el cuaderno de donde había caído sobre el escritorio —lo que no podía ser más que una señal de su profunda humillación, o al menos así debió ser percibido—, trató de ordenarlo un poco y lo volvió a sostener frente a sí para leerlo.

Las personas de la primera fila lo miraron, mostrando tal tensión en sus rostros que él volvió a mirarlos durante algún tiempo. Cada uno de ellos era un anciano, algunos de ellos con barbas blancas. ¿Podrían ser acaso el grupo crucial que podría cambiar toda la asamblea en un sentido u otro? Habían caído en un estado de inmovilidad mientras K pronunciaba su discurso, y no había sido posible sacarlos de esta pasividad ni siquiera cuando el juez estaba siendo humillado. —Lo que me ha sucedido —continuó K., con menos vigor que antes, examinaba continuamente los rostros de la primera fila, y esto daba a su discurso un carácter algo nervioso y distraído—, lo que me ha sucedido no es un caso aislado. Si lo fuera, no tendría mucha importancia, ya que no es de mucha importancia para mí, pero es un síntoma de los procedimientos que se llevan a cabo contra muchos. Es en nombre de ellos que estoy aquí ahora, no solo por mí".

Sin proponérselo, había alzado la voz. En algún lugar del pasillo, alguien levantó las manos y lo aplaudió gritando: "¡Bravo! ¿Por qué no entonces? ¡Bravo! De nuevo digo: ¡Bravo!" Algunos de los hombres de la primera fila tanteaban sus barbas, ninguno de ellos miró a su alrededor para ver quién gritaba. Ni siquiera K. le dio importancia, pero le levantó el ánimo; Ya no creía necesario que todos los que estaban en la sala le aplaudieran, bastaba con que la mayoría de ellos se pusiera a pensar en el asunto y que sólo uno de ellos, de vez en cuando, se convenciera.

—No estoy tratando de ser un orador exitoso —dijo K después de este pensamiento—, eso es probablemente más de lo que soy capaz de hacer de todos modos. Estoy seguro de que el juez de instrucción puede hablar mucho mejor que yo, después de todo, es parte de su trabajo. Todo lo que quiero es una discusión pública de un mal público. Escuchen: hace diez días me pusieron bajo arresto, el arresto en sí es algo de lo que me río, pero eso no viene al caso. Vinieron a buscarme por la mañana, cuando todavía estaba en la cama. Tal vez se había dado la orden de arrestar a algún pintor de casas —eso parece posible después de lo que ha dicho el juez—, alguien que es tan inocente como yo, pero fue a mí a quien eligieron. Había dos matones de la policía ocupando la habitación contigua. No podrían haber tomado mejores precauciones si yo hubiera sido un ladrón peligroso. Y estos policías eran una chusma sin principios, me hablaron hasta que me cansé, querían sobornos, querían engañarme para que les diera mi ropa, querían dinero, supuestamente para poder traerme el desayuno después de haber comido descaradamente mi propio desayuno frente a mis ojos. Y ni siquiera eso fue suficiente. Me llevaron frente al supervisor en otra habitación. Esta era la habitación de una señora a la que tengo mucho respeto, y me vi obligado a mirar mientras el supervisor y los policías hacían un gran desastre en esta habitación por mi culpa, aunque no por culpa mía. No fue fácil mantener la calma, pero lo logré y estaba completamente tranquilo cuando le pregunté al supervisor por qué estaba bajo arresto. Si estuviera aquí, tendría que confirmar lo que digo. Ahora puedo verlo, sentado en la silla que pertenecía a esa dama que mencioné, una imagen de arrogancia torpe. ¿Qué creen que respondió? Lo que me dijo, señores, no fue en absoluto en absoluto; Tal vez realmente no sabía nada, me había puesto bajo arresto y estaba satisfecho. De hecho, había hecho más que eso y había traído a la habitación de la señora a tres empleados subalternos del banco donde trabajo; Se habían ocupado de interferir con algunas fotografías que pertenecían a la señora y causar un desastre. Había, por supuesto, otra razón para traer a estos empleados; Se esperaba de ellos, al igual que mi casera y su criada, que difundieran la noticia de mi arresto y dañaran mi reputación pública y, en particular, que me destituyeran de mi puesto en el banco. Bueno, no lograron nada de eso, ni en lo más mínimo, incluso mi casera, que es una persona bastante sencilla —y les daré aquí su nombre con todo respeto, se llama la señora Grubach—, incluso la señora Grubach fue lo suficientemente comprensiva como para ver que una detención como esta no tiene más significado que un ataque llevado a cabo en la calle por unos jóvenes que no están debidamente controlados. Repito, todo este asunto no me ha causado más que disgustos e irritaciones temporales, pero ¿no podría haber tenido también algunas consecuencias mucho peores?

K. se interrumpió y miró al juez, que no dijo nada. Mientras lo hacía, creyó ver al juez usar un movimiento de sus ojos para hacer una señal a alguien en la multitud. K. sonrió y dijo: "Y ahora el juez, a mi lado, está dando una señal secreta a alguien de ustedes. Parece que hay alguien entre ustedes que está tomando instrucciones desde arriba. No sé si el cartel está destinado a producir abucheos o aplausos, pero me resistiré a tratar de adivinar cuál es su significado demasiado pronto. Realmente no me importa, y le doy a su señoría el juez mi pleno y público permiso para dejar de dar señales secretas a su subordinado pagado allí abajo y dar sus órdenes en palabras en su lugar;

que simplemente diga '¡Boo ahora!', y luego la próxima vez '¡Aplaude ahora!'".

Ya fuera por vergüenza o impaciencia, el juez se balanceaba hacia atrás y hacia adelante en su asiento. El hombre que estaba detrás de él, con quien había estado hablando antes, se inclinó de nuevo hacia adelante, ya sea para darle unas palabras generales de aliento o algún consejo específico. Debajo de ellos, en el vestíbulo, la gente hablaba entre sí en voz baja pero animada. Antes, las dos facciones parecían tener puntos de vista fuertemente opuestos entre sí, pero ahora comenzaron a entremezclarse, algunos individuos señalaron a K., otros señalaron al juez. El aire de la habitación era brumoso y extremadamente opresivo, los que estaban más lejos apenas podían ser vistos a través de él. Debió ser especialmente molesto para los visitantes que estaban en la galería, ya que se vieron obligados a preguntar en voz baja a los participantes en la asamblea qué estaba sucediendo exactamente, aunque con tímidas miradas al juez. Las respuestas que recibieron fueron igual de tranquilas y dadas detrás de la protección de una mano levantada.

—Ya casi he terminado lo que tengo que decir —dijo K., y como no había timbre disponible, golpeó el escritorio con el puño de una manera que sobresaltó al juez y a su consejero y los hizo levantarse la vista el uno del otro. "Nada de esto me concierne y, por lo tanto, puedo hacer una evaluación tranquila de ello, y, suponiendo que este llamado tribunal tenga alguna importancia real, será muy ventajoso para usted escuchar lo que tengo que decir. Si quieres discutir lo que digo, no te molestes en escribirlo hasta más tarde, no tengo tiempo que perder y pronto me iré".

Hubo un silencio inmediato, lo que demostró lo bien que K controlaba a la multitud. No hubo gritos entre ellos como al principio, nadie aplaudió siquiera, pero si no estaban ya convencidos, parecían estar muy cerca.

K se alegró de la tensión que reinaba entre todas las personas que le escuchaban, un susurro surgió del silencio que fue más vigorizante que el aplauso más extático. —No hay duda —dijo en voz baja— de que hay una enorme organización que determina lo que dice este tribunal. En mi caso, esto incluye mi detención y el interrogatorio que se está llevando a cabo hoy aquí, una organización que emplea a policías a los que se puede sobornar, supervisores y jueces de los que no se puede decir nada mejor que que no son tan arrogantes como otros. Esta organización incluso mantiene un poder judicial de alto nivel junto con su séquito de innumerables sirvientes, escribas, policías y toda la demás asistencia que necesita, tal vez incluso verdugos y torturadores, no tengo miedo de usar esas palabras. ¿Y cuál es, señores, el propósito de esta enorme organización? Su propósito es arrestar a personas inocentes y llevar a cabo procesos inútiles contra ellos que, como en mi caso, no conducen a ningún resultado. ¿Cómo podemos evitar que los que están en el cargo se corrompan profundamente cuando todo está desprovisto de significado? Eso es imposible, ni siquiera el juez supremo sería capaz de lograrlo por sí mismo. Es por eso que los policías tratan de robar la ropa de la espalda de aquellos que arrestan, es por eso que los supervisores irrumpen en las casas de personas que no conocen, es por eso que las personas inocentes son humilladas frente a multitudes en lugar de recibir un juicio adecuado. Los policías solo hablaron de los almacenes donde ponen las propiedades de los que arrestan, me gustaría ver estos almacenes donde las posesiones ganadas con tanto esfuerzo a las personas bajo arresto se dejan descomponer, si es que no son robadas por las manos ladronas de los trabajadores del almacén".

K fue interrumpido por un chillido desde el otro extremo de la sala, se tapó los ojos para ver hasta allí, ya que la luz apagada del día hacía que el humo se volviera blanquecino y difícil de ver a través de él. Era la lavandera a quien K había reconocido como una fuente probable de disturbios tan pronto como había entrado. Ahora era difícil ver si era su culpa o no. K sólo pudo ver que un hombre la había arrinconado junto a la puerta y se apretaba contra ella. Pero no era ella la que gritaba, sino el hombre, que había abierto la boca de par en par y miraba al techo. Se había formado un pequeño círculo alrededor de los dos, y los visitantes de la galería, que estaban cerca de él, parecían encantados de que el tono serio que K había introducido en la reunión se hubiera visto perturbado de esa manera. Lo primero que se le ocurrió a K fue correr hacia allí, y también pensó que todo el mundo querría poner las cosas en orden allí o al menos hacer que la pareja saliera de la habitación, pero la primera fila de personas delante de él se quedó donde estaban, nadie se movió y nadie dejó pasar a K. Por el contrario, se interpusieron en su camino, los ancianos extendieron los brazos frente a él y una mano de alguna parte —no tuvo tiempo de darse la vuelta— le agarró del cuello. K., para entonces, ya se había olvidado de la pareja, le pareció que su libertad estaba siendo limitada, como si su arresto estuviera siendo tomado en serio, y, sin pensar en lo que estaba haciendo, saltó del podio. Ahora estaba cara a cara con la multitud. ¿Había juzgado bien al pueblo? ¿Había puesto demasiada fe en el efecto de su discurso? ¿Habían estado fingiendo todo el tiempo que él había estado hablando, y ahora que había llegado al final y a lo que vendría después, estaban cansados de fingir? ¡Qué rostros eran, a su alrededor! Los ojos oscuros y pequeños parpadeaban aquí y allá, las mejillas caían como si estuvieran borrachos, sus largas barbas eran delgadas y rígidas, si las agarraban era más como si estuvieran convirtiendo sus manos en garras, no como si estuvieran agarrando sus propias barbas. Pero debajo de esas barbas —y este fue el verdadero descubrimiento hecho por K.— había insignias de varios tamaños y colores que brillaban en los cuellos de sus abrigos. Por lo que podía ver, cada uno de ellos llevaba una de estas insignias. Todos pertenecían al mismo grupo, aunque parecían estar divididos a la derecha y a la izquierda de él, y cuando de repente se dio la vuelta vio la misma insignia en el cuello del juez de instrucción que lo miró tranquilamente con las manos en el regazo. —De modo que —exclamó K., levantando los brazos como si esta súbita comprensión necesitara más espacio—, todos vosotros estáis trabajando para esta organización, ahora veo que sois la panda de tramposos y mentirosos de los que acabo de hablar, todos os habéis metido aquí para escucharme y husmearme. Dieron la impresión de haberse formado en facciones, uno de ustedes incluso me aplaudió para ponerme a prueba, ¡y querían aprender a atrapar a un hombre inocente! Bueno, espero que no hayas venido aquí en vano, espero que te hayas divertido un poco con alguien que esperaba que defendieras su inocencia, o de lo contrario... ¡suéltame o te golpearé —gritó K a un anciano tembloroso que se había acercado especialmente a él—, o bien que realmente hayas aprendido algo. Y por eso te deseo buena suerte en tu oficio". Tomó rápidamente su sombrero de donde estaba en el borde de la mesa y, rodeado de un silencio causado tal vez por la completa sorpresa, se abrió paso hacia la salida. Sin embargo, el juez de instrucción parece haberse movido aún más rápido que K., ya que lo estaba esperando en la puerta. —Un momento —dijo—. K se quedó donde estaba, pero miró a la puerta con la mano ya en el picaporte y no al juez. —Sólo quería llamar su atención —dijo el juez— sobre algo de lo que usted parece no ser consciente todavía: hoy se ha robado a sí mismo las ventajas que una audiencia de este tipo siempre da a alguien que está bajo arresto. -K. se rió hacia la puerta-. —Montón de imbéciles —gritó—, podéis guardarme todas vuestras audiencias como regalo —y luego abrió la puerta y bajó corriendo los escalones—. Detrás de él, el ruido de la asamblea se elevó a medida que se animaba una vez más y probablemente comenzó a discutir estos eventos como si estuviera haciendo un estudio científico de ellos.

Capítulo tres

En la sala vacía del tribunal... El estudiante... Las oficinas

Todos los días de la semana siguiente, K. esperaba que llegara otra citación, no podía creer que su rechazo a más audiencias se hubiera tomado al pie de la letra, y cuando la citación esperada realmente no había llegado el sábado por la noche, lo interpretó como que se esperaba que, sin que se lo dijeran, se presentara en el mismo lugar a la misma hora. Así que el domingo se puso en marcha una vez más en la misma dirección, subiendo sin vacilar las escaleras y los pasillos; Algunas de las personas se acordaron de él y lo saludaron desde sus puertas, pero ya no necesitó preguntar a nadie el camino y pronto llegó a la puerta correcta. Se abrió en cuanto llamó a la puerta y, sin prestar atención a la mujer que había visto la última vez y que estaba de pie en la puerta, estaba a punto de pasar directamente a la habitación contigua cuando ella le dijo: «Hoy no hay sesión». —¿A qué te refieres? ¿No hay sesión?", preguntó, sin poder creerlo. Pero la mujer lo persuadió abriendo la puerta de la habitación contigua. De hecho, estaba vacío, y se veía aún más vacío que el domingo anterior. En el podio estaba la mesa exactamente igual que antes, con unos cuantos libros sobre ella. -¿Puedo echar un vistazo a esos libros? -preguntó K., no porque tuviera especial curiosidad, sino para no haber venido en vano. —No —dijo la mujer mientras volvía a cerrar la puerta—, eso no está permitido. Esos libros pertenecen al juez de instrucción". —Ya veo —dijo K., y asintió—, esos libros deben ser libros de leyes, y así es como este tribunal hace las cosas, no sólo para juzgar a personas que son inocentes, sino incluso para juzgarlas sin que sepan lo que está pasando. —Supongo que tienes razón —dijo la mujer, que no había entendido exactamente lo que quería decir—. —Entonces será mejor que me vaya otra vez —dijo K. —¿Debo dar un mensaje al juez de instrucción? —preguntó la mujer. —¿Lo conoce usted, entonces? —preguntó K. —Claro que lo conozco —dijo la mujer—, mi marido es el ujier de la corte. Sólo entonces K se dio cuenta de que la habitación, que antes no había tenido más que una bañera, había sido acondicionada como sala de estar. La mujer vio lo sorprendido que estaba y dijo: "Sí, podemos vivir aquí como queramos, solo tenemos que despejar la habitación cuando el tribunal esté en sesión. Hay muchas desventajas en el trabajo de mi esposo". —No es tanto la habitación lo que me sorprende —dijo K., mirándola malhumoradamente—, lo que me choca es que estés casada. "¿Está pensando en lo que sucedió la última vez que el tribunal estuvo en sesión, cuando perturbé lo que estaba diciendo?", preguntó la mujer. —Por supuesto —dijo K.—, ahora está en el pasado y casi lo he olvidado, pero en aquel momento me enfureció. Y ahora tú misma me dices que eres una mujer casada. "No fue ninguna desventaja para ti que te interrumpieran el habla. La forma en que hablaron de ti después de que te fuiste fue realmente mala". —Bien podría ser —dijo K., volviéndose—, pero eso no le excusa. —No conozco a nadie que se lo reprochen —dijo la mujer—. "Él, que me rodeó con sus brazos, me ha estado persiguiendo durante mucho tiempo. Puede que no sea muy atractiva para la mayoría de la gente, pero lo soy para él. No tengo ninguna protección de él, incluso mi marido ha tenido que acostumbrarse; Si quiere conservar su trabajo, tiene que soportarlo, ya que ese hombre es un estudiante y es casi seguro que será muy poderoso más adelante. Siempre está detrás de mí, acababa de irse cuando llegaste. —Eso encaja con todo lo demás —dijo K.—, no me sorprende. —¿Quiere mejorar un poco las cosas aquí? —preguntó la mujer lentamente, observándolo como si estuviera diciendo algo que pudiera ser tan peligroso para K como para ella misma. "Eso es lo que pensé cuando te escuché hablar, me gustó mucho lo que dijiste. Eso sí, solo escuché una parte, me perdí el principio y al final estaba acostada en el suelo con el estudiante, es tan horrible aquí —dijo después de una pausa y tomó la mano de K. —¿Cree usted que realmente será capaz de mejorar las cosas? —K sonrió y retorció un poco su mano entre las suaves manos de ella. —Realmente no es mi trabajo mejorar las cosas aquí, como usted dice —dijo—, y si le dijera eso al juez de instrucción, se reiría de usted o lo castigaría por ello. Realmente no me habría involucrado en este asunto si hubiera podido evitarlo, y no habría perdido el sueño preocupándome por cómo se debe mejorar este tribunal. Pero el hecho de que me digan que me han arrestado, y estoy bajo arresto, me obliga a tomar alguna medida, y a hacerlo por mi propio bien. Sin embargo, si puedo serle de alguna utilidad en el proceso, por supuesto, estaré encantado de hacerlo. Y estaré encantado de hacerlo, no sólo por caridad, sino también porque me puedes ser de alguna ayuda". —¿En qué podría ayudarte, entonces? —dijo la mujer. "Podría, por ejemplo, mostrarme los libros que están sobre la mesa". —Sí, por supuesto —exclamó la mujer, y arrastró a K detrás de ella mientras corría hacia ellos—. Los libros eran viejos y estaban muy gastados, la cubierta de uno de ellos casi se había roto por la mitad, y estaba sujeta con algunos hilos. —Aquí todo está muy sucio —dijo K., meneando la cabeza, y antes de que pudiera recoger los libros, la mujer se secó parte del polvo con el delantal. K. agarró el libro que estaba encima y lo abrió, apareció un cuadro indecente. Un hombre y una mujer estaban sentados desnudos en un sofá, la intención básica de quien la dibujó era fácil de ver, pero había carecido de tanta habilidad que todo lo que se podía distinguir era al hombre y la mujer que dominaban el cuadro con sus cuerpos, sentados en posturas demasiado erguidas que creaban una perspectiva falsa y dificultaban que se acercaran el uno al otro. K. ya no hojeó más ese libro, sino que abrió el siguiente en la portada, era una novela con el título Lo que Grete sufrió de su marido, Hans. —De modo que este es el tipo de libro de derecho que estudian aquí —dijo K.—, este es el tipo de persona que me juzga. —Puedo ayudarte —dijo la mujer—, ¿quieres que lo haga? "¿Realmente podrías hacer eso sin ponerte en peligro? Usted ha dicho antes que su marido depende totalmente de sus superiores. "Todavía quiero ayudarte", dijo la mujer, "ven aquí, tenemos que hablar de eso. No digas más sobre el peligro en el que estoy, solo temo el peligro donde quiero temerlo. Ven aquí". Señaló el podio y lo invitó a sentarse en el escalón con ella. —Tienes unos ojos oscuros preciosos —dijo después de que se hubieron sentado, mirando a K a la cara—, la gente dice que yo también tengo unos ojos bonitos, pero los tuyos son mucho más bonitos. Fue lo primero que noté cuando llegaste aquí por primera vez. Incluso es por eso que entré aquí, a la sala de asambleas, después, normalmente nunca haría eso, realmente ni siquiera se me permite". De modo que de eso se trata todo esto, pensó K., se está ofreciendo a mí, es tan degenerada como todo lo demás por aquí, está harta de los funcionarios de la corte, lo cual es comprensible, supongo, y por eso se acerca a cualquier extraño y hace cumplidos sobre sus ojos. Dicho esto, K se levantó en silencio, como si hubiera expresado sus pensamientos en voz alta, y así explicó su acción a la mujer. —No creo que usted pueda serme de ninguna ayuda —dijo—, para ser de alguna ayuda real necesitaría estar en contacto con altos funcionarios. Pero estoy seguro de que solo conoces a los empleados inferiores, y hay multitudes de ellos pululando por aquí. Estoy seguro de que usted está muy familiarizado con ellos y podría lograr mucho a través de ellos, no tengo ninguna duda de eso, pero lo máximo que se podría hacer a través de ellos no tendría ninguna relación con el resultado final del juicio. Tú, por otro lado, perderías a algunos de tus amigos como resultado, y no tengo ningún deseo de eso. Continúa con estas personas de la misma manera que lo has hecho, ya que me parece que es algo de lo que no puedes prescindir. No me arrepiento de decir esto porque, a cambio de tu cumplido hacia mí, también te encuentro bastante atractivo, especialmente cuando me miras con tanta tristeza como lo haces ahora, aunque realmente no tienes ninguna razón para hacerlo. Perteneces a la gente con la que tengo que combatir, y te sientes muy cómoda entre ellos, incluso estás enamorada del estudiante, o si no lo amas, al menos lo prefieres a tu esposo. Es fácil verlo por lo que has estado diciendo". —¡No! —gritó ella, permaneció sentada donde estaba y agarró la mano de K., que no logró apartar lo suficientemente rápido. "¡No puedes irte ahora, no puedes irte cuando me has juzgado mal así! ¿Eres realmente capaz de irte ahora? ¿De verdad soy tan inútil que ni siquiera me harás el favor de quedarme un poco más? —Me has entendido mal —dijo K., volviéndose a sentar—, si para ti es realmente importante que me quede aquí, estaré encantado de hacerlo, tengo tiempo de sobra, he venido aquí pensando que se iba a celebrar un juicio. Lo único que quise decir con lo que acabo de decir es pedirles que no hagan nada en mi nombre en los procedimientos contra mí. Pero incluso eso no es nada de lo que preocuparse cuando considera que no hay nada pendiente del resultado de este juicio, y que, sea cual sea el veredicto, me reiré de él. Y eso es incluso presuponiendo que llegue a alguna conclusión, lo cual dudo mucho. Creo que es mucho más probable que los funcionarios de la corte sean demasiado perezosos, demasiado olvidadizos o incluso demasiado temerosos para continuar con estos procedimientos y que pronto sean abandonados, si es que no han sido abandonados ya. Incluso es posible que finjan que continúan con el juicio con la esperanza de recibir un gran soborno, aunque puedo decirles ahora que eso será en vano, ya que no pago sobornos a nadie. Tal vez un favor que podría hacerme sería decirle al juez de instrucción, o a cualquier otra persona a la que le guste difundir noticias importantes, que nunca me dejaré inducir a pagar ningún tipo de soborno a través de ninguna estratagema suya, y estoy seguro de que tienen muchas estratagemas a su disposición. No hay ninguna posibilidad de eso, se les puede decir abiertamente. Y lo que es más, supongo que ya se han dado cuenta, o incluso si no lo han hecho, este asunto no es realmente tan importante para mí como creen. Esos caballeros sólo se guardarían algún trabajo para sí mismos, o al menos algún disgusto para mí, que, sin embargo, me alegro de soportar si sé que cada disgusto para mí es un golpe contra ellos. Y me aseguraré de que sea un golpe contra ellos. ¿De verdad conoces al juez? —Claro que sí —dijo la mujer—, fue en él quien pensé cuando me ofrecí a ayudarte. No sabía que era solo un funcionario menor, pero si lo dices debe ser cierto. Eso sí, sigo pensando que el informe que da a sus superiores debe tener alguna influencia. Y escribe muchos reportajes. Dices que estos funcionarios son perezosos, pero ciertamente no todos son perezosos, especialmente este juez de instrucción, que escribe mucho. El domingo pasado, por ejemplo, esa sesión se prolongó hasta la noche. Todos se habían ido, menos el juez de instrucción se quedó en el pasillo, tuve que llevarle una lámpara, todo lo que tenía era una pequeña lámpara de cocina, pero él estaba muy satisfecho con ella y comenzó a escribir de inmediato. Mientras tanto llegó mi marido, que siempre tiene el día libre los domingos, volvimos a poner los muebles y arreglamos nuestra habitación y luego vinieron algunos de los vecinos, nos sentamos y hablamos un rato junto a una vela, en fin, nos olvidamos del juez de instrucción y nos fuimos a la cama. De repente en la noche, debe haber sido bastante tarde en la noche, me despierto, al lado de la cama, allí está el juez de instrucción sombreando la lámpara con la mano para que no caiga luz sobre mi esposo, no necesitaba tener tanto cuidado como eso, la forma en que mi esposo duerme la luz no lo habría despertado de todos modos. Me quedé bastante sorprendido y estuve a punto de gritar, pero el juez fue muy amable, me advirtió que debía tener cuidado, me susurró que había estado escribiendo todo este tiempo, y ahora me ha traído la lámpara, y nunca olvidará cómo me veía cuando me encontró allí durmiendo. Lo que quiero decir, con todo esto, solo quería decirles cómo el juez de instrucción realmente escribe muchos informes, especialmente sobre usted, ya que interrogarlo fue definitivamente uno de los temas principales en la agenda de ese domingo. Si escribe informes, siempre y cuando sean de cierta importancia. Y además de todo eso, se puede ver por lo que pasó que el juez de instrucción me está persiguiendo, y es ahora mismo, cuando ha empezado a fijarse en mí, cuando puedo tener mucha influencia sobre él. Y tengo otras pruebas de que también significo mucho para él. Ayer me mandó a ese alumno, en el que realmente confía y con el que trabaja, le mandó un regalo para mí, unas medias de seda. Dijo que era porque me despejo en la sala del tribunal, pero eso es solo un fingimiento, ese trabajo no es más que lo que se supone que debo hacer, es por lo que le pagan a mi esposo. Bonitas medias, mira —estiró la pierna, se subió la falda hasta la rodilla y miró ella misma la media—, son bonitas medias, pero son demasiado buenas para mí, en realidad.

De repente se interrumpió a sí misma y puso su mano sobre la de K. como si quisiera calmarlo, y susurró: —Cállate, Berthold nos está observando. K. levantó lentamente la vista. En la puerta de la sala del tribunal había un hombre joven, de baja estatura, las piernas no del todo rectas, y movía continuamente el dedo en una barba corta, delgada y roja con la que esperaba parecer digno. K. lo miró con cierta curiosidad, era el primer estudiante que había conocido en su vida de la desconocida disciplina de la jurisprudencia, al menos cara a cara, un hombre que incluso con toda probabilidad alcanzaría un alto cargo algún día. El estudiante, por el contrario, parecía no prestar atención a K en absoluto, simplemente retiró el dedo de su barba el tiempo suficiente para hacer señas a la mujer y se acercó a la ventana, la mujer se inclinó hacia K y susurró: "No te enfades conmigo, por favor no lo hagas, y por favor no pienses mal de mí tampoco, Tengo que ir a él ahora, a este hombre horrible, sólo mira sus piernas dobladas. Pero volveré enseguida y luego iré contigo si me llevas, iré a donde quieras, puedes hacer conmigo lo que quieras, seré feliz si puedo estar fuera de aquí el mayor tiempo posible, sería mejor si pudiera irme de aquí para siempre". Volvió a acariciar la mano de K., se levantó de un salto y corrió hacia la ventana. Antes de darse cuenta, K la agarró de la mano, pero no la consiguió. Realmente se sentía atraído por la mujer, e incluso después de pensarlo mucho, no pudo encontrar una buena razón por la que no debiera ceder a su encanto. Por un momento se le pasó por la cabeza que la mujer tenía la intención de tenderle una trampa en nombre del tribunal, pero esa era una objeción que no tuvo dificultad en defenderse. ¿De qué manera podría atraparlo? ¿No era todavía libre, tan libre que podía aplastar a toda la corte cuando quisiera, al menos en lo que a él le concernía? ¿No podía tener tanta confianza en sí mismo? Y su ofrecimiento de ayuda sonaba sincero, y tal vez no era del todo inútil. Y tal vez no había mejor venganza contra el juez de instrucción y sus compinches que arrebatarle a esta mujer y tenerla para él. Tal vez entonces, después de mucho trabajo duro escribiendo informes deshonestos sobre K., el juez iría a la cama de la mujer tarde una noche y la encontraría vacía. Y estaría vacía porque pertenecía a K., porque esa mujer de la ventana, ese cuerpo exuberante, flexible, cálido, con sus ropas sombrías de material áspero y pesado, le pertenecía a él, totalmente a él y sólo a él. Una vez que hubo calmado sus pensamientos hacia la mujer de esta manera, comenzó a descubrir que la conversación tranquila en la ventana estaba tomando demasiado tiempo, golpeó el podio con los nudillos y luego incluso con el puño. El estudiante apartó brevemente la mirada de la mujer para mirar a K por encima del hombro, pero se dejó perturbar, de hecho, incluso se acercó a la mujer y la rodeó con los brazos. Ella bajó la cabeza como si lo escuchara con atención, mientras lo hacía, él la besó justo en el cuello, casi sin interrumpir lo que estaba diciendo. K. vio esto como una confirmación de la tiranía que el estudiante ejercía sobre la mujer y de la que ella ya se había quejado, se puso en pie y caminó de un lado a otro de la habitación. Mirando de reojo al estudiante, se preguntó cuál sería la manera más rápida posible de deshacerse de él, y por eso no le fue desagradable que el estudiante, claramente perturbado por los vaivenes de K., que ahora se habían convertido en un pataleo de arriba abajo, le dijera: Ya sabes, si te estás impacientando. Podrías haber ido antes, nadie te habría echado de menos. De hecho, deberías haberte ido, deberías haberte ido lo más rápido posible tan pronto como llegué aquí. Este comentario podría haber provocado que estallara toda la rabia posible entre ellos, pero K. también tenía en cuenta que se trataba de un posible funcionario judicial que hablaba con un acusado desfavorecido, y bien podría haberse enorgullecido de hablar de esa manera. K. permaneció de pie muy cerca de él y le dijo con una sonrisa: —Tiene usted toda la razón, estoy impaciente, pero la manera más fácil de calmar esta impaciencia sería que nos dejara. Por otro lado, si has venido aquí a estudiar —según he oído, eres un estudiante—, estaré encantado de dejarte la habitación a ti y marcharme con la mujer. Estoy seguro de que todavía tendrás mucho que estudiar antes de convertirte en juez. Es cierto que todavía no estoy muy familiarizado con su rama de la jurisprudencia, pero supongo que implica mucho más que hablar bruscamente, y veo que no tiene vergüenza de hacerlo extremadamente bien. —No se le debería haber permitido moverse tan libremente —dijo el estudiante, como si quisiera dar a la mujer una explicación de los insultos de K.—, eso fue un error. Se lo he dicho al juez de instrucción. Al menos debería haber estado detenido en su habitación entre audiencias y audiencias. A veces es imposible entender lo que el juez piensa que está haciendo". —Estás perdiendo el aliento —dijo K., y luego extendió la mano hacia la mujer y dijo—: Ven conmigo. —De modo que eso es todo —dijo el estudiante—, oh no, no la vas a atrapar —y con una fuerza que no hubieras esperado de él, la miró tiernamente, la levantó sobre un brazo y, con la espalda encorvada bajo el peso, corrió con ella hasta la puerta. De este modo, demostraba, inequívocamente, que hasta cierto punto temía a K., pero, sin embargo, se atrevía a provocarlo aún más acariciando y apretando el brazo de la mujer con la mano libre. K. corrió unos pasos hasta él, pero cuando lo alcanzó y estaba a punto de agarrarlo y, si era necesario, estrangularlo, la mujer dijo: "No es bueno, es el juez de instrucción que me ha mandado a buscar, no me atrevo a ir contigo, este pequeño bastardo..." Y aquí pasó su mano por la cara del estudiante, "este pequeño bastardo no me deja". —¡Y usted no quiere ser libre! —gritó K., poniendo la mano en el hombro del estudiante, que luego la golpeó con los dientes. —¡No! —gritó la mujer, apartando a K con ambas manos—, no, no, no hagas eso, ¿qué crees que estás haciendo? Ese sería mi fin. Suéltalo, por favor, suéltalo. Él solo está cumpliendo las órdenes del juez, me está llevando a él". -Deja que te lleve, y no quiero volver a verte -dijo K., enfurecido por su decepción y dando al estudiante un golpe en la espalda que le hizo tropezar brevemente y luego, contento de no haberse caído, saltó inmediatamente más alto con su carga. K. los siguió lentamente. Se dio cuenta de que este era el primer revés inequívoco que había sufrido por parte de estas personas. Por supuesto, no había nada de qué preocuparse, aceptó el revés solo porque estaba buscando pelea. Si se quedara en casa y siguiera con su vida normal, sería mil veces superior a estas personas y podría quitarse de en medio a cualquiera de ellas con solo una patada. Y se imaginó la escena más ridícula posible como ejemplo de ello, si ese estudiante despreciable, este niño inflado, este pelirrojo despeinado, si estuviera arrodillado ante la cama de Elsa, retorciéndose las manos y suplicando perdón. K. disfrutó tanto imaginando esta escena que decidió llevar al estudiante a Elsa con él si alguna vez tenía la oportunidad.

K tenía curiosidad por ver adónde llevarían a la mujer y corrió hacia la puerta, no era probable que el estudiante la llevara del brazo por las calles. Resultó que el viaje era mucho más corto. Justo enfrente del piso había un estrecho tramo de escalones de madera que probablemente conducían al desván, giraban a medida que avanzaban, de modo que no era posible ver dónde terminaban. El estudiante llevó a la mujer por los escalones, y después de los esfuerzos de correr con ella, pronto comenzó a gemir y a moverse muy lentamente. La mujer saludó a K. y subiendo y bajando los hombros trató de demostrar que era una parte inocente en este secuestro, aunque el gesto no mostraba mucho arrepentimiento. K la miraba sin expresión como un extraño, no quería demostrar que estaba decepcionado ni que superaría fácilmente su decepción.

Los dos habían desaparecido, pero K permanecía de pie en la puerta. Tuvo que aceptar que la mujer no sólo lo había engañado, sino que también le había mentido cuando dijo que la llevaban ante el juez de instrucción. Ciertamente, el juez de instrucción no estaría sentado esperando en el desván. Las escaleras de madera no le explicaban nada por mucho tiempo que las mirara. Entonces K se fijó en un pequeño trozo de papel que estaban junto a ellos, se acercó a él y leyó, con letra infantil e inexperta: «Entrada a las oficinas del tribunal». ¿Estaban entonces las oficinas del juzgado aquí, en el desván de esta vivienda? Si así era como se alojaban, no atraía mucho respeto, y era un consuelo para los acusados darse cuenta del poco dinero que este tribunal tenía a su disposición si tenía que ubicar sus oficinas en un lugar donde los inquilinos del edificio, que se encontraban entre las personas más pobres, tirarían sus trastos innecesarios. Por otro lado, es posible que los funcionarios tuvieran suficiente dinero, pero que lo despilfarraran en sí mismos en lugar de utilizarlo para los fines del tribunal. A juzgar por la experiencia que K. tenía con ellos hasta ahora, eso incluso parecía probable, excepto que si se permitía que el tribunal se deteriorara de esa manera, no sólo humillaría al acusado, sino que también le daría más aliento que si el tribunal estuviera simplemente en un estado de pobreza. K. comprendía también ahora que el tribunal se avergonzaba de convocar a los acusados al desván de este edificio para la primera audiencia, y por qué prefería imponerles en sus propias casas. ¡En qué situación se encontraba K., comparado con el juez sentado en el desván! K., en el banco, tenía un gran despacho con una antesala, y una enorme ventana a través de la cual podía contemplar la actividad de la plaza. Era cierto, sin embargo, que no tenía ingresos secundarios de sobornos y fraudes, y no podía decirle a un sirviente que le trajera una mujer a la oficina del brazo. K., sin embargo, estaba muy dispuesto a prescindir de tales cosas, al menos en esta vida. K. todavía estaba mirando el aviso cuando un hombre subió las escaleras, miró a través de la puerta abierta hacia la sala de estar, donde también era posible ver la sala del tribunal, y finalmente le preguntó a K. si acababa de ver a una mujer allí. —Es usted el ujier del tribunal, ¿verdad? —preguntó K. —Así es —dijo el hombre—, oh, sí, usted es el acusado K., ahora también le reconozco. Me alegro de verte aquí". Y le tendió la mano a K., que distaba mucho de lo que K había esperado. Y cuando K no dijo nada, añadió: "Aunque no hay ninguna sesión judicial prevista para hoy". —Lo sé —dijo K. mientras miraba la casaca de paisano del ujier que, además de sus botones ordinarios, mostraba dos dorados como único signo de su oficina y parecía haber sido sacada de la casaca de un viejo oficial del ejército. "Estaba hablando con tu esposa hace un rato. Ella ya no está aquí. El estudiante se la ha llevado al juez de instrucción. —Escucha esto —dijo el ujier—, siempre me la están llevando. Hoy es domingo, y no es parte de mi trabajo hacer ningún trabajo hoy, pero me envían un mensaje que ni siquiera es necesario para sacarme de aquí. Lo que hacen es enviarme no muy lejos para que todavía pueda tener la esperanza de volver a tiempo si realmente me apresuro. Así que salgo corriendo lo más rápido que puedo, grito el mensaje a través de la rendija de la puerta de la oficina a la que me han enviado, así que sin aliento apenas podrán entenderlo, vuelvo corriendo aquí, pero el estudiante ha sido aún más rápido que yo... bueno, le queda menos camino por recorrer, Solo tiene que bajar corriendo los escalones. Si no dependiera tanto de ellos, habría aplastado al estudiante contra la pared aquí hace mucho tiempo. Justo aquí, al lado del cartel. Siempre soñé con hacer eso. Justo aquí, justo encima del suelo, ahí es donde está aplastado contra la pared, con los brazos extendidos, los dedos separados, las piernas torcidas retorcidas en un círculo y la sangre chorreando a su alrededor. Sin embargo, hasta ahora solo ha sido un sueño". —¿No hay nada más que hagas? —preguntó K con una sonrisa. —Nada que yo sepa —dijo el ujier—. "Y ahora va a empeorar aún más, hasta ahora solo se la ha llevado para él, ahora ha empezado a llevársela para el juez y todo, como siempre había dicho que lo haría". —¿Entonces su esposa no comparte parte de la responsabilidad? —preguntó K. Tuvo que forzarse a sí mismo al hacer esta pregunta, ya que él también se sentía muy celoso ahora. —Claro que sí —dijo el ujier—, es más culpa suya que de ellos. Fue ella la que se apegó a él. Todo lo que hizo, simplemente persigue a cualquier mujer. Solo en este bloque hay cinco pisos a los que lo han echado después de abrirse camino hasta allí. Y mi esposa es la mujer más guapa de todo el edificio, pero soy yo a quien ni siquiera se le permite defenderse". —Si así son las cosas, entonces no hay nada que se pueda hacer —dijo K. —Bueno, ¿por qué no? —preguntó el ujier. "Es un cobarde ese estudiante, si quiere poner un dedo sobre mi esposa, todo lo que tendría que hacer es darle un escondite tan bueno que nunca se atrevería a hacerlo de nuevo. Pero no se me permite hacer eso, y nadie más me va a hacer el favor, ya que todos tienen miedo de su poder. El único que podría hacerlo es un hombre como tú". —¿Qué, cómo iba a hacerlo? —preguntó K con asombro. —Bueno, te enfrentas a una acusación, ¿verdad? —dijo el ujier— . —Sí, pero esa es una razón más para que tenga miedo. Incluso si no tiene ninguna influencia en el resultado del juicio, probablemente la tenga en el examen inicial". —Sí, exactamente —dijo el ujier, como si la opinión de K hubiera sido tan correcta como la suya—. "Solo que no solemos conseguir que se escuchen juicios aquí sin ninguna esperanza". —No soy de la misma opinión —dijo K.—, aunque eso no debería impedirme tratar con el estudiante si se presenta la oportunidad. —Le estaría muy agradecido — dijo el ujier de la corte, un tanto formal, sin parecer realmente creer que su más alto deseo pudiera cumplirse—. —Quizá —prosiguió K.—, quizá haya aquí otros funcionarios suyos, quizá todos, que merezcan lo mismo. —Oh, sí, sí —dijo el ujier, como si se tratara de algo natural—. Luego miró a K con confianza, cosa que, a pesar de toda su amabilidad, no había hecho hasta entonces, y añadió: —Siempre se están rebelando. Pero la conversación pareció haberse vuelto un poco incómoda para él, ya que la interrumpió diciendo: "Ahora tengo que presentarme en la oficina. ¿Te gustaría venir conmigo? —No tengo nada que hacer allí —dijo K—. Podrías echarle un vistazo. Nadie te hará caso". —¿Vale la pena verlo entonces? —preguntó K. vacilante, aunque tenía muchas ganas de ir con él. —Bueno —dijo el ujier—, pensé que le interesaría. —Está bien —dijo

K finalmente—, iré contigo. Y, más rápido que el propio ujier, subió corriendo los escalones.

A la entrada estuvo a punto de caerse, ya que detrás de la puerta había otro escalón. "No muestran mucha preocupación por el público", dijo. —No muestran ninguna preocupación en absoluto —dijo el ujier—, basta con mirar la sala de espera. Consistía en un largo pasillo desde el que unas puertas toscamente hechas conducían a los distintos departamentos del desván. No había una fuente directa de luz, pero tampoco del todo a oscuras, ya que muchos de los departamentos, en lugar de paredes sólidas, solo tenían barras de madera que llegaban hasta el techo para separarlos del pasillo. La luz entraba a través de ellos, y también era posible ver a los funcionarios individuales a través de ellos mientras estaban sentados escribiendo en sus escritorios o se paraban frente a los marcos de madera y observaban a la gente en el pasillo a través de los huecos. Solo había unas pocas personas en el pasillo, probablemente porque era domingo. No eran muy impresionantes. Se sentaron, igualmente espaciados, en dos filas de largos bancos de madera que habían sido colocados a ambos lados del corredor. Todos ellos iban vestidos de forma descuidada, aunque las expresiones de sus rostros, su porte, el estilo de sus barbas y muchos detalles difíciles de identificar demostraban que pertenecían a las clases altas. No había ganchos para abrigos que pudieran usar, por lo que habían colocado sus sombreros debajo del banco, probablemente cada uno habiendo seguido el ejemplo de los demás. Cuando los que estaban sentados más cerca de la puerta vieron a K y al ujier del patio, se levantaron para saludarlos, y cuando los demás vieron eso, también pensaron que tenían que saludarlos, de modo que cuando los dos pasaron, toda la gente que estaba allí se puso de pie. Ninguno de ellos se mantenía erguido, tenían la espalda inclinada, las rodillas dobladas, estaban de pie como mendigos en la calle. K. esperó al ujier, que le seguía justo detrás de él. "Todos deben estar muy desanimados", dijo. —Sí —dijo el ujier—, ellos son los acusados, todos los que ves aquí han sido acusados. —¡De veras! —dijo K—. Entonces son colegas míos. Y se volvió hacia el más cercano, un hombre alto y delgado con el pelo casi gris. —¿Qué es lo que está esperando aquí?

—preguntó K cortésmente, pero el hombre se sobresaltó al oír que le hablaran inesperadamente, lo cual era tanto más lamentable de ver cuanto que el hombre tenía claramente alguna experiencia del mundo y de otros lugares sin duda habría sido capaz de demostrar su superioridad y no habría renunciado fácilmente a la ventaja que había adquirido. Aquí, sin embargo, no sabía qué respuesta dar a una pregunta tan simple y miró a los demás como si tuvieran la obligación de ayudarlo, y como si nadie pudiera esperar una respuesta de él sin esta ayuda. Entonces el ujier de la corte se acercó a él y, para calmarlo y levantarle el ánimo, le dijo: "El caballero que está aquí solo pregunta qué es lo que está esperando. Puedes darle una respuesta". La voz del ujier probablemente le resultaba familiar y tenía mejor efecto que la de K. "Estoy... Estoy esperando...". Comenzó, y luego se detuvo. Claramente había elegido este comienzo para poder dar una respuesta precisa a la pregunta, pero ahora no sabía cómo continuar. Algunos de los otros que esperaban se habían acercado y se habían puesto alrededor del grupo, el ujier del patio les dijo: "Quítense del camino, mantengan libre la pasarela". Se movieron un poco hacia atrás, pero no tanto como donde habían estado sentados antes. Mientras tanto, el hombre a quien K se había acercado primero se había recompuesto e incluso le había respondido con una sonrisa. "Hace un mes presenté algunas solicitudes de pruebas para que se escuchen en mi caso, y estoy esperando que se resuelva". —Parece que te estás esforzando mucho —dijo K. —Sí —dijo el hombre—, después de todo, es asunto mío. —No todo el mundo piensa igual que tú —dijo K. —A mí también me han acusado, pero juro por mi alma que no he presentado pruebas ni he hecho nada por el estilo. ¿De verdad crees que es necesario? —Realmente no lo sé, exactamente —dijo el hombre, una vez más totalmente inseguro de sí mismo—; claramente pensó que K estaba bromeando con él y, por lo tanto, probablemente pensó que era mejor repetir su respuesta anterior para evitar cometer nuevos errores. Con K mirándolo con impaciencia, se limitó a decir: "En lo que a mí respecta, he solicitado que se escuchen estas pruebas". —¿Es posible que no crea que me han acusado? —preguntó K. —Oh, por favor, desde luego que sí —dijo el hombre, apartándose ligeramente hacia un lado, pero en su respuesta había más ansiedad que creencia—. —¿Entonces no me crees? —preguntó K., y le cogió del brazo, inconscientemente impulsado por la actitud humilde del hombre, y como si quisiera obligarle a creerle. Pero no quería lastimar al hombre y solo lo había agarrado muy suavemente. Sin embargo, el hombre gritó como si K no lo hubiera agarrado con dos dedos, sino con tenazas al rojo vivo. Gritar de esta manera ridícula finalmente hizo que K se cansara de él, si no creía que estaba acusado, tanto mejor; tal vez incluso pensó que K. era un juez. Y antes de irse, lo abrazó mucho más fuerte, lo empujó de nuevo al banco y siguió caminando. "Estos acusados son muy sensibles, la mayoría de ellos", dijo el ujier del tribunal. Casi todos los que habían estado esperando se habían reunido en torno al hombre que, a estas alturas, había dejado de gritar y parecían estar haciéndole muchas preguntas precisas sobre el incidente. K. fue abordado por un guardia de seguridad, identificable principalmente por su espada, cuya vaina parecía ser de aluminio. Esto sorprendió mucho a K., que la alargó con la mano. El guardia había llegado a causa de los gritos y preguntó qué había estado pasando. El ujier del juzgado dijo unas palabras para tratar de calmarlo, pero el guardia le explicó que él mismo tenía que investigarlo, saludó y se apresuró, caminando con pasos muy cortos, probablemente a causa de la gota.

K no se preocupó mucho por el guardia ni por aquella gente, sobre todo porque vio un desvío del corredor, a mitad de camino a mano derecha, donde no había ninguna puerta que le impidiera ir en esa dirección. Le preguntó al ujier si ese era el camino correcto, el ujier asintió, y ese fue el camino que K. siguió. El ujier permanecía siempre uno o dos pasos detrás de K., lo que le resultaba irritante, ya que en un lugar como éste podía dar la impresión de que alguien que lo había arrestado lo conducía, por lo que a menudo esperaba a que el ujier lo alcanzara, pero el ujier siempre permanecía detrás de él. Con el fin de poner fin a su incomodidad, K finalmente dijo: "Ahora que he visto cómo se ve aquí, me gustaría irme". —Todavía no lo has visto todo —dijo el ujier con ingenuidad—. —No quiero verlo todo —dijo K., que también se sentía muy cansado—, quiero irme, ¿cuál es el camino hacia la salida? —No te has perdido, ¿verdad? —

preguntó el ujier con asombro—. Baja por aquí hasta la esquina, y luego por el pasillo en línea recta hasta la puerta. —Ven conmigo —dijo K.—, muéstrame el camino, lo echaré de menos, aquí hay tantos caminos diferentes. —Es el único camino que hay —dijo el ujier, que ahora había empezado a sonar bastante reprochable—, no puedo volver con usted otra vez, tengo que entregar mi informe, y ya he perdido mucho tiempo por su culpa. —¡Ven conmigo! —repitió K., ahora algo más brusco, como si por fin hubiera sorprendido al ujier en una mentira. —No grites así —susurró el ujier—, aquí hay oficinas a nuestro alrededor. Si no quieres volver solo, ven conmigo un poco más lejos, o espera aquí hasta que haya ordenado mi informe, entonces estaré encantado de volver contigo de nuevo. —No, no —dijo K.—, no voy a esperar y ahora tienes que venir conmigo. K todavía no había mirado a su alrededor en la habitación donde se encontraba, y sólo se dio cuenta de que se abría una de las muchas puertas de madera que le rodeaban. Una mujer joven, probablemente atraída por la voz de K., entró y preguntó: —¿Qué es lo que quiere el caballero? En la oscuridad, detrás de ella, también había un hombre que se acercaba. K. miró al ujier. Al fin y al cabo, había dicho que nadie se fijaría en K., y ahora venían dos personas, sólo faltaban unas pocas para que todos en la oficina se dieran cuenta de él y pidieran explicaciones de por qué estaba allí. Lo único comprensible y aceptable que se podía decir era que se le acusaba de algo y quería saber la fecha de su próxima audiencia, pero esta era una explicación que no quería dar, sobre todo porque no era cierta, solo había venido por curiosidad. O bien, una explicación aún menos utilizable, podría decir que quería asegurarse de que el tribunal era tan repugnante por dentro como por fuera. Y parecía que había acertado en esta suposición, no tenía ningún deseo de entrometerse más, estaba bastante perturbado por lo que ya había visto, no estaba en el estado de ánimo adecuado en ese momento para enfrentarse a un alto funcionario como el que podía aparecer detrás de cualquier puerta, y quería irse. ya sea con el ujier del tribunal o, si es necesario, a solas.

Pero debía de parecerle muy extraño estar allí en silencio, y la joven y el ujier lo miraban como si pensaran que en cualquier momento iba a sufrir una gran metamorfosis que no querían perderse de ver. Y en el umbral de la puerta estaba el hombre a quien K había visto en el fondo antes, se aferraba firmemente a la viga sobre la puerta baja, balanceándose un poco sobre las puntas de los pies, como si se impacientara mientras miraba. Pero la joven fue la primera en darse cuenta de que el comportamiento de K se debía a que se sentía un poco mal, trajo una silla y preguntó: "¿No le gustaría sentarse?" K. se sentó inmediatamente y, para mantenerse mejor en su lugar, apoyó los codos en los reposabrazos. "Estás un poco mareado, ¿verdad?", le preguntó. Su rostro estaba ahora frente a él, tenía la expresión severa que tienen muchas mujeres jóvenes cuando están en la flor de su juventud. "No es nada de qué preocuparse", dijo, "eso no es nada inusual aquí, casi todos reciben un ataque así la primera vez que vienen aquí. Esta es la primera vez que lo haces. Sí, entonces no es nada inusual. El sol quema el techo y la leña caliente hace que el aire sea tan espeso y pesado. Esto hace que este lugar sea bastante inadecuado para oficinas, independientemente de otras ventajas que pueda ofrecer. Pero el aire es casi imposible de respirar en los días en que hay muchos negocios, y eso es casi todos los días. Y cuando piensas que aquí también hay mucha ropa tendida a secar, y no podemos evitar que los inquilinos lo hagan, no es de extrañar que hayas empezado a sentirte mal. Pero al final te acostumbras bien al aire. Cuando estés aquí por segunda o tercera vez, apenas notarás lo opresivo que es el aire. ¿Se siente usted mejor ahora? -K no respondió, se sentía demasiado avergonzado de verse puesto a merced de aquella gente por su repentina debilidad, y conocer la razón por la que se sentía enfermo no le hizo sentirse mejor, sino un poco peor. La muchacha lo notó de inmediato, y para que el aire fuera más fresco para K., tomó un poste de la ventana que estaba apoyado contra la pared y abrió una pequeña escotilla directamente encima de la cabeza de K que conducía al exterior. Pero cayó tanto hollín que la muchacha tuvo que volver a cerrar inmediatamente la escotilla y limpiar el hollín de las manos de K con su pañuelo, ya que K estaba demasiado cansado para hacerlo por sí mismo. Le habría gustado quedarse callado donde estaba hasta que tuviera fuerzas suficientes para marcharse, y cuanto menos alboroto hiciera la gente por él, más pronto sería. Pero entonces la chica dijo: "No puedes quedarte aquí, estamos estorbando a la gente...". K. la miró como si preguntara a quién le estorbaban el paso. "Si quieres, puedo llevarte a la habitación del enfermo", y volviéndose hacia el hombre de la puerta dijo: "Por favor, ayúdame". El hombre se acercó inmediatamente a ellos, pero K. no quería ir a la habitación del enfermo, eso era justo lo que quería evitar, ser llevado más lejos de un lugar a otro, cuanto más lejos iba, más difícil debía volverse. Así que dijo: "Ahora puedo caminar", y se levantó, temblando después de haberse acostumbrado a sentarse tan cómodamente. Pero luego fue incapaz de mantenerse en pie. —No puedo con eso —dijo negando con la cabeza, y volvió a sentarse con un suspiro— . Recordó al ujier que, a pesar de todo, habría sido capaz de sacarlo de allí, pero que parecía haberse ido mucho antes. K. miró entre el hombre y la joven que estaban de pie frente a él, pero no pudo encontrar al ujier. — Creo —dijo el hombre, que iba elegantemente vestido y cuyo aspecto se hacía especialmente impresionante con un chaleco gris que tenía dos puntas largas y bien entalladas—, que el caballero se siente mal a causa del ambiente que se respira aquí, por lo que lo mejor, y lo que más preferiría, sería no llevarlo a la habitación del enfermo, sino sacarlo de las oficinas por completo. —Así es —exclamó K., con tanta alegría que casi interrumpió lo que el hombre estaba diciendo—, estoy seguro de que eso me hará sentir mejor de inmediato, realmente no soy tan débil, todo lo que necesito es un poco de apoyo debajo de mis brazos, no te causaré muchos problemas, de todos modos no es un camino tan largo, llévame a la puerta y luego me sentaré en las escaleras por un rato y pronto me recuperaré. como no sufro ataques como este en absoluto, yo mismo me sorprende. Yo también trabajo en una oficina y estoy bastante acostumbrado al aire de oficina, pero aquí parece ser demasiado fuerte, ustedes mismos lo han dicho. Así que, por favor, tenga la amabilidad de ayudarme un poco en mi camino, me siento mareado, ya ves, y me pondrá enfermo si me levanto solo. Y con eso levantó los hombros para facilitar que los dos lo tomaran por los brazos.

El hombre, sin embargo, no siguió esta sugerencia, sino que se quedó allí con las manos en los bolsillos del pantalón y se rió a carcajadas. —Ya ve usted —le dijo a la muchacha—, tenía toda la razón. El caballero sólo está enfermo aquí, y no en general. La joven también sonrió, pero golpeó ligeramente el brazo del hombre con la punta de los dedos, como si se hubiera permitido divertirse demasiado con K. —¿Y qué te parece, entonces? —dijo el hombre, todavía riendo—, realmente quiero sacar al caballero de aquí. —Está bien, entonces —dijo la muchacha, inclinando brevemente su encantadora cabeza—. —No te preocupes demasiado por su risa —le dijo la muchacha a K., que se había vuelto infeliz una vez más y miraba fijamente hacia delante como si no necesitara más explicaciones— . —Este caballero, ¿puedo presentarle? —(El hombre dio su permiso con un gesto de la mano)—Entonces, el trabajo de este caballero es dar información. Da toda la información que necesitan a las personas que están esperando, ya que nuestro juzgado y sus oficinas no son muy conocidos entre el público, le piden bastante. Tiene una respuesta para cada pregunta, puedes probarlo si te apetece. Pero esa no es su única distinción, su otra distinción es la elegancia de su vestir. Nosotros, es decir, todos los que trabajamos en las oficinas de aquí, decidimos que el informante tendría que estar vestido de manera elegante, ya que continuamente tiene que tratar con los litigantes y es el primero con el que se encuentran, por lo que debe dar una primera impresión digna. Me temo que el resto de nosotros, como se puede ver con solo mirarme, nos vestimos muy mal y anticuados; Y de todos modos, no tiene mucho sentido gastar mucho en ropa, ya que casi nunca salimos de las oficinas, incluso dormimos aquí. Pero, como ya he dicho, decidimos que el que daba la información tendría que tener ropa bonita. Como la dirección de aquí es bastante peculiar en este sentido, y nos la conseguían, teníamos una colección —algunos de los litigantes también contribuían— y le compramos estas ropas preciosas y algunas otras más. Así que todo estaría listo para que él diera una buena impresión, excepto que lo estropea de nuevo riendo y asustando a la gente". -Así es - dijo el hombre, burlándose de ella-, pero no comprendo por qué le explicas al caballero todos nuestros hechos íntimos, o más bien por qué se los insistes, pues estoy seguro de que no le interesan del todo. Míralo allí sentado, está claro que está ocupado con sus propios asuntos. K. simplemente no tenía ganas de contradecirlo. La intención de la muchacha pudo haber sido buena, tal vez tenía instrucciones de distraerlo o de darle la oportunidad de recuperarse, pero el intento no había funcionado. —Tuve que explicarle por qué te reías —dijo la muchacha—. "Supongo que fue insultante". —Creo que perdonaría insultos aún peores si finalmente lo llevara fuera. K. no dijo nada, ni siquiera levantó la vista, toleraba que los dos negociaran sobre él como un objeto, eso era incluso lo que más le convenía. Pero de repente sintió la mano del informador en un brazo y la mano de la joven en el otro. —Levántate, debilucho —dijo el informante—. —Muchas gracias a los dos —dijo K., gratamente sorprendido, mientras se levantaba lentamente y guiaba personalmente a aquellas manos desconocidas a los lugares donde más necesitaba apoyo. A medida que se acercaban al corredor, la muchacha dijo en voz baja al oído de K.: —Debo pensar que es muy importante mostrar al que da la información de una buena manera, pero no debes dudar de lo que digo, solo quiero decir la verdad. No es duro de corazón. En realidad, no es su trabajo ayudar a los litigantes que están afuera si no se encuentran bien, pero lo está haciendo de todos modos, como pueden ver. Supongo que ninguno de nosotros es duro de corazón, tal vez a todos nos gustaría ser útiles, pero trabajando para las oficinas de los tribunales es fácil para nosotros dar la impresión de que somos duros de corazón y no queremos ayudar a nadie. Me entristece bastante". —¿No le gustaría sentarse aquí un rato? —preguntó el informante, que ya estaban en el pasillo y justo delante del acusado con el que K había hablado antes. K se sintió casi avergonzado de ser visto por él, antes había estado tan erguido frente a él y ahora tenía que ser sostenido por otros dos, su sombrero era sostenido por el dador de información balanceado sobre los dedos extendidos, su cabello estaba despeinado y colgaba sobre el sudor de su frente. Pero el acusado no pareció darse cuenta de lo que estaba sucediendo y se quedó allí humildemente, como si quisiera disculparse con la persona que dio la información por estar allí. El informante miró más allá de él. "Sé", dijo, "que mi caso no se puede resolver hoy, todavía no, pero he venido de todos modos, pensé, pensé que podría esperar aquí de todos modos, hoy es domingo, tengo tiempo de sobra y no estoy molestando a nadie aquí". —No hay necesidad de disculparse tanto —dijo el que da la información—, es muy loable que estés tan atento. Está ocupando espacio aquí cuando no lo necesita, pero mientras no se interponga en mi camino, no haré nada para impedirle seguir el progreso de su caso tan de cerca como desee. Cuando uno ha visto a tantas personas que vergonzosamente descuidan sus casos, uno aprende a mostrar paciencia con personas como tú. Siéntate". —Es muy bueno con los litigantes —susurró la muchacha—. K. asintió, pero volvió a alejarse cuando el informante repitió: —¿No le gustaría sentarse aquí un rato? —No —dijo K.—, no quiero descansar. Lo había dicho con toda la decisión que podía, pero en realidad le habría hecho mucho bien sentarse. Era como si estuviera sufriendo un mareo. Se sentía como si estuviera en un barco en un mar embravecido, como si el agua golpeara contra las paredes de madera, un estruendo desde las profundidades del corredor como si el torrente se estrellara sobre él, como si el corredor se balanceara y los litigantes que esperaban a cada lado subieran y bajaran. Esto hacía aún más incomprensible la calma de la muchacha y del hombre que lo conducía. Estaba a su merced, si lo soltaban caería como una tabla. Sus ojillos miraban aquí y allá, K podía sentir la uniformidad de sus pasos, pero no podía hacer lo mismo, ya que de un escalón a otro era virtualmente llevado. Finalmente se dio cuenta de que le estaban hablando pero no los entendió, todo lo que escuchó fue un ruido que llenó todo el espacio y a través del cual parecía haber una nota más alta inmutable, como una sirena. —Más alto —susurró con la cabeza gacha, avergonzado de tener que pedirles que hablaran más alto cuando sabía que habían hablado lo suficientemente alto, aunque hubiera sido, para él, incomprensible. Por fin, una bocanada de aire fresco sopló en su cara como si se hubiera abierto una brecha en la pared frente a él, y a su lado oyó que alguien decía: "Primero dice que quiere irse, y luego puedes decirle cien veces que esta es la salida y no se mueve". K. se dio cuenta de que estaba parado frente a la salida. y que la joven había abierto la puerta. Le pareció que todas sus fuerzas volvían a él de inmediato, y para anticipar la libertad, subió directamente a una de las escaleras y se despidió de sus compañeros, que le hicieron una reverencia. —Muchas gracias —repitió, estrechándoles la mano una vez más y no la soltó hasta que creyó ver que les resultaba difícil soportar el aire relativamente fresco de la escalera después de haber estado tanto tiempo acostumbrados al aire de las oficinas. Apenas pudieron responder, y la joven incluso podría haberse caído si K no hubiera cerrado la puerta con extrema rapidez. K se quedó quieto un rato, se peinó con la ayuda de un espejo de bolsillo, recogió su sombrero de la escalera contigua —el informante debió de tirarlo allí— y luego bajó corriendo los escalones tan fresco y a saltos tan largos que el contraste con su estado anterior casi lo asustó. Su estado de salud, normalmente robusto, nunca lo había preparado para sorpresas como esta. ¿Quería su cuerpo rebelarse y causarle una nueva prueba, ya que estaba soportando la anterior con tan poco esfuerzo? No rechazaba del todo la idea de ir al médico la próxima vez que tuviera la oportunidad, pero hiciera lo que hiciera —y esto era algo sobre lo que podía aconsejarse—, quería pasar todas las mañanas de los domingos en el futuro mejor de lo que había pasado esta.

Capítulo cuarto

La amiga de la señorita Bürstner

Durante algún tiempo después de esto, a K le fue imposible intercambiar siquiera unas pocas palabras con la señorita Bürstner. Trató de comunicarse con ella de muchas y diversas maneras, pero ella siempre encontraba la manera de evitarlo. Llegaba directamente a casa de la oficina, permanecía en su habitación sin la luz encendida y se sentaba en el sofá sin nada más que distraerlo que vigilar el pasillo vacío. Si la criada pasaba y cerraba la puerta de la habitación aparentemente vacía, se levantaba al cabo de un rato y volvía a abrirla. Se levantó una hora antes de lo habitual por la mañana para encontrar a la señorita Bürstner sola cuando se dirigía a la oficina. Pero ninguno de estos esfuerzos tuvo éxito. Luego le escribió una carta, tanto a la oficina como al piso, tratando una vez más de justificar su conducta, se ofreció a hacer las paces que pudiera, prometió no cruzar nunca ningún límite que ella le pusiera y le rogó que le permitiera tener la oportunidad de hablar con ella alguna vez, sobre todo porque tampoco podía hacer nada con la señora Grubach hasta que hubiera hablado con la señorita Bürstner. Finalmente le informó de que el domingo siguiente se quedaría en su habitación todo el día esperando una señal de ella de que había alguna esperanza de que su petición se cumpliera, o al menos que ella le explicaría por qué no podía cumplirla, a pesar de que él había prometido observar cualquier estipulación que ella hiciera. Las cartas no fueron devueltas, pero tampoco hubo respuesta. Sin embargo, el domingo siguiente hubo una señal que parecía bastante clara. Todavía era temprano cuando K notó, a través del ojo de la cerradura, que había un nivel inusual de actividad en el pasillo que pronto disminuyó. Una profesora de francés, aunque era alemana y se llamaba Montag, una muchacha pálida y febril, con una ligera cojera, que anteriormente había ocupado una habitación propia, se iba a mudar a la habitación de la señorita Bürstner. Se la podía ver arrastrando los pies por el pasillo durante varias horas, siempre había otra prenda de vestir o una manta o un libro que había olvidado y había que ir a buscar especialmente y llevarlo a la nueva casa.

Cuando la señora Grubach le llevó el desayuno a K —desde el momento en que lo había enfadado tanto que no confiaba en que la criada hiciera el menor trabajo—, no tuvo más remedio que hablar con ella por primera vez en cinco días. "¿Por qué hay tanto ruido en el pasillo hoy?", preguntó mientras ella servía su café, "¿No se puede hacer algo al respecto? ¿Es necesario hacer esta limpieza un domingo? -K no levantó la vista hacia la señora Grubach, pero vio, no obstante, que ella parecía sentir cierto alivio al inhalar. Incluso las preguntas agudas como esta del Sr. K. las percibió como el perdón, o como el comienzo del perdón. —No vamos a aclarar nada, señor K. —dijo—, es sólo que la señorita Montag se está mudando con la señorita Bürstner y está trasladando sus cosas. No dijo nada más, sino que se limitó a esperar a ver cómo se lo tomaba K y si le permitía seguir hablando. Pero K la mantuvo en la incertidumbre, tomó la cuchara y removió pensativamente su café mientras permanecía en silencio. Luego la miró y le dijo: —¿Y qué hay de las sospechas que tenía antes sobre la señorita Bürstner, las ha abandonado? —Señor K. —exclamó la señora Grubach, que había estado esperando esta misma pregunta, mientras juntaba las manos y las extendía hacia él—. "Acabo de hacer un comentario casual y te lo tomaste muy mal. No tenía la menor intención de ofender a nadie, ni a ti ni a nadie más. Me conoce usted desde hace bastante tiempo, señor K., estoy seguro de que está convencido de ello. ¡No sabes cómo he estado sufriendo durante los últimos días! ¡Que debería decir mentiras sobre mis inquilinos! ¡Y usted, señor K., lo creyó! ¡Y dije que debería avisarte! ¡Te aviso!" Al oír este último grito, la señora Grubach ya estaba conteniendo las lágrimas, se llevó el delantal a la cara y balbuceó en voz alta.

—Oh, no llore, señora Grubach —dijo K., mirando por la ventana, pensando sólo en la señorita Bürstner y en cómo aceptaba a una muchacha desconocida en su habitación. —Ahora no llores —dijo de nuevo mientras volvía la mirada hacia la habitación donde la señora Grubach seguía llorando—. "Tampoco quise hacer daño cuando dije eso. Fue simplemente un malentendido entre nosotros. A veces eso puede suceder incluso entre viejos amigos. -La señora Grubach se bajó el delantal hasta debajo de los ojos para ver si K realmente estaba intentando una reconciliación-. —Bueno, sí, así son las cosas —dijo K., y como el comportamiento de la señora Grubach indicaba que el capitán no había dicho nada, se atrevió a añadir—: ¿De verdad cree, entonces, que querría hacerme enemigo de usted por una muchacha a la que apenas conocemos? —Sí, tiene usted toda la razón, señor K. —dijo la señora Grubach, y luego, para su desgracia, en cuanto se sintió un poco más libre para hablar, añadió algo bastante inepto. No dejaba de preguntarme por qué el señor K. se interesaba tanto por la señorita Bürstner. ¿Por qué se pelea conmigo por ella cuando sabe que él y yo no podemos dormir esa noche? Y yo no dije nada sobre la señorita Bürstner que no hubiera visto con mis propios ojos. K. no respondió nada, debería haberla echado de la habitación en cuanto ella abriera la boca, y no quería hacerlo. Se contentó con beber su café y dejar que la señora Grubach sintiera que era superflua. Fuera, todavía se oían los pasos arrastrados de la señorita Montag mientras iba de un lado a otro del pasillo. —¿Oye eso? —preguntó K. señalando la puerta con la mano. —Sí —dijo la señora Grubach con un suspiro—, quería ayudarla y quería que la criada también la ayudara, pero es terca, quiere moverlo todo ella misma. Me pregunto por la señorita Bürstner. A menudo siento que es una carga para mí tener a la señorita Montag como inquilina, pero la señorita Bürstner la acepta en su habitación sola. —Allí no hay nada de qué preocuparse —dijo K., aplastando los restos de un terrón de azúcar en su taza—. —¿Te causa algún problema? —No —dijo la señora Grubach—, en sí mismo es muy bueno tenerla allí, me deja libre otra habitación y puedo dejar que mi sobrino, el capitán, la ocupe. Comencé a preocuparme de que pudiera estar molestándote cuando tuve que dejarlo vivir en la sala de estar junto a ti durante los últimos días. No es muy considerado". —¡Qué idea! —dijo K. poniéndose en pie—, de eso no se trata. Parece que usted piensa que porque no soporto este tira y afloja de la señorita Montag soy demasiado sensible... y ahí vuelve otra vez. -La señora Grubach parecía bastante impotente-. —

¿Debería decirle que deje el resto de sus cosas para más tarde, señor K.? Si eso es lo que quieres, lo haré de inmediato". -¡Pero si tiene que irse a vivir con la señorita Bürstner! -dijo K. -Sí -dijo la señora Grubach, sin comprender muy bien lo que K. quería decir-. – Así que tiene que llevar sus cosas allí. -La señora Grubach se limitó a asentir-. A K le irritaba aún más esta muda impotencia que, vista desde fuera, podía parecer una especie de desafío por su parte. Empezó a caminar de un lado a otro de la habitación entre la ventana y la puerta, privando así a la señora Grubach de la oportunidad de marcharse, cosa que probablemente habría hecho de otro modo.

En el momento en que K llegaba de nuevo a la puerta, alguien llamaba a ella. Era la criada, para decir que la señorita Montag quería tener unas palabras con el señor K., y por lo tanto le pidió que fuera al comedor donde ella lo estaba esperando. K oyó a la criada pensativamente, y luego volvió a mirar a la sorprendida señora Grubach de una manera casi despectiva. Su mirada parecía indicar que K había estado esperando esta invitación para la señorita Montag durante mucho tiempo, y que era la confirmación de los sufrimientos que los inquilinos de la señora Grubach le habían hecho soportar esa mañana de domingo. Envió a la criada de vuelta con la respuesta de que estaba en camino, luego fue al armario a cambiarse de abrigo y, en respuesta a los suaves lloriqueos de la señora Grubach sobre la molestia que le estaba causando la señorita Montag, se limitó a pedirle que recogiera las cosas del desayuno. —Pero apenas lo has tocado —dijo la señora Grubach—. —¡Oh, llévatelo! —gritó K—. Le parecía que la señorita Montag estaba metida en todo y lo hacía repulsivo para él.

Mientras atravesaba el pasillo, miró la puerta cerrada de la habitación de la señorita Bürstner. Pero no fue allí donde lo invitaron, sino al comedor, al que abrió la puerta sin llamar.

La habitación era larga pero estrecha, con una sola ventana. Sólo había espacio disponible para colocar dos armarios en ángulo en la esquina junto a la puerta, y el resto de la habitación estaba completamente ocupada por la larga mesa de comedor que comenzaba junto a la puerta y llegaba hasta la gran ventana, que se hacía así casi inaccesible. La mesa ya estaba puesta para un gran número de personas, ya que los domingos casi todos los inquilinos cenaban aquí al mediodía.

Cuando K. entró, la señorita Montag se acercó a él desde la ventana que había a un lado de la mesa. Se saludaron en silencio. Entonces la señorita Montag, con la cabeza inusualmente erguida como siempre, dijo: —No estoy segura de si me conoce. K. la miró con el ceño fruncido. —Por supuesto que sí —dijo—, usted ha estado viviendo aquí con la señora Grubach desde hace bastante tiempo. —Pero tengo la impresión de que usted no presta mucha atención a lo que ocurre en la casa de huéspedes —dijo la señorita Montag—. —No —dijo K. —¿No le gustaría sentarse? —dijo la señorita Montag—. En silencio, los dos sacaron sillas del extremo más alejado de la mesa y se sentaron uno frente al otro. Pero la señorita Montag se incorporó de nuevo, pues había dejado su bolso en el alféizar de la ventana, y fue a buscarlo; Arrastró los pies a lo largo de toda la habitación. Cuando regresó, con el bolso balanceándose ligeramente, dijo: "Me gustaría tener unas palabras contigo en nombre de mi amigo. Ella misma habría venido, pero hoy se siente un poco mal. Tal vez seas lo suficientemente amable como para perdonarla y escucharme a mí. De todos modos, no hay nada que ella pudiera haber dicho que yo no lo haga. Al contrario, de hecho, creo que puedo decir incluso más que ella porque soy relativamente imparcial. ¿No estarías de acuerdo? -¿Qué decir, pues? -respondió K., que estaba cansado de que la señorita Montag le vigilara continuamente los labios. De esa manera, ella tomó el control de lo que él quería decir antes de que lo dijera. La señorita Bürstner se niega rotundamente a concederme el encuentro personal que le pedí. —Así es —dijo la señorita Montag—, o mejor dicho, no es así en absoluto, la forma en que usted lo expresa es notablemente severa. En términos generales, las reuniones no se conceden ni al revés. Pero puede ser que las reuniones se consideren innecesarias, y así es aquí. Ahora, después de su comentario, puedo hablar abiertamente. Le pediste a mi amiga, verbalmente o por escrito, la oportunidad de hablar con ella. Ahora mi amiga está al tanto de sus razones para pedir esta reunión —o al menos supongo que lo está— y así, por razones que no sé, está bastante segura de que no sería de ningún beneficio para nadie si esta reunión realmente tuviera lugar. Por otra parte, no fue hasta ayer, y muy brevemente, cuando me dejó claro que tal encuentro tampoco podía ser beneficioso para usted, siente que sólo puede haber sido una cuestión de casualidad que tal idea se le ocurriera, y que incluso sin ninguna explicación de su parte, muy pronto se dará cuenta de sí mismo. Si aún no lo has hecho, la inutilidad de tu idea. Mi respuesta a esto es que, aunque pueda ser muy acertado, considero ventajoso, si se quiere que el asunto quede perfectamente claro, darle una respuesta explícita. Ofrecí mis servicios para asumir la tarea, y después de algunas vacilaciones, mi amigo accedió. Espero, sin embargo, haber actuado también en su interés, ya que incluso la más mínima incertidumbre en los asuntos menos significativos siempre será una causa de sufrimiento y si, como en este caso, se puede eliminar sin un esfuerzo sustancial, entonces es mejor que se haga sin demora". —Le agradezco —dijo K en cuanto la señorita Montag terminó—. Se levantó lentamente, la miró, luego al otro lado de la mesa, luego por la ventana —la casa de enfrente estaba allí al sol— y se dirigió a la puerta. La señorita Montag lo siguió unos pasos, como si no confiara del todo en él. Al llegar a la puerta, sin embargo, ambos tuvieron que retroceder cuando se abrió y entró el capitán Lanz. Era la primera vez que K lo veía de cerca. Era un hombre corpulento, de unos cuarenta años, con un rostro bronceado y carnoso. Hizo una leve reverencia, pensando también en K., y luego se acercó a la señorita Montag y le besó la mano con deferencia. Era muy elegante en la forma en que se movía. La cortesía que mostraba hacia la señorita Montag contrastaba notablemente con la forma en que K la había tratado. Sin embargo, la señorita Montag no parecía estar enfadada con K., ya que incluso le pareció que quería presentar al capitán. K., sin embargo, no quería ser presentado, no habría podido mostrar ningún tipo de amistad ni con la señorita Montag ni con el capitán, el beso en la mano los había unido, para K., a un grupo que lo mantendría a distancia de la señorita Bürstner y, al mismo tiempo, parecería totalmente inofensivo y desinteresado. K. creyó, sin embargo, que veía algo más que eso, creyó ver también que la señorita

Montag había elegido un medio de hacerlo que era bueno, pero de doble filo. Exageró la importancia de la relación entre K. y la señorita Bürstner y, sobre todo, exageró la importancia de pedir hablar con ella y al mismo tiempo trató de hacer ver que K lo estaba exagerando todo. Se sentiría decepcionada, K no quería exagerar nada, sabía que la señorita Bürstner era una mecanógrafa que no le ofrecería mucha resistencia por mucho tiempo. Al hacerlo, deliberadamente no tuvo en cuenta lo que la señora Grubach le había contado sobre la señorita Bürstner. Todas estas cosas pasaban por su mente mientras salía de la habitación sin apenas una palabra cortés. Quería ir directamente a su habitación, pero una pequeña carcajada de la señorita Montag que oyó desde el comedor detrás de él le hizo pensar que podría preparar una sorpresa para los dos, el capitán y la señorita Montag. Miró a su alrededor y escuchó para ver si podía haber algún alboroto en alguna de las habitaciones circundantes, todo estaba en silencio, lo único que se oía era la conversación desde el comedor y la voz de la señora Grubach desde el pasillo que conducía a la cocina. Le pareció oportuno el momento, así que K fue a la habitación de la señorita Bürstner y llamó suavemente. No había sonido, así que volvió a llamar, pero todavía no había respuesta en respuesta. ¿Estaba dormida? ¿O realmente no se encontraba bien? ¿O simplemente estaba fingiendo cuando se dio cuenta de que solo podía ser K golpeando tan suavemente? K supuso que estaba fingiendo y golpeó más fuerte, finalmente, cuando los golpes no dieron resultado, abrió cuidadosamente la puerta con la sensación de estar haciendo algo que no solo era impropio sino también inútil. En la habitación no había nadie. Es más, no se parecía en nada a la habitación que K había conocido antes. Contra la pared había ahora dos camas una detrás de la otra, había ropa apilada en tres sillas cerca de la puerta, un armario estaba abierto. La señorita Bürstner debió de salir mientras la señorita Montag le hablaba en el comedor. A K no le inquietó mucho, no había esperado poder encontrar a la señorita Bürstner tan fácilmente, y lo había intentado por poco más motivo que para fastidiar a la señorita Montag. Pero eso hizo que fuera aún más embarazoso para él cuando, al cerrar de nuevo la puerta, vio a la señorita Montag y al capitán hablando en la puerta abierta del comedor.

Probablemente habían estado allí desde que K abrió la puerta, evitaban parecer observar a K., pero charlaban ligeramente y seguían sus movimientos con miradas, esas miradas distraídas hacia un lado como las que se hacen durante una conversación. Pero estas miradas fueron pesadas para K., y corrió a lo largo de la pared de regreso a su propia habitación.

Capítulo cinco

El hombre látigo

Una tarde, pocos días más tarde, K. paseaba por uno de los pasillos que separaban su despacho de la escalera principal —era casi el último en irse a su casa esa noche, sólo quedaban un par de obreros a la luz de una sola bombilla en el departamento de expediciones—, cuando oyó un suspiro detrás de una puerta que él mismo nunca había abierto, pero que siempre había creído que acababa de conducir en un cuarto de chatarra. Se quedó asombrado y escuchó de nuevo para comprobar si no se equivocaba. Durante un rato hubo silencio, pero luego vinieron algunos suspiros más. Su primer pensamiento fue ir a buscar a uno de los sirvientes, bien podría haber valido la pena tener un testigo presente, pero luego fue tomado por una curiosidad incontrolable que lo hizo simplemente abrir la puerta de un tirón. Era, como había pensado, un cuarto de trastos. Formas viejas e inservibles, tinteros de piedra vacíos yacían esparcidos detrás de la entrada. Pero en la misma habitación, que parecía un armario, había tres hombres, agazapados bajo el techo bajo. Una vela colocada en una estantería les daba luz. —¿Qué hace usted aquí? —preguntó K en voz baja, pero enfadada y sin pensar. Uno de los hombres estaba claramente a cargo, y llamó la atención al estar vestido con una especie de traje de cuero oscuro que dejaba su cuello, pecho y sus brazos al descubierto. No respondió. Pero los otros dos gritaron: "¡Señor K.! Nos van a golpear porque usted hizo una queja sobre nosotros al juez de instrucción". Y ahora, K. se dio cuenta por fin de que en realidad eran los dos policías, Franz y Willem, y que el tercer hombre tenía un bastón en la mano para golpearlos. —Bueno —dijo K., mirándolos fijamente—, no he presentado ninguna queja, sólo he contado lo que ha ocurrido en mi casa. Y tu comportamiento no era del todo inobjetable, después de todo. —Señor K. —dijo Willem, mientras Franz intentaba claramente refugiarse detrás de él para protegerse del tercer hombre—, si supiera lo mal que nos pagan, no pensaría tan mal de nosotros. Tengo una familia que alimentar, y Franz aquí quería casarse, solo tienes que conseguir más dinero donde puedas, no puedes hacerlo solo trabajando duro, no por mucho que lo intentes. Me tentó mucho tu ropa fina, a los policías no se les permite hacer ese tipo de cosas, por supuesto que no, y no estaba bien de nuestra parte, pero es tradición que la ropa vaya a los oficiales, así ha sido siempre, créeme; Y también es comprensible, ¿no?, lo que cosas como esa pueden significar para alguien que tenga la mala suerte de ser arrestado. Pero si empieza a hablar de ello abiertamente, entonces el castigo tiene que seguir". "No sabía nada de esto que me has estado diciendo, y no hice ningún tipo de solicitud para que fueras castigado, simplemente estaba actuando por principios". —Franz —dijo Willem, volviéndose hacia el otro policía—, ¿no te he dicho que el caballero no dijo que quería que nos castigaran? Ahora puedes oír por ti mismo, él ni siquiera sabía que tendríamos que ser castigados". -No dejes que te persuadan hablando así -dijo el tercer hombre a K.-, este castigo es justo e inevitable. —No le escuches —dijo Willem, interrumpiéndose para llevarse rápidamente la mano a la boca cuando ésta había recibido un golpe de bastón—, sólo nos castigan porque has hecho una denuncia contra nosotros. De lo contrario, no nos habría pasado nada, ni siquiera si se hubieran enterado de lo que habíamos hecho. ¿A eso se le puede llamar justicia? Los dos, yo especialmente, habíamos demostrado nuestra valía como buenos policías durante un largo período —tienes que admitir que en lo que respecta al trabajo oficial lo hacíamos bien—, las cosas pintaban bien para nosotros, teníamos perspectivas, es bastante seguro que también nos habrían convertido en látigos, como este, Solo que tuvo la suerte de que nadie se quejara de él, ya que realmente no se reciben muchas quejas así. Solo que todo eso ha terminado ahora, señor K., nuestras carreras han llegado a su fin, vamos a tener que hacer un trabajo ahora que es muy inferior al trabajo policial y, además de todo esto, vamos a recibir esta terrible, dolorosa golpiza". -¿De veras puede causar tanto dolor el bastón? -preguntó K., probando el bastón que el hombre del látigo agitaba delante de él. —Vamos a tener que desnudarnos por completo —dijo Willem—. -¡Oh, ya veo! -dijo K., mirando directamente al hombre del látigo-, su piel estaba quemada como la de un marinero, y su rostro mostraba salud y vigor. "¿Entonces no hay posibilidad de librarles a estos dos de la paliza?", le preguntó. —No —dijo el hombre del látigo, meneando la cabeza con una carcajada—. "¡Desnúdate!", ordenó a los policías. Y a K le dijo: "No debes creer todo lo que te dicen, es el miedo a ser golpeado, ya los ha debilitado un poco de la cabeza. Este de aquí, por ejemplo —señaló a Willem—, todo lo que te contó sobre sus perspectivas profesionales, es simplemente ridículo. Míralo, mira lo gordo que está, los primeros golpes de la caña se perderán en toda esa grasa. ¿Sabes qué es lo que lo ha hecho engordar tanto? Él tiene la costumbre de que todos los que son arrestados por él, se coman su desayuno. ¿No se comió tu desayuno? Sí, eso pensaba. Pero un hombre con una barriga como esa no puede convertirse en un hombre látigo y nunca lo será, eso está completamente fuera de discusión. —Hay hombres de látigo así —insistió Willem, que acababa de soltar el cinturón de aquel pantalón—. —No —dijo el hombre del látigo, golpeándole con el bastón en el cuello de tal manera que le hizo estremecerse—, no deberías estar escuchando esto, simplemente desnúdate. —Haría que valiera la pena que los dejaras ir —dijo K., y sin volver a mirar al hombre del látigo —ya que estos asuntos se llevan a cabo mejor con los dos pares de ojos hacia abajo—, sacó su cartera. —Y luego tratarías de presentar una denuncia contra mí también —dijo el hombre del látigo—, y harías que me azotaran. ¡No, no!" —Bien, sea razonable —dijo K.—, si hubiera querido que se castigara a estos dos, no estaría tratando ahora de comprar su libertad, ¿verdad? Podría simplemente cerrar la puerta detrás de mí, irme a casa y ver o no oír nada más de eso. Pero eso no es lo que estoy haciendo, realmente es mucho más importante para mí dejarlos libres; si me hubiera dado cuenta de que serían castigados, o incluso de que podrían ser castigados, nunca los habría nombrado en primer lugar, ya que no son a ellos a los que considero responsables. La culpa es de la organización, la culpa es de los altos funcionarios". "¡Así es!", gritaron los policías, que inmediatamente recibieron otro golpe en la espalda, que ya estaban al descubierto. —Si tuvierais aquí a un juez superior debajo de vuestro bastón —dijo K., apretando el bastón mientras hablaba para que no se levantara de nuevo—

, en realidad no haría nada para detenerte, al contrario, incluso te pagaría dinero para que te diera aún más fuerza. —Sí, todo eso es muy plausible, lo que dices ahí —dijo el hombre del látigo—, sólo que no soy el tipo de persona a la que se puede sobornar. Mi trabajo es azotar a la gente, así que los azoto". Franz, el policía, había permanecido bastante callado hasta entonces, probablemente esperando un buen resultado de la intervención de K., pero ahora se acercó a la puerta vestido solo con sus pantalones, se arrodilló aferrándose al brazo de K y susurró: —Aunque no puedas conseguir que se te muestre misericordia de los dos, al menos intenta liberarme. Willem es mayor que yo, es menos sensible que yo en todos los sentidos, incluso recibió una paliza leve hace un par de años, pero mi historial sigue limpio, solo hice las cosas de la manera en que las hice porque Willem me llevó a ello, ha sido mi maestro tanto para bien como para mal. Abajo, frente al banco, mi pobre novia me espera en la entrada, estoy tan avergonzado de mí mismo, es lamentable". Su rostro estaba bañado en lágrimas, y se secó con el abrigo de K. —No voy a esperar más —dijo el hombre del látigo, agarrando el bastón con ambas manos y tendiéndose a Franz, mientras Willem se encogía en un rincón y miraba en secreto, sin atreverse siquiera a volver la cabeza. Entonces, el grito repentino que salió disparado de Franz fue largo e irrevocable, parecía no provenir de un ser humano sino de un instrumento que estaba siendo torturado, todo el pasillo resonaba con él, debe haber sido escuchado por todos en el edificio. -¡No grites así! -exclamó K., sin poder contenerse, y, mientras miraba ansiosamente en la dirección de donde vendría el criado, le dio a Franz un empujón, no fuerte, pero sí lo suficiente como para que cayera inconsciente, arañando el suelo con las manos por reflejo; Aun así, no evitó ser golpeado; La vara todavía lo encontró en el suelo; La punta de la caña se balanceaba regularmente hacia arriba y hacia abajo mientras él rodaba de un lado a otro bajo sus golpes. Y entonces uno de los sirvientes apareció a lo lejos, con otro unos pasos detrás de él. K. había cerrado rápidamente la puerta, se había acercado a una de las ventanas que daban al patio y la había abierto. Los gritos habían cesado por completo. Para que el sirviente no entrara, gritó: "¡Solo soy yo!" —Buenas noches, jefe de oficina —

respondió alguien—. "¿Pasa algo?" —No, no —respondió K.—, no es más que un perro que aúlla en el patio. No hubo sonido de los sirvientes, así que agregó: "Puedes volver a lo que estabas haciendo". No quería enzarzarse en una conversación con ellos, así que se asomó por la ventana. Un rato después, cuando se asomó al pasillo, ya se habían ido. Ahora bien, K permanecía junto a la ventana, no se atrevía a volver al cuarto de los trastos y tampoco quería volver a casa. El patio al que miraba era pequeño y rectangular, a su alrededor había oficinas, todas las ventanas estaban ahora a oscuras y sólo las de arriba captaban el reflejo de la luna. K. se esforzó por ver en la oscuridad de un rincón del patio, donde se habían dejado algunos carros de mano. Sentía angustia por no haber podido impedir la flagelación, pero eso no era culpa suya, si Franz no hubiera gritado así —es evidente que debía de causar mucho dolor, pero es importante mantener el control de uno mismo en los momentos importantes—, si Franz no hubiera gritado, entonces era al menos muy probable que K hubiera podido disuadir al hombre del látigo. Si todos los oficiales subalternos eran despreciables, ¿por qué iba a ser una excepción el hombre del látigo, cuya posición era la más inhumana de todas?, y K había notado muy claramente cómo se le habían iluminado los ojos al ver los billetes, evidentemente sólo había parecido serio con la flagelación para elevar un poco el nivel del soborno. Y K no había sido poco generoso, realmente había querido liberar a los policías; Si realmente había empezado a hacer algo contra la degeneración de la Corte, entonces era natural que también tuviera que hacer algo aquí. Pero, por supuesto, se le hizo imposible hacer nada tan pronto como Franz comenzó a gritar. K. no podía haber permitido que el personal subalterno del banco, y tal vez incluso toda clase de otras personas, vinieran y lo tomaran por sorpresa mientras regateaba con esa gente en la sala de chatarra. Nadie podía esperar de él ese tipo de sacrificio. Si ésa hubiera sido su intención, entonces habría sido casi más fácil: K se habría quitado la ropa y se habría ofrecido al hombre del látigo en lugar de los policías. De todos modos, el hombre del látigo no habría aceptado esta sustitución, ya que de esa manera habría violado gravemente su deber sin obtener ningún beneficio. Lo más probable es que hubiera violado su deber dos veces, ya que los empleados del tribunal probablemente tenían órdenes de no causar ningún daño a K mientras él se enfrentaba a los cargos, aunque puede haber habido condiciones especiales vigentes aquí. Sea como fuere, K no pudo hacer más que cerrar la puerta de golpe, aunque eso no hiciera nada para eliminar todos los peligros a los que se enfrentaba. Era lamentable que le hubiera dado un empujón a Franz, y sólo podía ser excusado por el calor del momento.

A lo lejos, oyó los pasos de los sirvientes; No quería que se dieran cuenta demasiado de su presencia, así que cerró la ventana y caminó hacia la escalera principal. En la puerta del trastero se detuvo y escuchó un rato. Todo estaba en silencio. Los dos policías estaban enteramente a merced del hombre del látigo; Podría haberlos matado a golpes. K. extendió la mano para buscar el pomo de la puerta, pero la retiró de repente. Ya no estaba en condiciones de ayudar a nadie, y los sirvientes pronto regresarían; Sin embargo, se prometió a sí mismo que volvería a plantear el asunto a alguien y se encargaría de que, en la medida de sus posibilidades, los verdaderos culpables, los altos funcionarios que hasta entonces nadie se había atrevido a señalarle, recibieran el castigo que merecían. Mientras bajaba la escalera principal de la parte delantera del banco, miró cuidadosamente a todos los que pasaban, pero no se veía a ninguna chica que pudiera haber estado esperando a alguien, ni siquiera a cierta distancia del banco. Por lo tanto, se demostró que la afirmación de Franz de que su novia lo estaba esperando era una mentira, aunque era perdonable y solo tenía la intención de provocar más simpatía.

Los policías seguían pensando en K durante todo el día siguiente; No pudo concentrarse en su trabajo y tuvo que quedarse en su oficina un poco más que el día anterior para poder terminarlo. De camino a casa, al pasar de nuevo por el trastero, abrió la puerta como si ésa hubiera sido su costumbre. En lugar de la oscuridad que esperaba, vio que todo no había cambiado desde la noche anterior y no sabía cómo debía responder. Todo era exactamente igual a como lo había visto cuando había abierto la puerta la noche anterior. Los formularios y los frascos de tinta justo detrás de la puerta, el azotador con su bastón, los dos policías, todavía desnudos, la vela en el estante, y los dos policías comenzaron a gemir y a gritar: «¡Señor K.!». K. cerró la puerta de golpe, e incluso la golpeó con los puños, como si eso fuera a cerrarla aún más firmemente. Casi llorando, corrió hacia los sirvientes que trabajaban en silencio en la fotocopiadora. "¡Vayan a limpiar ese cuarto de trastos!", gritó, y, asombrados, dejaron de hacer lo que estaban haciendo. "¡Debería haberse hecho hace mucho tiempo, nos estamos hundiendo en la tierra!" Podrían hacer el trabajo al día siguiente, K asintió, era demasiado tarde para obligarlos a hacerlo allí mismo, como había previsto originalmente. Se sentó brevemente para tenerlos cerca de él un poco más, hojeó algunos de los ejemplares para dar la impresión de que los estaba revisando y luego, al ver que no se atreverían a salir al mismo tiempo que él, se fue a casa cansado y con la mente adormecida.

Capítulo Seis

El tío de K.—Leni

Una tarde —K. estaba muy ocupado en ese momento, preparando el correo—, el tío de K., Karl, un pequeño terrateniente rural, entró en la habitación, abriéndose paso entre dos miembros del personal que traían algunos papeles. K había esperado durante mucho tiempo que su tío apareciera, pero verlo ahora conmocionaba a K mucho menos de lo que lo había hecho la perspectiva de hacerlo mucho tiempo antes. Su tío tenía que venir, K. estaba seguro de ello desde hacía un mes. Ya creyó en ese momento ver cómo llegaría su tío, ligeramente inclinado, con su maltrecho sombrero de panamá en la mano izquierda, la mano derecha ya extendida sobre el escritorio mucho antes de que estuviera lo suficientemente cerca mientras corría descuidadamente hacia K. derribando todo lo que se interponía en su camino. El tío de K. siempre tenía prisa, ya que sufría de la desafortunada creencia de que tenía una serie de cosas que hacer mientras estaba en la gran ciudad y tenía que arreglarlas todas en un día —sus visitas eran solo por un día— y al mismo tiempo pensaba que no podía renunciar a ninguna conversación, negocio o placer que pudiera surgir por casualidad. El tío Karl era el antiguo tutor de K., por lo que K. tenía el deber de ayudarle en todo esto, así como de ofrecerle una cama para pasar la noche. "Estoy obsesionado por un fantasma del campo", decía.

Tan pronto como se hubieron saludado —K lo había invitado a sentarse en el sillón, pero el tío Karl no tenía tiempo para eso—, dijo que quería hablar brevemente con K en privado. —Es necesario —dijo con un sorbo cansado—, es necesario para mi tranquilidad. K. envió inmediatamente al personal subalterno de la habitación y les dijo que no dejaran entrar a nadie. —¿Qué es esto que he estado escuchando, Josef? —exclamó el tío de K cuando se quedaron solos, mientras se sentaba en la mesa metiendo varios papeles debajo de sí sin mirarlos para sentirse más cómodo. K no dijo nada, sabía lo que se avecinaba, pero, súbitamente aliviado del esfuerzo del trabajo que había estado realizando, cedió a una agradable lasitud y miró por la ventana al otro lado de la calle. Desde donde estaba sentado, sólo podía ver una pequeña sección triangular, parte de las paredes vacías de las casas entre dos escaparates. —¡Estás mirando por la ventana! —gritó su tío, levantando los brazos—. ¡Por el amor de Dios, Josef, dame una respuesta! ¿Es cierto, puede ser realmente cierto?" —Tío Karl —dijo K., recuperándose de su ensoñación—, realmente no sé qué es lo que quieres de mí. —Josef —dijo su tío en tono de advertencia—, que yo sepa, siempre has dicho la verdad. ¿Debo tomar lo que acabas de decir como una mala señal? —Creo que sé qué es lo que quieres —dijo K obedientemente—, supongo que te habrás enterado de mi juicio. —Así es —respondió su tío con un lento movimiento de cabeza—, he oído hablar de tu juicio. -¿De quién se ha enterado, pues? -preguntó K. -Erna me ha escrito -dijo su tío-, no tiene mucho contacto contigo, es cierto, me temo que no le prestas mucha atención, pero de todos modos se enteró. Hoy recibí su carta y, por supuesto, vine directamente aquí. Y no por otra razón, pero me parece que esta es razón suficiente. Puedo leerle en voz alta la parte de la carta que le concierne. Sacó la carta de su cartera. "Aquí está. Ella escribe; "Hace mucho tiempo que no veo a Josef, estuve en el banco la semana pasada pero Josef estaba tan ocupado que no me dejaban pasar; Esperé allí durante casi una hora, pero luego tuve que irme a casa porque tenía mi lección de piano. Me hubiera gustado hablar con él, tal vez haya una oportunidad en otro momento. Me envió una caja grande de bombones para mi onomástico, que fue muy amable y atento de su parte. Me olvidé de contártelo cuando escribí, y solo recuerdo ahora que me preguntas al respecto. El chocolate, como estoy seguro de que sabes, desaparece de inmediato en esta casa de huéspedes, casi tan pronto como sabes que alguien te ha regalado chocolate, se ha ido. Pero hay algo más que quería contarles sobre Josef. Como dije, no me dejaron pasar para verlo en el banco porque estaba negociando con un caballero en ese momento. Después de haber estado esperando en silencio durante bastante tiempo, le pregunté a uno de los empleados si su reunión duraría mucho más. Dijo que bien podría serlo, ya que probablemente se trataba de los procedimientos legales, dijo, que se estaban llevando a cabo en su contra. Le pregunté qué tipo de procedimientos legales se estaban llevando a cabo contra el jefe de la oficina, y si no estaba cometiendo algún error, pero me dijo que no estaba cometiendo ningún error, que había procedimientos legales en curso e incluso que se trataba de algo bastante serio, pero que no sabía nada más al respecto. Le habría gustado ser de alguna ayuda para el propio jefe de oficina, ya que éste era un caballero, bueno y honrado, pero no sabía qué era lo que podía hacer y sólo esperaba que hubiera algún caballero influyente que se pusiera de su parte. Estoy seguro de que eso es lo que sucederá y que todo saldrá bien al final, pero mientras tanto las cosas no pintan nada bien, y eso se puede ver en el estado de ánimo del propio jefe de oficina. Por supuesto, no le di demasiada importancia a esta conversación, e incluso hice todo lo posible para tranquilizar al empleado del banco, era un hombre bastante sencillo. Le dije que no debía hablar con nadie más sobre esto, y creo que todo es solo un rumor, pero aún así creo que sería bueno que usted, querido padre, investigara el asunto la próxima vez que visite. Te será fácil conocer más detalles y, si es realmente necesario, hacer algo al respecto a través de las grandes e influyentes personas que conoces. Pero si no es necesario, y eso es lo que parece más probable, al menos tu hija pronto tendrá la oportunidad de abrazarte y lo espero con ansias. —Es una buena niña —dijo el tío de K. cuando terminó de leer, y se secó algunas lágrimas de los ojos—. K. asintió. Con todas las interrupciones que había tenido recientemente, se había olvidado por completo de Erna, incluso de su cumpleaños, y la historia de los chocolates claramente había sido inventada para que no se metiera en problemas con sus tíos. Era muy conmovedor, e incluso las entradas de teatro, que le enviaría regularmente a partir de entonces, no serían suficientes para pagarle, pero realmente no sentía, ahora, que fuera justo que la visitara en su alojamiento y mantuviera conversaciones con una pequeña colegiala de dieciocho años. —¿Y qué tiene usted que decir al respecto? —preguntó su tío, que había olvidado toda su prisa y excitación al leer la carta, y parecía estar a punto de leerla de nuevo. —Sí, tío —dijo K.—, es verdad. —¡Cierto! —exclamó su tío— . "¿Qué es verdad? ¿Cómo puede ser esto cierto? ¿Qué tipo de prueba es?

Espero que no sea un juicio penal. —Es un juicio penal —respondió K. —¿Y usted se sienta aquí tranquilamente mientras tiene un juicio penal al cuello? —gritó su tío, cada vez más fuerte. —Cuanto más tranquilo esté, mejor será el resultado —dijo K con voz cansada—, no te preocupes. "¡¿Cómo puedo evitar preocuparme?!", gritó su tío, "¡Josef, mi querido Josef, piensa en ti, en tu familia, piensa en nuestro buen nombre! Hasta ahora, siempre has sido nuestro orgullo, no te conviertas ahora en nuestra desgracia. No me gusta cómo te estás comportando -dijo, mirando a K con la cabeza inclinada-, no es así como se comporta un hombre inocente cuando se le acusa de algo, no si todavía tiene algo de fuerza. Solo dime de qué se trata todo para que pueda ayudarte. Es algo que tiene que ver con el banco, ¿lo tomo? —No —dijo K al levantarse—, y estás hablando demasiado alto, tío, supongo que uno de los empleados está escuchando en la puerta, y eso me resulta bastante desagradable. Lo mejor es que vayamos a otro lugar, entonces podré responder a todas sus preguntas, en la medida de lo posible. Y sé muy bien que tengo que rendir cuentas a la familia por lo que hago". —¡Claro que sí! —gritó su tío—. Muy bien, lo haces. ¡Ahora muévete, Josef, apúrate ahora!" —Todavía tengo algunos documentos que tengo que preparar —dijo K., y, utilizando el interfono, llamó a su ayudante, que entró unos momentos después. El tío de K., todavía enojado y excitado, hizo un gesto con la mano para indicar que K. lo había llamado, aunque no había necesidad alguna de hacerlo. K. se paró frente al mostrador y explicó al joven, que escuchaba tranquilo y atento, lo que habría que hacer ese día en su ausencia, hablando con voz tranquila y haciendo uso de varios documentos. La presencia del tío de K. mientras esto sucedía era bastante inquietante; No escuchó lo que se decía, pero al principio se quedó allí con los ojos muy abiertos y mordiéndose los labios nerviosamente. Entonces empezó a caminar de un lado a otro de la habitación, se detenía de vez en cuando en la ventana, o se paraba frente a un cuadro que siempre hacía exclamaciones diversas como: «¡Eso es totalmente incomprensible para mí!» o «Ahora dime, ¿qué se supone que debes hacer con eso?» El joven fingió no darse cuenta de nada y escuchó las instrucciones de K. hasta el final, tomó algunas notas, hizo una reverencia tanto a K como a su tío y luego salió de la habitación. El tío de K le había dado la espalda y miraba por la ventana, levantando las cortinas con las manos extendidas. Apenas se había cerrado la puerta cuando gritó: —¡Por fin! ¡Ahora que ha dejado de saltar, nosotros también podemos irnos!" Una vez que estuvieron en el vestíbulo del banco, donde estaban de pie varios miembros del personal y donde, en ese momento, caminaba el subdirector, lamentablemente no hubo manera de impedir que el tío de K. hiciera preguntas continuas sobre el juicio. —Ahora bien, Josef —comenzó, reconociendo con ligereza las reverencias de los que les rodeaban al pasar—, cuéntame todo sobre esta prueba; ¿Qué clase de prueba es? K. hizo algunos comentarios que transmitían poca información, incluso se rió un poco, y solo cuando llegaron a la escalinata de la entrada le explicó a su tío que no había querido hablar abiertamente delante de esa gente. —Muy bien —dijo su tío—, pero ahora empieza a hablar. Con la cabeza ladeada y fumando su cigarro en breves e impacientes tragos, escuchó. —En primer lugar, tío —dijo K.—, no es un juicio como el que se tendría en una sala de audiencias normal. —Tanto peor —dijo su tío—. —¿Cómo es eso? —preguntó K. mirándole. "Lo que quiero decir es que eso es para peor", repitió. Estaban de pie en los escalones delanteros del banco; cuando el portero pareció escuchar lo que decían, K arrastró a su tío más abajo, donde quedaron absortos en el bullicio de la calle. Su tío tomó a K del brazo y dejó de hacer preguntas con tanta urgencia sobre el juicio, que caminaron un rato en silencio. "¿Pero cómo ha ocurrido todo esto?", preguntó finalmente, deteniéndose bruscamente lo suficiente como para asustar a las personas que caminaban detrás, que tenían que evitar chocar con él. "Cosas como esta no llegan de repente, comienzan a desarrollarse mucho tiempo antes, debe haber habido señales de advertencia de ello, ¿por qué no me escribiste? Sabes que haría cualquier cosa por ti, hasta cierto punto sigo siendo tu guardián, y hasta hoy eso es algo de lo que estaba orgulloso. Todavía te ayudaré, por supuesto que lo haré, solo que ahora, ahora que el juicio ya está en marcha, lo hace muy difícil. Pero lo que sea; Lo mejor ahora es que te tomes unas cortas vacaciones alojándote con nosotros en el país. Has perdido peso, ahora lo veo. La vida en el campo te dará fuerzas, eso será bueno, seguro que hay mucho trabajo duro por delante. Pero además de eso, será una forma de alejarte de la cancha, hasta cierto punto. Aquí tienen todos los medios para mostrar los poderes a su disposición y automáticamente están obligados a usarlos en tu contra; En el país, tendrán que delegar autoridad a diferentes organismos o simplemente tendrán que tratar de molestarlo por carta, telegrama o teléfono. Y eso seguramente debilitará el efecto, no te liberará de ellos, pero te dará espacio para respirar". —Podrías prohibirme que me vaya —dijo K., que se había dejado llevar por lo que había estado diciendo en la opinión de su tío—. —No pensé que lo harías —dijo su tío pensativo—, no sufrirás demasiada pérdida de poder si te alejas. K. agarró a su tío por debajo del brazo para evitar que se quedara quieto y dijo: —Pensé que pensarías que todo esto es menos importante que yo, y ahora te lo estás tomando tan a pecho. —Josef —gritó su tío tratando de desembarazarse de él para que dejara de caminar, pero K no lo soltó—, has cambiado por completo, solías ser tan astuto, ¿ahora lo estás perdiendo? ¿Quieres perder el juicio? ¿Te das cuenta de lo que eso significaría? Eso significaría que simplemente sería destruido. Y que todos los que conoces serían arrastrados contigo o por lo menos humillados, deshonrados hasta los cimientos. Josef, recompárate. La forma en que eres tan indiferente al respecto, me está volviendo loco. Al mirarte, casi puedo creer en ese viejo dicho: 'Tener un juicio como ese significa perder un juicio como ese'". —Mi querido tío —dijo K.—, no servirá de nada emocionarse, no es bueno que tú lo hagas y no sería bueno que yo lo hiciera. El caso no se ganará emocionándose, y por favor admita que mi experiencia práctica cuenta para algo, al igual que siempre he respetado y sigo respetando su experiencia, incluso cuando me sorprende. Usted dice que la familia también se verá afectada por este juicio; Realmente no puedo ver cómo, pero eso no viene al caso y estoy bastante dispuesto a seguir sus instrucciones en todo esto. Solo que no veo ninguna ventaja en quedarse en el país, ni siquiera para ti, ya que eso indicaría huida y un sentimiento de culpa. Y además, aunque estoy más sujeto a persecución, si me quedo en la ciudad, también puedo sacar adelante el asunto mejor aquí. —Tienes razón —dijo su tío en un tono que parecía indicar que por fin se estaban acercando el uno al otro—, acabo de hacer la sugerencia porque, según he visto, si te quedas en la ciudad, el caso correrá peligro por tu indiferencia hacia él, y pensé que era mejor que yo hiciera el trabajo por ti. Pero si tú mismo empujas las cosas hacia adelante con todas tus fuerzas, si es así, naturalmente será mucho mejor". —Entonces estamos de acuerdo —dijo K—. ¿Y tiene usted alguna sugerencia sobre lo que debería hacer a continuación? —Bueno, naturalmente tendré que pensarlo —dijo su tío— , debes tener en cuenta que he estado viviendo en el campo durante veinte años, casi sin interrupción, pierdes tu capacidad para lidiar con asuntos como este. Pero tengo algunas conexiones importantes con varias personas que, supongo, conocen estas cosas mejor que yo, y contactarlas es algo natural. Allá en el país que he estado sacando de forma, estoy seguro de que ya lo sabes. Solo en momentos como este te das cuenta tú mismo. Y este asunto tuyo fue en gran medida inesperado, aunque, por extraño que parezca, yo esperaba algo así después de leer la carta de Erna, y hoy, cuando vi tu rostro, lo supe con casi total certeza. Pero todo eso es por cierto, lo importante ahora es que no tenemos tiempo que perder". Mientras todavía hablaba, el tío de K se había puesto de puntillas para llamar a un taxi, y ahora metió a K. en el coche detrás de él mientras gritaba una dirección al conductor. —Ahora vamos a ver al doctor Huld, el abogado —dijo—, estuvimos juntos en la escuela. Seguro que conoces el nombre, ¿verdad? ¿No? Bueno, eso es extraño. Tiene una muy buena reputación como abogado defensor y por trabajar con los pobres. Pero lo estimo especialmente como alguien en quien se puede confiar". —A mí me parece bien, hagas lo que hagas —dijo K., aunque le inquietaba la prisa y la urgencia con que su tío se ocupaba del asunto—. No era muy alentador, como el acusado, ser llevado a un abogado para la gente pobre. —No sabía —dijo— que se podía contratar a un abogado en asuntos como este. — Claro que sí —dijo su tío—, no hace falta decirlo. ¿Por qué no contratar a un abogado? Y ahora, para que esté debidamente instruido en este asunto, dígame qué ha estado sucediendo hasta ahora. -K. comenzó instantáneamente a contarle a su tío lo que había estado sucediendo, sin guardarse nada: ser completamente abierto con él era la única forma en que

K podía protestar ante la creencia de su tío de que el juicio era una gran desgracia. Mencionó el nombre de la señorita Bürstner una sola vez y de pasada, pero eso no disminuyó su apertura sobre el juicio, ya que la señorita Bürstner no tenía ninguna relación con él. Mientras hablaba, miró por la ventana y vio cómo, justo en ese momento, se acercaban al suburbio donde estaban las oficinas del tribunal. Llamó la atención de su tío sobre esto, pero la coincidencia no le pareció especialmente notable. El taxi se detuvo frente a un edificio oscuro. El tío de K. llamó a la primera puerta a ras de suelo; mientras esperaban, él sonrió, mostrando sus grandes dientes, y susurró: —A las ocho; no es el momento habitual para visitar a un abogado, pero a Huld no le importará que lo haga. Dos grandes ojos negros aparecieron en la escotilla espía de la puerta, miraron fijamente a los dos visitantes durante un rato y luego desaparecieron; La puerta, sin embargo, no se abrió. K. y su tío se confirmaron mutuamente el hecho de que habían visto los dos ojos. —Una doncella nueva, temerosa de los extraños —dijo el tío de K., y volvió a llamar. Los ojos aparecieron una vez más. Esta vez parecían casi tristes, pero la llama de gas abierta que ardía con un silbido cerca de sus cabezas emitía poca luz y eso puede haber creado simplemente una ilusión. —Abre la puerta —gritó el tío de K., levantando el puño contra ella—, ¡somos amigos del doctor Huld, el abogado! —El doctor Huld está enfermo —susurró alguien detrás de ellos—. En una puerta al final de un pasillo estrecho había un hombre en bata, dándoles esta información con una voz extremadamente baja. El tío de K., que ya se había enfadado mucho por la larga espera, se volvió bruscamente y replicó: ¿Dices que está enfermo? -y se acercó al caballero de una manera que parecía casi amenazadora, como si él mismo fuera la enfermedad. —Ya le han abierto la puerta —dijo el caballero, señalando la puerta del abogado— . Se recogió la bata y desapareció. Efectivamente, la puerta se había abierto, y una muchacha —K reconoció los ojos oscuros y ligeramente saltones— estaba de pie en el pasillo con un largo delantal blanco, sosteniendo una vela en la mano. —¡La próxima vez, abre antes! —dijo el tío de K. en lugar de saludar, mientras la muchacha hacía una leve reverencia—. —Ven, Josef —le dijo entonces a K., que se acercaba lentamente a la muchacha—. —

El doctor Huld no se encuentra bien —dijo la muchacha mientras el tío de K., sin detenerse, corría hacia una de las puertas—. K. continuó mirando a la niña con asombro mientras se volvía para bloquear el camino hacia la sala de estar, tenía una cara redonda como la de un cachorro, no solo las mejillas pálidas y la barbilla eran redondas, sino que también lo eran las sienes y la línea del cabello. —¡Josef! —exclamó su tío una vez más, y le preguntó a la muchacha—: Es un problema con su corazón, ¿verdad? —Creo que sí, señor —dijo la muchacha, que ya había encontrado tiempo para seguir adelante con la vela y abrir la puerta de la habitación—. En un rincón de la habitación, donde no llegaba la luz de la vela, un rostro con una larga barba levantó la vista de la cama. "Leni, ¿quién es este que entra?", preguntó el abogado, incapaz de reconocer a sus invitados porque estaba deslumbrado por la vela. —Es tu viejo amigo, Albert —dijo el tío de K— . —Oh, Albert —dijo el abogado, dejándose caer sobre la almohada como si esta visita significara que no tendría que guardar las apariencias—. —¿Es realmente tan malo como eso? —preguntó el tío de K., sentado en el borde de la cama. "No creo que lo sea. Es una recurrencia de su problema cardíaco y pasará como las otras veces". —Tal vez —dijo el abogado en voz baja—, pero es tan problemático como siempre. Apenas puedo respirar, no puedo dormir en absoluto y me estoy debilitando cada día más". —Ya veo —dijo el tío de K., apretando firmemente su sombrero de panamá contra su rodilla con su gran mano—. "Es una mala noticia. Pero, ¿está recibiendo el tipo de atención adecuado? Y es tan deprimente aquí, está tan oscuro. Ha pasado mucho tiempo desde la última vez que estuve aquí, pero entonces me pareció más amable. Incluso tu señorita aquí no parece tener mucha vida en ella, a menos que solo esté fingiendo". La criada seguía de pie junto a la puerta con la vela; por lo que se podía ver, vigilaba a K más que a su tío, incluso cuando éste seguía hablando de ella. K. se apoyó en una silla que había acercado a la muchacha. —Cuando estás tan enfermo como yo —dijo el abogado—, necesitas tener paz. No me parece deprimente". Después de una breve pausa añadió: "Y Leni me cuida bien, es una buena chica". Pero eso no bastó para persuadir al tío de K., que se había manifestado visiblemente contra el cuidador de su amigo y, aunque no contradecía a la enferma, la perseguía con el ceño fruncido mientras ella se acercaba a la cama, ponía la vela en la mesita de noche y, inclinándose sobre la cama, le hacía un escándalo ordenando las almohadas. El tío de K. casi olvidó la necesidad de mostrar consideración por el hombre que yacía enfermo en la cama, se levantó, caminó de un lado a otro detrás de la cuidadora, y a K no le habría sorprendido que la hubiera agarrado de las faldas por detrás y la hubiera arrastrado lejos de la cama. El propio K lo miraba con calma, ni siquiera se había decepcionado al ver que el abogado se encontraba enfermo, no había podido hacer nada para oponerse al entusiasmo que su tío había desarrollado por el asunto, se alegraba de que este entusiasmo se hubiera distraído sin que él tuviera que hacer nada al respecto. Su tío, probablemente queriendo ofender al asistente del abogado, dijo: "Jovencita, por favor, déjenos en paz un rato, tengo algunos asuntos personales que discutir con mi amigo". El cuidador del doctor Huld todavía estaba inclinado sobre la cama del enfermo y alisaba la tela que cubría la pared junto a ella. Se limitó a volver la cabeza y luego, en sorprendente contraste con la cólera que primero impidió que el tío de K hablara y luego soltó las palabras a borbotones, dijo en voz muy baja: —Ya ve que el doctor Huld está tan enfermo que no puede hablar de ningún asunto. Probablemente había repetido las palabras pronunciadas por el tío de K. por conveniencia, pero un espectador podría incluso haber percibido que se burlaba de él y él, por supuesto, se levantó de un salto como si acabara de ser apuñalado. —Maldito... —en los primeros gorgoteos de su excitación apenas se podían entender sus palabras, K se sobresaltó a pesar de que había estado esperando algo así y corrió hacia su tío con la intención, sin duda, de cerrarle la boca con ambas manos. Afortunadamente, sin embargo, detrás de la muchacha, el enfermo se incorporó, el tío de K puso una cara fea como si tragara algo repugnante y luego, algo más calmado, dijo: —Naturalmente no hemos perdido el juicio, todavía no; si lo que pido no fuera posible, no lo estaría pidiendo. ¡Ahora, por favor, vete!" El cuidador se incorporó junto a la cama, justo enfrente del tío de K., K. creyó notar que con una mano ella acariciaba la mano del abogado. —Puedes decir cualquier cosa delante de Leni —dijo el inválido en un tono inequívocamente implorante—. —No es asunto mío —dijo el tío de K.— , y no son mis secretos. Y se retorció como si no quisiera entrar en más negociaciones, sino darse un poco más de tiempo para pensar. —¿De quién es el asunto entonces? —preguntó el abogado con voz exhausta mientras volvía a inclinarse hacia atrás. —De mi sobrino —dijo el tío de K.—, y lo he traído conmigo. Y lo presentó: "Oficial Principal Josef K". -¡Oh! -exclamó el inválido, ahora con mucha más vida en él, y extendió la mano hacia K-. Perdóname, no te he notado en absoluto. Luego le dijo a su cuidadora: "Leni, vete", extendiendo su mano hacia ella como si se tratara de una despedida que tendría que durar mucho tiempo. Esta vez la muchacha no ofreció resistencia. —Así que tú —le dijo finalmente al tío de K., que también se había calmado y se había acercado—, no has venido a visitarme porque estoy enfermo, pero has venido por negocios. El abogado parecía ahora mucho más fuerte que parecía que la idea de ser visitado porque estaba enfermo lo había debilitado de alguna manera, permaneció apoyándose en un codo, lo que debió ser bastante agotador, y tiraba continuamente de un mechón de pelo en medio de su barba. —Ya te ves mucho mejor —dijo el tío de K.—, ahora que esa bruja ha salido. Se interrumpió a sí mismo, susurró: "¡Te apuesto a que ella está escuchando!" y saltó hacia la puerta. Pero detrás de la puerta no había nadie, el tío de K no volvió decepcionado, ya que el hecho de que ella no escuchara le pareció peor que si lo hubiera estado, pero probablemente algo amargado. —Se equivoca usted de ella —dijo el abogado, pero no hizo nada más para defenderla—; Tal vez esa era su manera de indicar que ella no necesitaba ser defendida. Pero en un tono mucho más comprometido, prosiguió: —En lo que se refiere a los asuntos de su sobrino, ésta será una empresa extremadamente difícil, y me consideraría afortunado si mis fuerzas duraran lo suficiente para ello; Me temo mucho que no servirá, pero de todos modos no quiero dejar nada sin probar; si no dure, siempre puedes conseguir a alguien más. Para ser honesto, este asunto me interesa demasiado y no me atrevo a renunciar a la oportunidad de participar en él. Si mi corazón se rinde por completo, entonces al menos habrá encontrado un asunto digno en el que fracasar. K. creyó no entender ni una palabra de todo este discurso, miró a su tío en busca de una explicación, pero su tío estaba sentado en la mesita de noche con la vela en la mano, un frasco de medicina había rodado de la mesa al suelo, asentía con la cabeza a todo lo que decía el abogado, accedía a todo, y de vez en cuando miraba a K. instándole a que mostrara la misma conformidad. Tal vez el tío de K. ya le había contado al abogado sobre el juicio. Pero eso era imposible, todo lo que había sucedido hasta el momento hablaba en contra. Entonces él dijo: "No entiendo..." —Bueno, tal vez he entendido mal lo que ha estado diciendo —dijo el abogado, tan asombrado y avergonzado como K—. Quizás he ido demasiado rápido. ¿De qué querías hablarme? Pensé que tenía que ver con tu juicio. —Claro que lo es —dijo el tío de K., que luego le preguntó a K.—: ¿Y qué es lo que quieres? —Sí, pero ¿cómo es que usted sabe algo de mí y de mi caso? —preguntó K. —Oh, ya veo —dijo el abogado con una sonrisa—. "Soy abogado, me muevo en los círculos judiciales, la gente habla de varios casos diferentes y los más interesantes se quedan en tu mente, especialmente cuando se refieren al sobrino de un amigo. No hay nada muy notable en eso". —¿Qué es lo que quieres, entonces? —preguntó una vez más el tío de K—. Pareces tan inquieto por ello. —¿Se mueve usted en los círculos de este tribunal? —preguntó K. —Sí —dijo el abogado—. —Estás haciendo preguntas como un niño —dijo el tío de K—. "¿En qué círculos debería moverme, entonces, si no es con miembros de mi propia disciplina?", agregó el abogado. Sonaba tan indiscutible que K no dio respuesta alguna. —Pero usted trabaja en el Tribunal Supremo, no en el tribunal del desván —había querido decir, pero no se atrevía a pronunciarlo—. —Tienes que darte cuenta —continuó el abogado, en un tono como si estuviera explicando algo obvio, innecesario e incidental—, tienes que darte cuenta de que yo también obtengo una gran ventaja para mis clientes al mezclarme con esas personas, y lo hago de muchas maneras diferentes, no es algo de lo que puedas seguir hablando todo el tiempo. Ahora estoy un poco en desventaja, por supuesto, debido a mi enfermedad, pero todavía recibo visitas de algunos buenos amigos míos en la corte y aprendo una o dos cosas. Incluso puede ser que aprenda más que muchos de los que gozan de la mejor salud y pasan todo el día en los tribunales. Y estoy recibiendo una visita muy bienvenida en este momento, por ejemplo". Y señaló un rincón oscuro de la habitación. —¿Dónde? —preguntó K., casi torpe en su sorpresa. Miró a su alrededor con inquietud; La pequeña vela emitía muy poca luz para llegar hasta la pared de enfrente. Y entonces, algo comenzó a moverse allí en la esquina. A la luz de la vela sostenida por el tío de K., se podía ver a un anciano sentado junto a una pequeña mesa. Había estado sentado allí durante tanto tiempo sin que se le notara que apenas podía respirar. Ahora se puso de pie con mucho alboroto, claramente descontento de que se le hubiera llamado la atención. Era como si, batiendo las manos como alas cortas, quisiera desviar las presentaciones y los saludos, como si no quisiera molestar a los demás con su presencia y pareciera exhortarlos a que lo dejaran en la oscuridad y se olvidaran de su presencia allí. Eso, sin embargo, era algo que ya no se le podía conceder. —Nos ha tomado usted por sorpresa, ¿sabe? —dijo el abogado en explicación, indicando alegremente al caballero que se acercara, lo que hizo, lentamente, vacilante, mirando a su alrededor, pero con cierta dignidad. "El director de la oficina... oh, sí, perdóneme, no le he presentado... este es mi amigo Albert K., este es su sobrino, el jefe de oficina Josef K., y este es el director de la oficina... así que el director de la oficina tuvo la amabilidad de hacerme una visita. Solo es posible apreciar lo valiosa que es una visita como esta si se ha revelado el secreto de la gran cantidad de trabajo que el director de la oficina ha acumulado sobre él. Bueno, vino de todos modos, estuvimos teniendo una charla tranquila, hasta donde pude cuando estoy tan débil, y aunque no le habíamos dicho a Leni que no debía dejar entrar a nadie porque no esperábamos a nadie, hubiéramos preferido quedarnos solos, pero entonces llegaste tú, Albert, golpeando la puerta con los puños, el director de la oficina se acercó a la esquina arrastrando su mesa y su silla consigo, pero ahora resulta que podríamos tener, es decir, si eso es lo que usted desea, podríamos tener algo que discutir entre nosotros y sería bueno que todos pudiéramos volver a estar juntos.— Director de la oficina... —dijo con la cabeza inclinada hacia un lado, señalando con una sonrisa humilde un sillón cerca de la cama—. —Me temo que solo podré quedarme unos minutos más —sonrió el director de la oficina mientras se acomodaba en el sillón y miraba el reloj—. "Las llamadas de negocios. Pero no me gustaría perderme la oportunidad de encontrarme con un amigo de mi amigo". Inclinó ligeramente la cabeza hacia el tío de K., que parecía muy contento con su nuevo conocido, pero no era el tipo de persona que expresaba sus sentimientos de deferencia y respondía a las palabras del director de la oficina con una risa avergonzada, pero ruidosa. ¡Un espectáculo horrible! K. pudo observarlo todo en silencio, ya que nadie le prestaba atención, el director de la oficina asumió la dirección de la conversación, como parecía ser su costumbre una vez que lo llamaron, el abogado escuchó atentamente con la mano en la oreja, su debilidad inicial tal vez solo había tenido la función de ahuyentar a sus nuevos visitantes. El tío de K. hacía de portador de la vela, balanceando la vela en su muslo mientras el director de la oficina la miraba nerviosa con frecuencia, y pronto se liberó de su vergüenza y quedó rápidamente encantado no sólo por la forma de hablar del director de la oficina, sino también por los suaves y agitados movimientos de las manos con que la acompañaba. K., apoyado en el poste de la cama, fue ignorado por completo por el director de la oficina, tal vez deliberadamente, y sólo sirvió al anciano como público. Y, además, apenas tenía idea de qué se trataba la conversación y pronto sus pensamientos se centraron en la asistente y en los malos tratos que había sufrido por parte de su tío. Poco después, comenzó a preguntarse si no había visto al director de la oficina en algún lugar antes, tal vez entre las personas que estaban en su primera audiencia. Puede que se equivocara, pero pensó que el director de la oficina bien podría haber sido uno de los viejos caballeros con barbas finas de la primera fila.

Entonces se oyó un ruido que todos escucharon desde el pasillo, como si se estuviera rompiendo algo de porcelana. —Iré a ver qué ha pasado —dijo K., que salió lentamente de la habitación, como dando a los demás la oportunidad de detenerlo—. Apenas había entrado en el vestíbulo, orientándose en la oscuridad con la mano todavía sujetando firmemente la puerta, cuando otra pequeña mano, mucho más pequeña que la de K., se posó sobre la suya y cerró suavemente la puerta. Era el cuidador que había estado esperando allí. —No ha pasado nada —le susurró ella—, solo tiré un plato contra la pared para sacarte de allí. —Yo también pensaba en ti —replicó K con inquietud—. —Tanto mejor —dijo el cuidador—. —Ven conmigo. Unos pasos más adelante, llegaron a una puerta de vidrio esmerilado que el cuidador le abrió. —Entra aquí —dijo ella—. Era claramente el despacho del abogado, equipado con muebles viejos y pesados, hasta donde se podía ver a la luz de la luna, que ahora sólo iluminaba una pequeña sección rectangular del suelo por cada una de las tres grandes ventanas. —Por aquí —dijo el cuidador, señalando un baúl oscuro con un respaldo de madera tallada—. Cuando se hubo sentado, K siguió mirando a su alrededor, era una habitación grande con un techo alto, los clientes de este abogado de los pobres debían de sentirse bastante perdidos en ella. K creyó ver los escalones con los que los visitantes se acercaban al enorme escritorio. Pero luego se olvidó de todo esto y solo tuvo ojos para el cuidador que estaba sentado muy cerca de él, casi apretándolo contra el reposabrazos. —Pensé —dijo ella— que vendrías aquí a verme tú sola sin que yo tuviera que llamarte primero. Era extraño. Primero me miras fijamente tan pronto como entras, y luego me haces esperar. Y tú también deberías llamarme Leni -añadió rápida y repentinamente, como si no debiera perderse ningún momento de esta conversación-. —Con mucho gusto —dijo K—. Pero en cuanto a que sea extraño, Leni, es fácil de explicar. En primer lugar, tenía que escuchar lo que decían los viejos y no podía irme sin una buena razón, pero en segundo lugar, no soy una persona audaz, en todo caso soy bastante tímida, y tú, Leni, tampoco parecía que te pudieran conquistar de un solo golpe. —No es eso —dijo Leni, apoyando un brazo en el reposabrazos y mirando a K.— , no te caía bien, y supongo que ahora tampoco te gusto. —Que me guste no sería mucho —dijo K., evasivo—. —¡Oh! —exclamó ella con una sonrisa, aprovechando así el comentario de K para obtener una ventaja sobre él—. Así que K. permaneció en silencio durante un rato. A estas alturas, se había acostumbrado a la oscuridad de la habitación y era capaz de distinguir varios accesorios y accesorios. Estaba especialmente impresionado por un gran cuadro colgado a la derecha de la puerta, se inclinó hacia adelante para verlo mejor. Representaba a un hombre vestido con túnicas de juez; Estaba sentado en un trono elevado dorado de una manera que brillaba en la imagen. Lo curioso del cuadro era que este juez no estaba sentado allí con digna calma, sino que tenía el brazo izquierdo presionado contra el respaldo y el reposabrazos, su brazo derecho, sin embargo, estaba completamente libre y solo agarraba el reposabrazos con la mano, como si estuviera a punto de saltar en cualquier momento con vigorosa indignación y hacer algún comentario decisivo o incluso dictar sentencia. Probablemente se pretendía imaginar al acusado al pie de la escalinata, la más alta de las cuales se podía ver en la imagen, cubierta con una alfombra amarilla. —Ése podría ser mi juez —dijo K., señalando el cuadro con un dedo—. —Lo conozco —dijo Leni mirando el cuadro—, viene aquí muy a menudo. Esa foto es de cuando era joven, pero nunca se le puede haber parecido en nada, ya que es diminuto, casi diminuto. Pero a pesar de eso, se hizo ver más grande en la imagen, ya que es locamente vanidoso, como todos los que están por aquí. Pero incluso yo soy vanidosa, y eso me hace muy infeliz de que no te guste. K. respondió a este último comentario simplemente abrazando a Leni y atrayéndola hacia él, ella apoyó tranquilamente la cabeza en su hombro. Al resto, sin embargo, le dijo: "¿Qué rango tiene?" —Es un juez de instrucción —dijo ella, agarrando la mano con la que K la sujetaba y jugando con sus dedos—. —Una vez más, un juez de instrucción —dijo K decepcionado—, los altos funcionarios se mantienen ocultos. Pero aquí está él sentado en un trono". —Todo eso está inventado —dijo Leni con el rostro inclinado sobre la mano de K.—, en realidad está sentado en una silla de la cocina con una vieja manta de caballo doblada sobre ella. Pero, ¿tienes que estar siempre pensando en tu juicio?", añadió lentamente. —No, en absoluto —dijo K.—, probablemente incluso pienso demasiado poco en ello. —Ese no es el error que estás cometiendo —dijo Leni—, eres demasiado inflexible, eso es lo que he oído. —¿Quién ha dicho eso? —preguntó K., palpó su cuerpo contra su pecho y bajó la vista hacia su abundante cabello oscuro y bien atado. —Diría demasiado si te dijera eso —respondió Leni—. "Por favor, no pidan nombres, pero dejen de cometer estos errores suyos, dejen de ser tan inflexibles, no hay nada que puedan hacer para defenderse de este tribunal, tienen que confesarse. Así que confiésate con ellos tan pronto como tengas la oportunidad. Es solo entonces que te dan la oportunidad de escapar, no hasta entonces. Solo que, sin ayuda externa, incluso eso es imposible, pero no tienes que preocuparte por obtener esta ayuda, ya que quiero ayudarte yo mismo". —Sabes mucho de este tribunal y de qué clase de trucos se necesitan —dijo K mientras la levantaba, ya que ella se acercaba demasiado a él, y la colocaba en su regazo—. —Está bien, entonces —dijo ella, y se acomodó en su regazo alisándose la falda y ajustándose la blusa— . Luego le rodeó el cuello con los dos brazos, se echó hacia atrás y le echó una larga mirada. —¿Y si no me confieso, no podrías ayudarme entonces? —preguntó K para ponerla a prueba. Estoy acumulando mujeres para que me ayuden, pensó para sí mismo casi con asombro, primero la señorita Bürstner, luego la esposa del ujier de la corte, y ahora esta pequeña asistente de cuidados que parece tener una necesidad incomprensible para mí. ¡La forma en que se sienta en mi regazo como si fuera su lugar apropiado! —No —respondió Leni, sacudiendo lentamente la cabeza—, entonces no pude ayudarte. Pero de todos modos no quieres mi ayuda, no significa nada para ti, eres demasiado terco y no te convencerás". Luego, al cabo de un rato, me preguntó: "¿Tienes un amante?" —No —dijo K. —Oh, debes haberlo hecho —dijo ella—. —Bueno, en realidad —dijo K—. Imagínate, incluso la he traicionado mientras llevaba conmigo su fotografía. Leni insistió en que le mostrara una fotografía de Elsa, y luego, encorvado en su regazo, estudió la imagen detenidamente. La fotografía no era una que hubiera sido tomada mientras Elsa posaba para ella, sino que la mostraba justo después de haber estado en un baile salvaje como el que le gustaba hacer en los bares de vinos, con la falda todavía extendida mientras daba vueltas, había colocado las manos en sus firmes caderas y, con el cuello tenso, miró a un lado con una carcajada; No se podía ver en la imagen a quién iba dirigida su risa. —Está muy atada —dijo Leni, señalando el lugar donde creía que se podía ver—. "No me gusta, es torpe y grosera. Pero tal vez ella sea gentil y amigable contigo, esa es la impresión que obtienes de la imagen. Las chicas grandes y fuertes como esa a menudo no saben cómo ser más que gentiles y amigables. Sin embargo, ¿sería capaz de sacrificarse por ti? —No —dijo K.—, no es amable ni amistosa, y tampoco sería capaz de sacrificarse por mí. Pero nunca le he pedido ninguna de esas cosas. Nunca he mirado esta foto tan de cerca como tú. —Entonces no se puede pensar mucho en ella —dijo Leni—. "Ella no puede ser tu amante después de todo". —Sí, lo es —dijo K.—, no voy a retractarme de mi palabra. —Bueno, ahora podría ser tu amante —dijo Leni—, pero no la echarías mucho de menos si la perdieras o si la cambiaras por otra persona, por ejemplo, por mí. —Eso es ciertamente concebible —dijo K con una sonrisa—, pero ella tiene una gran ventaja sobre usted: no sabe nada de mi juicio, y aunque lo supiera, no pensaría en ello. No trataría de persuadirme para que fuera menos inflexible. —Bueno, eso no es ninguna ventaja —dijo Leni—. "Si ella no tiene más ventaja que esa, puedo seguir esperando. ¿Tiene algún defecto corporal? —¿Defectos corporales? —preguntó K. —Sí —dijo Leni—, ya que tengo un defecto corporal, uno pequeño. Mira. Separó los dedos medio y anular de su mano derecha. Entre esos dedos, el colgajo de piel que los conectaba llegaba casi hasta la articulación superior del dedo meñique. En la oscuridad, K. no vio al principio qué era lo que quería mostrarle, así que le llevó la mano para que pudiera sentir. -¡Qué capricho de la naturaleza! -exclamó K., y después de haber echado un vistazo a toda la mano, añadió-: ¡Qué bonita garra! Leni observó con una especie de orgullo cómo K abría y cerraba repetidamente sus dos dedos con asombro, hasta que, finalmente, los besó brevemente y los soltó. "¡Oh!", exclamó de inmediato, "¡me besaste!" Apresuradamente, y con la boca abierta, trepó por el regazo de K con las rodillas. Estaba casi horrorizado mientras la miraba, ahora que estaba tan cerca de él había un olor amargo e irritante de ella, como pimienta, ella agarró su cabeza, se inclinó sobre él y mordió y besó su cuello, incluso mordiendo su cabello. "¡He ocupado su lugar!", exclamaba de vez en cuando. "¡Solo mira, ahora me has tomado a mí en lugar de a ella!" En ese momento, su rodilla se deslizó y, con un pequeño grito, casi cae sobre la alfombra, K trató de sostenerla rodeándola con sus brazos y fue arrastrado con ella. —Ahora eres mía —dijo ella—. Las últimas palabras que le dijo cuando se fue fueron: "Aquí está la llave de la puerta, ven cuando quieras", y le plantó un beso no dirigido en la espalda. Cuando salió por la puerta principal cayó una ligera lluvia, estaba a punto de salir al centro de la calle para ver si aún podía vislumbrar a Leni por la ventana cuando el tío de K. saltó de un coche que K., pensando en otras cosas, no había visto esperando fuera del edificio. Agarró a K por ambos brazos y lo empujó contra la puerta como si quisiera clavarlo en ella.

—Joven —gritó—, ¿cómo pudiste hacer una cosa así? Las cosas iban bien con este negocio tuyo, ahora le has causado un daño terrible. Te escabulles con alguna cosita sucia que, además, es obviamente la amada del abogado, y te mantienes alejado durante horas. Ni siquiera tratas de encontrar una excusa, no tratas de ocultar nada, no, eres bastante abierto al respecto, te escapas con ella y te quedas allí. Y mientras tanto estamos sentados allí, tu tío que se va a esforzar tanto por ti, el abogado al que hay que convencer a tu lado y, sobre todo, el director de la oficina, un caballero muy importante que está al mando directo de tu asunto en su estado actual. Queríamos discutir la mejor manera de ayudarlo, tuve que tratar al abogado con mucho cuidado, él tuvo que tratar al director de la oficina con cuidado, y usted tenía muchas razones para al menos darme algo de apoyo. En lugar de eso, te mantienes alejado. Al final no pudimos seguir fingiendo más, pero estos son hombres educados y muy capaces, no dijeron nada al respecto para evitar mis sentimientos, pero al final ni siquiera ellos pudieron seguir forzándose y, como no podían hablar sobre el asunto en cuestión, se quedaron en silencio. Nos quedamos allí sentados durante varios minutos, escuchando para ver si finalmente no volvías. Todo en vano. Al final el director de la oficina se levantó, ya que se había quedado mucho más tiempo del que había previsto originalmente, se despidió, me miró con simpatía sin poder ayudar, esperó en la puerta durante mucho tiempo aunque es más de lo que puedo entender por qué estaba siendo tan bueno, y luego se fue. Yo, por supuesto, me alegré de que se hubiera ido, había estado conteniendo la respiración todo este tiempo. Todo esto tuvo aún más efecto en el abogado que yacía allí enfermo, cuando me despedí de él, el buen hombre, estaba completamente incapaz de hablar. Probablemente has contribuido a su colapso total y por lo tanto has acercado a la muerte al mismo hombre del que dependes. Y yo, tu propio tío, me dejas aquí bajo la lluvia, solo siente esto, estoy mojado hasta el final, esperando aquí durante horas, enfermo de preocupación".

Capítulo Siete

Abogado—Fabricante—Pintor

Una mañana de invierno —caía nieve a la luz tenue del exterior—, K estaba sentado en su despacho, ya extremadamente cansado a pesar de lo temprano de la hora. Le había dicho al sirviente que estaba ocupado en un trabajo importante y que no se debía permitir que ningún miembro del personal subalterno lo viera, para que al menos no lo molestaran. Pero en lugar de trabajar, se dio la vuelta en la silla, movió lentamente varios objetos alrededor de su escritorio, pero luego, sin darse cuenta, dejó el brazo extendido sobre el escritorio y se sentó inmóvil con la cabeza hundida en el pecho.

Ya no era capaz de quitarse de la cabeza la idea del juicio. A menudo se ha preguntado si no sería una buena idea elaborar una defensa por escrito y presentarla ante el tribunal. Contendría una breve descripción de su vida y explicaría por qué había actuado de la manera en que lo había hecho en cada evento que era de alguna manera importante, si ahora consideraba que había actuado bien o mal, y sus razones para cada uno. No cabía duda de las ventajas que tendría una defensa escrita de este tipo sobre confiar en el abogado, que de todos modos no estaba exento de defectos. K. no tenía idea de las acciones que el abogado estaba tomando; Ciertamente no era mucho, hacía más de un mes que el abogado lo había citado, y ninguna de las conversaciones anteriores le había dado a K la impresión de que este hombre sería capaz de hacer mucho por él. Lo más importante es que apenas le había hecho preguntas. Y había tantas preguntas que hacer. Hacer preguntas era lo más importante. K. tenía la sensación de que él mismo sería capaz de hacer todas las preguntas necesarias. El abogado, en cambio, no hacía preguntas, sino que hablaba él mismo, o se sentaba en silencio frente a él, se inclinaba ligeramente sobre el escritorio, probablemente porque tenía problemas de audición, se tiraba de un mechón de pelo en medio de la barba y miraba hacia la alfombra, tal vez hacia el mismo lugar donde K. se había acostado con Leni. De vez en cuando le daba a K alguna vaga advertencia del tipo que se da a los niños. Sus discursos eran tan inútiles como aburridos, y K. decidió que, cuando llegara la última factura, no pagaría ni un céntimo por ellos. Una vez que el abogado pensaba que había humillado a K lo suficiente, por lo general comenzaba algo que le levantaba el ánimo de nuevo. Ya había ganado, diría entonces, muchos de esos casos, en parte o en su totalidad, casos que tal vez no hubieran sido realmente tan difíciles como este, pero que, a primera vista, tenían aún menos esperanzas de éxito. Tenía una lista de estos casos aquí en el cajón —allí tocaba uno u otro de los cajones de su escritorio—, pero, por desgracia, no podía mostrársela a K., ya que se trataba de secretos oficiales. Sin embargo, la gran experiencia que había adquirido a través de todos estos casos sería, por supuesto, beneficiosa para K. Por supuesto, había comenzado a trabajar de inmediato y estaba casi listo para presentar los primeros documentos. Serían muy importantes porque la primera impresión causada por la defensa a menudo determinará todo el curso del procedimiento. Desgraciadamente, sin embargo, tendría que dejar claro a K. que los primeros documentos presentados a veces ni siquiera son leídos por el tribunal. Simplemente los ponen con los demás documentos y señalan que, por el momento, el interrogatorio y la observación del acusado son mucho más importantes que cualquier cosa escrita. Si el solicitante se vuelve insistente, entonces añade que antes de tomar cualquier decisión, tan pronto como se haya reunido todo el material, teniendo en cuenta, por supuesto, todos los documentos, entonces también se verificarán estos primeros documentos que se hayan presentado. Pero, por desgracia, ni siquiera esto suele ser cierto, los primeros documentos presentados suelen extraviarse o perderse por completo, y aunque los conservan hasta el final apenas se leen, aunque el abogado sólo lo sabía por rumores. Todo esto es muy lamentable, pero no está exento de justificaciones. Pero K. no debe olvidar que el juicio no sería público, si el juzgado lo considera necesario se puede hacer público pero no hay ninguna ley que diga que tiene que ser. Como resultado, el acusado y su defensa ni siquiera tienen acceso a los registros judiciales, y especialmente a la acusación, y eso significa que generalmente no sabemos, o al menos no con precisión, de qué deben tratar los primeros documentos, lo que significa que si contienen algo relevante para el caso es solo por una afortunada coincidencia. Si algo sobre los cargos individuales y las razones de los mismos sale claramente o se puede adivinar mientras se interroga al acusado, entonces es posible elaborar y presentar documentos que realmente dirijan el problema y presenten pruebas, pero no antes. Condiciones como esta, por supuesto, colocan a la defensa en una posición muy desfavorable y difícil. Pero eso es lo que pretenden. De hecho, la defensa no está realmente permitida por la ley, sólo se tolera, e incluso hay cierta disputa sobre si las partes relevantes de la ley implican siquiera eso. Así que, estrictamente hablando, no existe tal cosa como un abogado reconocido por el tribunal, y cualquiera que se presente ante este tribunal como abogado básicamente no es más que un abogado de cuartel. El efecto de todo esto, por supuesto, es eliminar la dignidad de todo el procedimiento, la próxima vez que K. esté en las oficinas del tribunal le gustaría echar un vistazo a la sala de los abogados, solo para que lo haya visto. Es muy posible que esté bastante sorprendido por la gente que ve reunida allí. La habitación que se les ha asignado, con su espacio estrecho y techo bajo, será suficiente para mostrar el desprecio que el tribunal tiene por estas personas. La única luz de la habitación entra por una ventanita que está tan alta que, si quieres mirar por ella, primero tienes que pedirle a uno de tus colegas que te apoye en su espalda, y aún así el humo de la chimenea que está justo enfrente te subirá por la nariz y te pondrá la cara negra. En el suelo de esta habitación, para dar otro ejemplo de las condiciones allí, hay un agujero que ha estado allí durante más de un año, no es tan grande como para que un hombre pueda caerse, pero es lo suficientemente grande como para que tu pie desaparezca a través de él. La sala de abogados está en el segundo piso del ático; Si su pie lo atraviesa, colgará hasta el primer piso del ático debajo de él, y justo en el pasillo donde los litigantes están esperando. No es exagerado cuando los abogados dicen que condiciones como esa son una vergüenza. Las quejas a la gerencia no tienen el menor efecto, pero los abogados tienen estrictamente prohibido alterar cualquier cosa en la sala a su propio costo. Pero incluso tratar a los abogados de esta manera tiene sus razones. Quieren, en la medida de lo posible, impedir cualquier tipo de defensa, que todo sea responsabilidad del acusado. No es un mal punto de vista, básicamente, pero nada podría ser más erróneo que pensar a partir de eso que los abogados no son necesarios para los acusados en este tribunal. Por el contrario, no hay tribunal donde sean menos necesarios que aquí. Esto se debe a que los procedimientos generalmente se mantienen en secreto no solo para el público sino también para el acusado. Solo en la medida en que sea posible, por supuesto, pero es posible en gran medida. Y el acusado tampoco puede ver los registros judiciales, y es muy difícil inferir lo que hay en los registros judiciales de lo que se ha dicho durante el interrogatorio en función de ellos, especialmente para el acusado que se encuentra en una situación difícil y se enfrenta a todas las preocupaciones posibles para distraerlo. Aquí es cuando comienza la defensa. Normalmente, no se permite que el abogado de la defensa esté presente mientras se interroga al acusado, por lo que después, y si es posible todavía en la puerta de la sala de interrogatorios, tiene que aprender de él lo que pueda al respecto y extraer todo lo que pueda ser útil, aunque lo que el acusado tiene que informar es a menudo muy confuso. Pero eso no es lo más importante, ya que realmente no hay mucho que se pueda aprender de esta manera, aunque en esto, como con cualquier otra cosa, un hombre competente aprenderá más que otro. Sin embargo, lo más importante son las conexiones personales del abogado, ahí es donde radica el verdadero valor de recibir asesoramiento. Ahora bien, lo más probable es que K. ya haya aprendido por su propia experiencia que, entre sus órdenes más bajos, la organización del tribunal tiene sus imperfecciones, el tribunal está estrictamente cerrado al público, pero el personal que olvida su deber o que acepta sobornos muestra, hasta cierto punto, dónde están las lagunas. Aquí es donde la mayoría de los abogados se abren camino, aquí es donde se pagan los sobornos y se extrae la información, incluso, al menos en épocas anteriores, ha habido incidentes en los que se han robado documentos. No se puede negar que se han obtenido algunos resultados sorprendentemente favorables para el acusado de esta manera, durante un tiempo limitado, y estos abogados mezquinos luego se pavonean de un lado a otro sobre la base de ellos y atraen nuevos clientes, pero para el curso posterior del procedimiento no significa nada o nada bueno. Lo único que tiene verdadero valor son los contactos personales honestos, los contactos con los funcionarios superiores, aunque sean los funcionarios superiores de los grados inferiores, como comprende. Esa es la única forma en que se puede influir en el progreso del juicio, apenas perceptible al principio, es cierto, pero a partir de entonces se hace cada vez más visible. Por supuesto, no hay muchos abogados que puedan hacer esto, y K. ha hecho una muy buena elección en este asunto. Probablemente no había más de uno o dos que tuvieran tantos contactos como el doctor Huld, pero no se preocupan por la compañía de la sala de abogados y no tienen nada que ver con ella. Esto significa que tienen menos contacto con los funcionarios judiciales. No es en absoluto necesario que el doctor Huld vaya al tribunal, espere en las antesalas a que se presenten los jueces de instrucción, si es que se presentan, y trate de lograr algo que, según el estado de ánimo de los jueces, suele ser más aparente que real y, en la mayoría de los casos, ni siquiera eso. No, K. ha comprobado por sí mismo que los funcionarios del tribunal, incluidos algunos que están en un alto rango, se presentan sin que se les pregunte, se complacen en dar información que es completamente abierta o al menos fácil de entender, discuten las próximas etapas del procedimiento, de hecho, en algunos casos pueden ser ganados y están bastante dispuestos a adoptar el punto de vista de la otra persona. Sin embargo, cuando esto sucede, nunca se debe confiar demasiado en ellos, ya que por muy firmemente que hayan declarado este nuevo punto de vista a favor del demandado, es muy posible que regresen directamente a sus oficinas y escriban un informe para el tribunal que diga exactamente lo contrario, y bien podría ser incluso más duro para el acusado que el punto de vista original. de la que insisten en que han sido totalmente disuadidos. Y, por supuesto, no hay forma de defenderse de esto, algo que se dice en privado es en privado y luego no se puede usar en público, no es algo que le facilite a la defensa mantener el favor de esos señores. Por otro lado, también es cierto que los caballeros no se involucran en la defensa, que por supuesto se hará con gran pericia, solo por razones filantrópicas o para ser amistosos, en algunos aspectos sería más cierto decir que ellos también lo tienen asignado. Aquí es donde entran en vigor los inconvenientes de una estructura judicial que, desde el principio, estipula que todos los procedimientos se llevan a cabo en privado. En los juicios normales, mediocres, sus funcionarios tienen contacto con el público, y están muy bien equipados para ello, pero aquí no; Las pruebas normales siguen su curso por sí solas, casi, y solo necesitan un empujón aquí y allá; Pero cuando se enfrentan a casos que son especialmente difíciles, están tan perdidos como a menudo lo están con otros que son muy simples; Se ven obligados a pasar todo su tiempo, día y noche, con sus leyes, por lo que no tienen el sentido adecuado de las relaciones humanas, y eso es una grave deficiencia en casos como este. Es entonces cuando acuden a pedir consejo al abogado, con un criado detrás de ellos que lleva los documentos que normalmente se mantienen en secreto. Podrías haber visto a muchos caballeros en esta ventana, caballeros de los que menos te lo esperarías, mirando por esta ventana con desesperación en la calle de abajo, mientras el abogado está en su escritorio estudiando los documentos para poder darles buenos consejos. Y en momentos como ese, también es posible ver cuán excepcionalmente en serio estos caballeros toman sus profesiones y cómo se ven sumidos en una gran confusión por dificultades que simplemente no está en su naturaleza superar. Pero no están en una posición fácil, considerar sus posiciones como fáciles sería hacerles una injusticia. Los diferentes rangos y jerarquías de la corte son infinitos, e incluso alguien que los conoce no siempre puede decir lo que va a suceder. Pero incluso para los funcionarios subalternos, los procedimientos en las salas de los tribunales suelen mantenerse en secreto, por lo que apenas pueden ver cómo se desarrollan los casos con los que trabajan, los asuntos judiciales aparecen en su campo de visión a menudo sin que sepan de dónde vienen y avanzan sin saber a dónde van. Por lo tanto, los funcionarios así no son capaces de aprender las cosas que se pueden aprender estudiando las sucesivas etapas por las que pasan los juicios individuales, el veredicto final o las razones del mismo. Solo se les permite ocuparse de la parte del juicio que la ley les asigna y, por lo general, saben menos sobre los resultados de su trabajo después de que se les ha ido que la defensa, aunque la defensa generalmente permanecerá en contacto con el acusado hasta que el juicio esté casi llegando a su fin, de modo que los funcionarios del tribunal pueden aprender muchas cosas útiles de la defensa. Teniendo todo esto en cuenta, ¿todavía le sorprende a K. que los funcionarios estén irritados y a menudo se expresen sobre los litigantes de manera poco halagadora, lo cual es una experiencia compartida por todos? Todos los funcionarios están irritados, incluso cuando parecen tranquilos. Esto causa muchas dificultades para los abogados jóvenes, por supuesto. Hay una historia, por ejemplo, que tiene mucho que sonar a verdad. Dice así: Uno de los funcionarios más antiguos, un hombre bueno y pacífico, estaba lidiando con un asunto difícil para el tribunal que se había vuelto muy confuso, especialmente gracias a las contribuciones de los abogados. Lo había estado estudiando durante un día y una noche sin descanso, ya que estos funcionarios son realmente trabajadores, nadie trabaja tan duro como ellos. Cuando ya era casi de mañana, y había estado trabajando durante veinticuatro horas con probablemente muy pocos resultados, se dirigió a la entrada principal, lo esperó allí en una emboscada, y cada vez que un abogado intentaba entrar en el edificio, lo arrojaba por las escaleras. Los abogados se reunieron frente a la escalinata y discutieron entre sí lo que debían hacer; por un lado, en realidad no tenían derecho a que se les permitiera entrar en el edificio, por lo que apenas había nada que pudieran hacer legalmente al funcionario y, como ya he mencionado, tendrían que tener cuidado de no poner a todos los funcionarios en su contra. Por otro lado, cualquier día que no pasen en la corte es un día perdido para ellos y era un asunto de cierta importancia forzar su entrada a la fuerza. Al final, acordaron que tratarían de cansar al anciano. Un abogado tras otro fue enviado a correr por las escaleras y dejarse derribar de nuevo, ofreciendo la resistencia que podía, siempre que fuera una resistencia pasiva, y sus colegas lo atraparían al pie de las escaleras. Eso continuó durante aproximadamente una hora hasta que el anciano caballero, que ya estaba agotado por trabajar toda la noche, estaba muy cansado y regresó a su oficina. Los que estaban al pie de los escalones no podían creerlo al principio, así que enviaron a alguien a mirar detrás de la puerta para ver si realmente no había nadie allí, y solo entonces se reunieron todos y probablemente ni siquiera se atrevieron a quejarse, ya que está lejos de ser el trabajo de los abogados introducir mejoras en el sistema judicial. o incluso querer. Incluso el abogado más joven puede entender la relación allí hasta cierto punto, pero un punto significativo es que casi todos los acusados, incluso las personas muy simples, comienzan a pensar en sugerencias para mejorar el tribunal tan pronto como sus procedimientos han comenzado, muchos de ellos a menudo incluso gastan tiempo y energía en el asunto que podrían emplearse mucho mejor en otro lugar. Lo único correcto es aprender a lidiar con la situación tal como es. Incluso si fuera posible mejorar algún detalle de la misma, que de todos modos no es más que una tontería supersticiosa, lo mejor que podrían lograr, aunque se hicieran un daño incalculable en el proceso, es que habrían atraído la atención especial de los funcionarios para cualquier caso que surja en el futuro, y los funcionarios siempre están listos para buscar venganza. ¡Nunca llames la atención hacia ti mismo! ¡Mantén la calma, por mucho que vaya en contra de tu carácter! Trate de obtener una idea del tamaño del organismo de la corte y cómo, hasta cierto punto, permanece en un estado de suspensión, y que incluso si altera algo en un lugar, sacará el suelo de debajo de sus pies y podría caerse, mientras que si un organismo enorme como la corte se ve afectado en cualquier lugar, le resulta fácil proporcionar un sustituto para sí mismo en otro lugar. Todo está conectado con todo lo demás y continuará sin ningún cambio o sin otra cosa, lo que es bastante probable, aún más cerrado, más atento, más estricto, más malévolo. Así que es mejor dejar el trabajo a los abogados y no seguir molestándolos. No sirve de mucho hacer acusaciones, sobre todo si no se puede dejar claro en qué se basan y cuál es su significado completo, pero hay que decir que K. causó mucho daño a su propio caso por su comportamiento hacia el director de la oficina, era un hombre muy influyente, pero ahora bien podría ser eliminado de la lista de aquellos que podrían hacer cualquier cosa por K. Si se menciona el juicio, aunque sea de pasada, es bastante obvio que lo está ignorando. En muchos sentidos, estos funcionarios son como niños. A menudo, algo bastante inofensivo —

aunque el comportamiento de K. por desgracia no podría llamarse inofensivo— les hará sentirse tan ofendidos que incluso dejarán de hablar con buenos amigos suyos, se alejarán cuando los ven y harán todo lo posible para oponerse a ellos. Pero entonces, sin ninguna razón en particular, sorprendentemente, alguna pequeña broma que solo se intentó porque todo parecía tan desesperado los hará reír y se reconciliarán. Es difícil y duro al mismo tiempo lidiar con ellos, y casi no hay ninguna razón para ello. A veces es bastante sorprendente que una sola vida promedio sea suficiente para abarcar tanto que sea posible tener algún éxito en el trabajo de uno aquí. Por otro lado, también hay momentos oscuros, como los que tiene todo el mundo, en los que crees que no has conseguido nada en absoluto, en los que parece que las únicas pruebas que llegan a un buen final son las que estaban decididas a tener un buen final desde el principio y lo harían sin ninguna ayuda, mientras que todas las demás se pierden a pesar de todas las idas y venidas. todo el esfuerzo, todos los pequeños y aparentes éxitos que daban tanta alegría. Entonces ya no te sientes muy seguro de nada y, si te preguntaran por un juicio que iba bien por su propia naturaleza, pero que empeoró porque ayudaste a él, ni siquiera te atreverías a negarlo. E incluso eso es una especie de autoconfianza, pero luego es la única que queda. Los abogados son especialmente vulnerables a los ataques de depresión de ese tipo -y no son más que ataques de depresión, por supuesto- cuando un caso se les quita repentinamente de las manos después de haberlo estado llevando a cabo satisfactoriamente durante algún tiempo. Eso es probablemente lo peor que le puede pasar a un abogado. No es que el acusado le quite el caso, eso casi nunca sucede, una vez que un acusado ha contratado a un determinado abogado tiene que quedarse con él pase lo que pase. ¿Cómo podría seguir adelante por sí mismo después de haber contado con la ayuda de un abogado? No, eso simplemente no sucede, pero lo que a veces sucede es que el juicio toma un curso en el que el abogado puede no estar de acuerdo. Tanto el cliente como el juicio son simplemente arrebatados al abogado; Y ni siquiera el contacto con los funcionarios de la corte ayudará, por muy buenos que sean, ya que ellos mismos no saben nada. El juicio habrá entrado en una etapa en la que no se podrá prestar más ayuda, en la que se tramitará en tribunales a los que nadie tiene acceso, en la que el acusado ni siquiera podrá ser contactado por su abogado. Llegas a casa un día y encuentras todos los documentos que has presentado, en los que has trabajado duro y en los que tenías las mejores esperanzas, tirados sobre el escritorio, han sido devueltos ya que no se pueden llevar a la siguiente etapa del juicio, son solo trozos de papel sin valor. No significa que el caso se haya perdido, en absoluto, o al menos no hay una razón decisiva para suponerlo, es solo que no sabes nada más sobre el caso y no te dirán nada de lo que está sucediendo. Bueno, casos como ese son las excepciones, me alegra decirlo, e incluso si el juicio de K. es uno de ellos, todavía está, por el momento, muy lejos. Pero todavía había muchas oportunidades para que los abogados se pusieran a trabajar, y K podía estar seguro de que se aprovecharían de ellas. Como ha dicho, el tiempo para presentar los documentos aún está en el futuro y no hay prisa por prepararlos, es mucho más importante iniciar las conversaciones iniciales con los funcionarios apropiados, y ya se han llevado a cabo. Con mayor o menor éxito, hay que decirlo. Era mucho mejor no revelar ningún detalle antes de tiempo, ya que de esa manera K sólo podía ser influenciado desfavorablemente y sus esperanzas podían aumentar o podía estar demasiado ansioso, mejor decir que algunos individuos han hablado muy favorablemente y se han mostrado muy dispuestos a ayudar, mientras que otros han hablado menos favorablemente. Pero ni siquiera ellos se han negado de ninguna manera a ayudar. Por lo tanto, en general, los resultados son muy alentadores, solo que ciertamente no se deben sacar conclusiones particulares, ya que todos los procedimientos preliminares comienzan de la misma manera y solo la forma en que se desarrollaron más adelante mostraría cuál ha sido el valor de estos procedimientos preliminares. De todos modos, todavía no se ha perdido nada, y si logramos que el director de la consulta, a pesar de todo, esté de nuestro lado —y se han emprendido varias acciones con este fin—, entonces todo es una herida limpia, como diría un cirujano, y podemos esperar los resultados con cierta tranquilidad.

Cuando empezó a hablar de esta manera, el abogado era bastante incansable. Lo repasaba todo de nuevo cada vez que K. iba a verlo. Siempre había algún progreso, pero nunca se le podía decir qué tipo de progreso era. Se estaba trabajando en el primer conjunto de documentos que se presentarían, pero aún no estaban listos, lo que generalmente resultaba ser una gran ventaja la próxima vez que K. fuera a verlo, ya que la ocasión anterior habría sido un muy mal momento para presentarlos, lo que no podrían haber sabido entonces. Si K., estupefacto por toda esta palabrería, señalara alguna vez que, incluso considerando todas estas dificultades, el progreso era muy lento, el abogado objetaría que el progreso no era lento en absoluto, sino que podrían haber progresado mucho más si K. hubiera acudido a él en el momento oportuno. Pero había llegado tarde a él y esa tardanza le traería aún más dificultades, y no sólo en lo que se refería al tiempo. La única interrupción bienvenida durante estas visitas era siempre cuando Leni se las ingeniaba para llevarle el té al abogado mientras K. estaba allí. Luego se colocaba detrás de K., fingiendo observar al abogado mientras se inclinaba con avidez sobre su taza, servía el té y bebía, y secretamente dejaba que K la tomara de la mano. Siempre había un silencio absoluto. El abogado bebió. K. apretaba la mano de Leni y Leni a veces se atrevía a acariciar suavemente el pelo de K. "¿Sigues aquí, ¿estás?", preguntaba el abogado cuando estaba listo. —Quería llevarme los platos —dijo Leni, se darían un último apretón de manos, el abogado se limpiaría la boca y luego volvería a hablar con K. con renovada energía.

¿Intentaba el abogado consolar a K o confundirlo? K no podía decirlo, pero le parecía claro que su defensa no estaba en buenas manos. Tal vez todo lo que dijo el abogado era bastante correcto, a pesar de que obviamente quería hacerse notar lo más posible y probablemente nunca se había hecho cargo de un caso tan importante como él decía que era el de K. Pero no dejaba de ser sospechoso cómo mencionaba continuamente sus contactos personales con los funcionarios. Si fueran explotados únicamente en beneficio de K. El abogado nunca olvidó mencionar que se trataba sólo de funcionarios subalternos, lo que significaba funcionarios que dependían de otros, y que la dirección que se tomara en cada juicio podía ser importante para su propio progreso. ¿Podría ser que estuvieran utilizando al abogado para desviar los juicios en una determinada dirección, que, por supuesto, siempre sería a costa del acusado? Ciertamente no significaba que lo harían en todos los juicios, eso no era probable en absoluto, y probablemente también había juicios en los que le daban al abogado ventajas y todo el espacio que necesitaba para girarlo en la dirección que quería, ya que también sería ventajoso para ellos mantener intacta su reputación. Si esa era realmente su relación, ¿cómo dirigirían el juicio de K. que, como había explicado el abogado, era especialmente difícil y, por lo tanto, lo suficientemente importante como para atraer una gran atención desde la primera vez que llegó a los tribunales? No cabía mucha duda de lo que harían. Los primeros signos de ello ya se podían ver en el hecho de que aún no se habían presentado los primeros documentos a pesar de que el juicio ya había durado varios meses, y que, según el abogado, todo estaba todavía en sus etapas iniciales, lo que fue muy efectivo, por supuesto, para hacer que el acusado pasara y lo mantuviera indefenso. Entonces podía sorprenderse de repente con el veredicto, o al menos con la notificación de que la audiencia no había decidido a su favor y que el asunto pasaría a una oficina superior.

Era esencial que K. tomara parte en ello. En mañanas de invierno como ésta, cuando estaba muy cansado y todo se arrastraba letárgicamente por su cabeza, esta creencia suya parecía irrefutable. Ya no sentía el desprecio por el juicio que había tenido antes. Si hubiera estado solo en el mundo, le habría sido fácil ignorarlo, aunque también era seguro que, en ese caso, el juicio nunca se habría planteado en primer lugar. Pero ahora, su tío ya lo había arrastrado a ver al abogado, tenía que hacerse cargo de su familia; su trabajo ya no estaba totalmente separado del desarrollo del juicio, él mismo lo había mencionado descuidadamente, con cierta complacencia inexplicable, a sus conocidos y otros se habían enterado de ello de maneras que él no conocía, su relación con la señorita Bürstner parecía estar en problemas por ello. En resumen, ya no tenía otra opción entre aceptar el juicio o rechazarlo, estaba en medio de él y tenía que defenderse. Si estaba cansado, entonces eso era malo.

Pero no había razón para preocuparse demasiado antes de que tuviera que hacerlo. Había sido capaz de ascender a su alto puesto en el banco en un tiempo relativamente corto y de conservarlo con el respeto de todos, ahora simplemente tenía que aplicar algunos de los talentos que lo habían hecho posible a la prueba, y no había duda de que tenía que salir bien. Lo más importante, si se quería lograr algo, era rechazar de antemano cualquier idea de que pudiera ser culpable de alguna manera. No había culpa. El juicio no era más que un gran negocio, como ya había concluido muchas veces en beneficio del banco, un negocio que ocultaba muchos peligros acechantes que le esperaban en una emboscada, como solían ocurrir, y de los que habría que defenderse. Si eso iba a lograrse, entonces no debía abrigar ninguna idea de culpa, hiciera lo que hiciera, tendría que cuidar de sus propios intereses tan de cerca como pudiera. Visto de esta manera, no tuvo más remedio que quitarle su representación al abogado muy pronto, en el mejor de los casos esa misma noche. El abogado le había dicho, mientras hablaba con él, que eso era algo inaudito y que probablemente le haría mucho daño, pero K no podía tolerar ningún impedimento a sus esfuerzos en lo que se refería a su juicio, y estos impedimentos probablemente fueron causados por el propio abogado. Pero una vez que se hubiera librado del abogado, los documentos tendrían que ser presentados de inmediato y, si era posible, tendría que asegurarse de que se trataran todos los días. Por supuesto, no sería suficiente, si así se hiciera, que K se sentara en el corredor con su sombrero debajo del banco como los demás. Día tras día, él mismo, o una de las mujeres u otra persona en su nombre, tenía que correr detrás de los funcionarios y obligarlos a sentarse en sus escritorios y estudiar los documentos de K en lugar de mirar el corredor a través de la reja. No podía haber tregua en estos esfuerzos, todo tendría que ser organizado y supervisado, ya era hora de que el tribunal se encontrara con un acusado que supiera cómo defender y hacer uso de sus derechos.

Pero cuando K tuvo la confianza necesaria para tratar de hacer todo esto, la dificultad de componer los documentos fue demasiado para él. Antes, apenas una semana antes, sólo podía haber sentido vergüenza ante la idea de que él mismo se viera obligado a redactar esos documentos; Nunca se le había pasado por la cabeza que la tarea también podía ser difícil. Recordó una mañana en que, ya abarrotado de trabajo, de repente lo dejó todo a un lado y tomó un bloc de papel en el que esbozó algunas de sus ideas sobre cómo debían proceder los documentos de este tipo. Tal vez se los ofrecería a ese abogado torpe, pero justo en ese momento se abrió la puerta de la oficina del gerente y el subdirector entró en la habitación con una sonora carcajada. K estaba muy avergonzado, aunque el subdirector, por supuesto, no se reía de los documentos de K., de los que no sabía nada, sino de un chiste que acababa de oír sobre la bolsa, un chiste que necesitaba una ilustración para que se entendiera, y entonces el subdirector se inclinó sobre el escritorio de K., le quitó el lápiz de la mano. y dibujó la ilustración en el bloc de notas que K. había destinado a sus ideas sobre su caso.

K. ya no tenía más pensamientos de vergüenza, los documentos tenían que ser preparados y presentados. Si, como era muy probable, no encontraba tiempo para hacerlo en la oficina, tendría que hacerlo en casa por la noche. Si las noches no eran suficientes, tendría que tomarse unas vacaciones. Sobre todo, no podía detenerse a mitad de camino, eso era una tontería no solo en los negocios sino siempre y en todas partes. No hace falta decir que los documentos significarían una cantidad casi interminable de trabajo. Era fácil llegar a la creencia, no sólo para los de carácter ansioso, de que era imposible terminarlo. Esto no se debía a la pereza o al engaño, que eran las únicas cosas que podían haber obstaculizado al abogado en su preparación, sino porque no sabía cuál era la acusación ni siquiera qué consecuencias podría traer, de modo que tenía que recordar cada pequeña acción y evento de toda su vida. mirándolos desde todos los ángulos y revisándolos y reconsiderándolos. También fue un trabajo muy descorazonador. Habría sido más adecuado como una forma de pasar los largos días después de que se hubiera retirado y se hubiera vuelto senil. Pero ahora, justo cuando K necesitaba dedicar todos sus pensamientos a su trabajo, cuando todavía se estaba levantando y ya representaba una amenaza para el subdirector, cuando cada hora pasaba tan rápido y quería disfrutar de las breves tardes y noches de joven, era el momento en que tenía que empezar a elaborar estos documentos. Una vez más, comenzó a sentir resentimiento. Casi involuntariamente, sólo para ponerle fin, su dedo buscó el botón de la campanilla eléctrica de la antesala. Mientras lo presionaba, alzó la vista hacia el reloj. Eran las once, dos horas, había pasado gran parte de su costoso tiempo soñando y su ingenio estaba, por supuesto, aún más embotado de lo que había estado antes. Pero, a pesar de todo, el tiempo no había sido perdido, había llegado a algunas decisiones que podían ser de valor. Además de varios correos, los sirvientes trajeron dos tarjetas de visita de caballeros que ya habían estado esperando a K durante algún tiempo. En realidad, eran clientes muy importantes del banco a los que no se les debería haber hecho esperar bajo ninguna circunstancia. ¿Por qué habían llegado en un momento tan incómodo, y por qué, parecían preguntarse los caballeros del otro lado de la puerta cerrada, el laborioso K estaba gastando el mejor tiempo de negocios para sus asuntos privados? Cansado por lo que había sucedido antes, y cansado por lo que vendría después, K se levantó para recibir al primero de ellos.

Era un hombre bajito y alegre, un fabricante a quien K conocía bien. Se disculpó por haber molestado a K. en un trabajo importante, y K., por su parte, se disculpó por haber hecho esperar al fabricante durante tanto tiempo. Pero incluso esta disculpa fue pronunciada de una manera tan mecánica y con una entonación tan falsa que el fabricante seguramente se habría dado cuenta si no hubiera estado completamente preocupado por sus asuntos comerciales. En lugar de eso, se apresuró a sacar cálculos y tablas de todos sus bolsillos, los extendió frente a K., explicó varios puntos, corrigió un pequeño error en la aritmética que notó mientras lo hojeaba rápidamente todo, y le recordó a K. un asunto similar que había concluido con él aproximadamente un año antes. mencionando de pasada que esta vez había otro banco que estaba haciendo un gran esfuerzo para conseguir su negocio, y finalmente dejó de hablar para conocer la opinión de K. sobre el asunto. Y, en efecto, al principio, K había estado siguiendo de cerca lo que decía el fabricante, él también era consciente de lo importante que era el acuerdo, pero desgraciadamente no duró, pronto dejó de escuchar, asintió con la cabeza a cada una de las exclamaciones más fuertes del fabricante durante un rato, pero finalmente dejó de hacer eso y se limitó a mirar la cabeza calva inclinada sobre los papeles. preguntándose cuándo el fabricante se daría cuenta finalmente de que todo lo que estaba diciendo era inútil. Cuando dejó de hablar, K pensó al principio que era para tener la oportunidad de confesar que era incapaz de escuchar. En cambio, al ver la anticipación en el rostro del fabricante, obviamente listo para contrarrestar cualquier objeción que se le hiciera, lamentó darse cuenta de que la discusión comercial tenía que continuar. Así que inclinó la cabeza como si le hubieran dado una orden y comenzó a mover lentamente su lápiz sobre los papeles, de vez en cuando se detenía y miraba fijamente a una de las figuras. El fabricante pensó que debía haber alguna objeción, tal vez sus cifras no eran realmente sólidas, tal vez no eran la cuestión decisiva, pensara lo que pensara, el fabricante cubrió los papeles con la mano y comenzó una vez más, acercándose mucho a K., a explicar de qué se trataba el trato. —Es difícil —dijo K., frunciendo los labios—. Lo único que podía servirle de orientación eran los papeles, y el fabricante los había ocultado a su vista, así que se dejó caer contra el brazo de la silla. Incluso cuando la puerta de la oficina del gerente se abrió y se reveló, no muy claramente, como a través de un velo, al subdirector, no hizo más que mirar hacia arriba débilmente. K. no pensó más en el asunto, se limitó a observar el efecto inmediato de la aparición del subdirector y, para él, el efecto fue muy agradable; el fabricante se levantó inmediatamente de su asiento y corrió a encontrarse con el subdirector, aunque a K. le hubiera gustado animarlo diez veces más, ya que temía que el subdirector volviera a desaparecer. No tenía por qué preocuparse, los dos caballeros se encontraron, se estrecharon la mano y se dirigieron juntos al escritorio de K. El fabricante dijo que lamentaba que el jefe de la oficina estuviera tan poco inclinado a hacer negocios, señalando a K. que, según la opinión del subdirector, se había inclinado sobre los papeles. Mientras los dos hombres se inclinaban sobre el escritorio y el fabricante se esforzaba por captar y mantener la atención del subdirector, K sintió como si fueran mucho más grandes de lo que realmente eran y como si sus negociaciones se centraban en él. Con cuidado y lentamente, volvió los ojos hacia arriba, trató de averiguar lo que ocurría sobre él, tomó uno de los papeles de su escritorio sin mirar para ver qué era, lo puso en la palma de su mano y lo levantó lentamente mientras él mismo se elevaba a la altura de los dos hombres. No tenía ningún plan particular en mente mientras lo hacía, sino que simplemente sintió que así era como actuaría si tan solo hubiera terminado de preparar ese gran documento que iba a eliminar su carga por completo. El subdirector había estado prestando toda su atención a la conversación y se limitó a echar un vistazo al papel, no leyó en absoluto lo que estaba escrito en él ya que lo que era importante para el jefe de oficina no lo era para él, lo tomó de la mano de K diciendo: "Gracias, ya estoy familiarizado con todo, —y lo volvió a colocar tranquilamente sobre el escritorio. K. le dirigió una mirada amarga y de reojo. Pero el subdirector no se dio cuenta de esto en absoluto, o si lo notó, solo le levantó el ánimo, con frecuencia se reía a carcajadas, una vez claramente avergonzó al fabricante cuando planteó una objeción de una manera ingeniosa, pero lo sacó inmediatamente de su vergüenza haciendo un comentario negativo sobre sí mismo, y finalmente lo invitaron a su oficina donde podrían llevar el asunto a su conclusión. "Es un asunto muy importante", dijo el fabricante. "Lo entiendo perfectamente. Y estoy seguro de que el jefe de la oficina... —mientras decía esto, en realidad sólo se dirigía al fabricante— se alegrará mucho de que se lo quitemos de las manos. Esto es algo que necesita una consideración tranquila. Pero hoy parece estar sobrecargado, incluso hay algunas personas en la habitación de afuera que lo han estado esperando allí durante horas. K. todavía tenía el suficiente control de sí mismo como para alejarse del subdirector y dirigir su sonrisa amistosa, aunque rígida, solo al fabricante, no tomó ninguna otra represalia, se inclinó ligeramente y se apoyó con ambas manos en su escritorio como un oficinista. y observó cómo los dos caballeros, que seguían hablando, tomaban los papeles de su escritorio y desaparecían en el despacho del gerente. En la puerta, el fabricante se volvió y dijo que no se despediría de K todavía, por supuesto que le informaría al jefe del empleado sobre el éxito de sus discusiones, pero también tenía algo que contarle.

Por fin, K. se quedó solo. No se le pasó por la cabeza invitar a nadie más a su despacho y sólo se dio cuenta vagamente de lo bonito que era que la gente de fuera pensara que seguía negociando con el fabricante y, por esta razón, no podía dejar entrar a nadie a verlo, ni siquiera al sirviente. Se acercó a la ventana, se sentó en el alféizar que había junto a ella, se aferró firmemente al picaporte y miró hacia el exterior. La nieve seguía cayendo, el tiempo aún no había mejorado en absoluto.

Permaneció largo rato sentado de esta manera, sin saber qué era lo que realmente lo inquietaba tanto, solo de vez en cuando miraba, un poco sobresaltado, por encima del hombro a la puerta de la habitación exterior donde, equivocadamente, creyó oír algún ruido. No vino nadie, y eso lo tranquilizó, se acercó al lavabo, se enjuagó la cara con agua fría y, con la cabeza algo más despejada, volvió a su lugar junto a la ventana. La decisión de tomar su defensa en sus propias manos ahora parecía más pesada de lo que había asumido originalmente. Durante todo ese tiempo había dejado su defensa en manos del abogado, su juicio había tenido poco efecto básico en él, lo había observado desde lejos como algo que apenas podía llegar a él directamente, cuando le convenía miraba para ver cómo estaban las cosas, pero también era capaz de volver a echar la cabeza hacia atrás cuando quería. Ahora, por el contrario, si él mismo iba a llevar a cabo su defensa, tendría que dedicarse por completo a la corte, al menos por el momento, el éxito significaría, más tarde, su liberación completa y concluyente, pero si quería lograrlo tendría que colocarse, para empezar, en un peligro mucho mayor del que había estado hasta entonces. Si alguna vez se sintió tentado a dudar de esto, entonces su experiencia con el subdirector y el fabricante ese día sería suficiente para convencerlo de ello. ¿Cómo pudo haberse sentado allí, totalmente convencido de la necesidad de hacer su propia defensa? ¿Cómo sería después? ¿Cómo sería su vida en los días venideros? ¿Encontraría el camino a través de todo esto para llegar a una conclusión feliz? ¿Acaso una defensa cuidadosamente elaborada —y cualquier otro tipo no habría tenido sentido— ¿no significaba también una defensa cuidadosamente elaborada que tendría que aislarse de todo lo demás tanto como pudiera? ¿Sobreviviría a eso? ¿Y cómo iba a conseguir llevar a cabo todo esto en el banco? Se trataba de mucho más que la simple presentación de unos documentos que probablemente podría preparar en unos días de permiso, aunque hubiera sido una gran temeridad pedir una excedencia al banco justo en ese momento, era toda una prueba y no había forma de ver cuánto duraría. ¡Era una dificultad enorme que de repente se había introducido en la vida de K!

¿Y se suponía que debía estar haciendo el trabajo del banco en un momento como este? Bajó la vista hacia su escritorio. ¿Se suponía que debía dejar entrar a la gente para verlo y entablar negociaciones con ellos en un momento como este? Mientras su juicio avanzaba, mientras los funcionarios del tribunal en el piso de arriba, en la habitación del ático, se sentaban a mirar los papeles de este juicio, ¿debería preocuparse por los asuntos del banco? ¿No le pareció una especie de tortura, reconocida por el tribunal, relacionada con el juicio y que lo seguía a todas partes? ¿Y es probable que alguien en el banco, al juzgar su trabajo, tenga en cuenta su peculiar situación? Nadie y nunca. Había quienes sabían de su juicio, aunque no estaba muy claro quién lo sabía ni cuánto. Pero esperaba que los rumores no hubieran llegado hasta el subdirector, de lo contrario, obviamente pronto encontraría la manera de aprovecharlos para dañar a K., no mostraría ni camaradería ni humanidad. ¿Y el director? Era cierto que estaba bien dispuesto hacia K., y tan pronto como se enterara del juicio, probablemente trataría de hacer todo lo posible para que se lo pusiera más fácil, pero ciertamente no se dedicaría a ello. En un momento dado, K. había proporcionado el contrapeso a lo que decía el subdirector, pero ahora el director estaba cada vez más bajo su influencia, y el subdirector también aprovecharía la condición debilitada del director para fortalecer su propio poder. Entonces, ¿qué podía esperar K.? Tal vez consideraciones de este tipo debilitaran su poder de resistencia, pero aún así era necesario no engañarse a sí mismo y ver todo tan claramente como se podía ver en ese momento.

Sin ninguna razón en particular, solo para evitar volver a su escritorio por un rato, abrió la ventana. Era difícil abrirla y tuvo que girar la manija con ambas manos. Luego, a través de toda la altura y anchura de la ventana, la mezcla de niebla y humo entró en la habitación, llenándola de un ligero olor a quemado. Unos copos de nieve fueron arrastrados con él. —Es un otoño horrible —dijo el fabricante, que había entrado en la habitación sin ser visto después de ver al subdirector y que ahora estaba detrás de K. K. asintió con la cabeza y miró inquieto el maletín del fabricante, del que probablemente ahora sacaría los papeles e informaría a K. del resultado de sus negociaciones con el subdirector. Sin embargo, el fabricante vio hacia dónde miraba K., golpeó su maletín y, sin abrirlo, dijo: "Querrás saber cómo resultaron las cosas. Ya tengo el contrato en el bolsillo, casi. Es un hombre encantador, su subdirector, aunque tiene sus peligros. Se echó a reír mientras estrechaba la mano de K y quería hacerle reír con él. Pero a K le pareció sospechoso una vez más que el fabricante no quisiera mostrarle los papeles y no viera en sus comentarios nada de qué reírse. —Jefe de oficina —dijo el fabricante—, supongo que el tiempo ha afectado a su estado de ánimo, ¿verdad? Te ves tan preocupada hoy". —Sí —dijo K., levantando la mano y sosteniéndose la sien de la cabeza—, dolores de cabeza, preocupaciones en la familia. —Muy bien —dijo el fabricante, que siempre tenía prisa y no podía escuchar a nadie durante mucho tiempo—, todo el mundo tiene que cargar con su cruz. K. había dado inconscientemente un paso hacia la puerta, como si quisiera mostrar al fabricante, pero el fabricante dijo: —Jefe, hay algo más que me gustaría mencionarle. Lo siento mucho si es algo que será una carga para ti hoy de todos los días, pero ya he ido a verte dos veces, últimamente, y cada vez me olvidé de todo. Si lo demore más, bien podría perder su sentido por completo. Sería una lástima, ya que creo que lo que tengo que decir tiene algún valor". Antes de que K tuviera tiempo de responder, el fabricante se acercó a él, le dio unos ligeros golpecitos en el pecho con el nudillo y le dijo en voz baja: —¿Tiene usted un juicio en marcha, verdad? K. dio un paso atrás e inmediatamente exclamó: —¡Eso es lo que le ha estado diciendo el subdirector! —No, no —dijo el fabricante—, ¿cómo se enteraría el subdirector? —¿Y usted? —preguntó K., ya más dominado de sí mismo. "Escucho cosas sobre la cancha aquí y allá", dijo el fabricante, "y eso se aplica incluso a lo que quería contarle". —¡Hay tanta gente que tiene relaciones con el tribunal! —dijo K. con la cabeza baja, y condujo al fabricante a su escritorio. Se sentaron donde habían estado antes, y el fabricante dijo: "Me temo que no es mucho de lo que tengo que contarles. Solo que, en asuntos como este, es mejor no pasar por alto los más mínimos detalles. Además, tengo muchas ganas de ayudarte de alguna manera, por modesta que sea mi ayuda. Hemos sido buenos socios comerciales hasta ahora, ¿no es así? K. quiso disculparse por su comportamiento en la conversación de aquel día, pero el fabricante no toleró ninguna interrupción, se metió el maletín en la axila para demostrar que tenía prisa y prosiguió. —Conozco tu caso a través de un tal Titorelli. Es pintor, Titorelli es solo su nombre artístico, ni siquiera sé cuál es su nombre real. De vez en cuando viene a mi despacho a mi despacho y me trae cuadros que compro más o menos por caridad, ya que no es más que un mendigo. Y también son fotos bonitas, paisajes de páramos y ese tipo de cosas. Los dos nos habíamos acostumbrado a hacer negocios de esta manera y siempre salía bien. Solo que, una vez estas visitas se volvieron demasiado frecuentes, comencé a regañarle por ello, comenzamos a hablar y me interesé por cómo era que podía ganarse la vida solo pintando, y luego supe con asombro que su principal fuente de ingresos era pintar retratos. —Yo trabajo para el tribunal —dijo—, ¿qué tribunal? —dije yo. Y fue entonces cuando me habló de la cancha. Estoy seguro de que puedes imaginar lo asombrado que estaba cuando me contaron todo esto. Desde entonces aprendo algo nuevo sobre la cancha cada vez que viene de visita, y así poco a poco voy entendiendo algo de cómo funciona. De todos modos, Titorelli habla mucho y a menudo tengo que alejarlo, no solo porque está obligado a mentir, sino también, sobre todo, porque un hombre de negocios como yo, que ya está cerca del punto de quiebre bajo el peso de sus propias preocupaciones comerciales, no puede prestar demasiada atención a las de otras personas. Pero todo eso es solo por cierto. Tal vez, esto es lo que he estado pensando, tal vez Titorelli pueda ayudarte de alguna manera, conoce a muchos jueces y, aunque no pueda tener mucha influencia, puede darte algunos consejos sobre cómo conseguir que algunas personas influyentes estén de tu lado. E incluso si este consejo no resulta marcar la diferencia, sigo pensando que será muy importante una vez que lo tengas. Usted mismo es casi un abogado. Eso es lo que siempre digo, el señor K., el secretario principal, es casi un abogado. Oh, estoy seguro de que esta prueba tuya saldrá bien. Entonces, ¿quieres ir a ver a Titorelli? Si se lo pido, sin duda hará todo lo que pueda. Realmente creo que deberías irte. No tiene por qué ser hoy, por supuesto, solo en algún momento, cuando tengas la oportunidad. Y de todos modos, quiero decirte esto también, en realidad no tienes que ir a ver a Titorelli, este consejo mío no te impone ninguna obligación en absoluto. No, si crees que puedes arreglártelas sin Titorelli, sin duda será mejor dejarlo completamente fuera de él. Tal vez ya tengas una idea clara de lo que estás haciendo y Titorelli podría alterar tus planes. No, si ese es el caso, ¡por supuesto que no debes ir allí bajo ninguna circunstancia! Y, desde luego, no será fácil aceptar los consejos de un chico así. Aun así, depende de ti. Aquí está la carta de recomendación y aquí está la dirección".

Decepcionado, K tomó la carta y se la guardó en el bolsillo. Aun en el mejor de los casos, la ventaja que podía obtener de esta recomendación era incomparablemente menor que el daño que radicaba en el hecho de que el fabricante supiera de su juicio, y de que el pintor estaba difundiendo la noticia. Fue todo lo que atinó a decir al fabricante, que ya se dirigía a la puerta, unas palabras de agradecimiento. —Iré allí —dijo mientras se despedía del fabricante en la puerta—, o, como estoy muy ocupado en este momento, le escribiré, tal vez le gustaría venir a mi oficina alguna vez. "Estaba seguro de que encontrarías la mejor solución", dijo el fabricante. Aunque había pensado que preferirías evitar invitar a gente como esta Titorelli al banco y hablar del juicio aquí. Y no siempre es buena idea enviar cartas a personas como Titorelli, no sabes lo que les puede pasar. Pero seguro que lo has pensado todo y sabes lo que puedes y lo que no puedes hacer. K. asintió con la cabeza y acompañó al fabricante a través de la antesala. Pero a pesar de parecer tranquilo por fuera, en realidad estaba muy conmocionado; le había dicho al fabricante que escribiría a Titorelli sólo para demostrarle de alguna manera que valoraba sus recomendaciones y que consideraría la oportunidad de hablar con Titorelli sin demora, pero si hubiera pensado que Titorelli podía ofrecer alguna ayuda valiosa, no se habría demorado. Pero fue sólo el comentario del fabricante lo que hizo que K se diera cuenta de los peligros que eso podía acarrear. ¿Era realmente capaz de confiar tan poco en su propio entendimiento? Si era posible que invitara al banco a un personaje dudoso con una carta clara y le pidiera consejo sobre su proceso, separado del subdirector por nada más que una puerta, ¿no era posible, o incluso muy probable, que también hubiera otros peligros que no había visto o hacia los que incluso corría? No siempre había alguien a su lado que le advirtiera. Y justo ahora, justo cuando tendría que actuar con toda la fuerza que podía reunir, ahora una serie de dudas de un tipo que nunca antes había conocido se habían presentado y afectaban su propia vigilancia. Las dificultades que había estado sintiendo para llevar a cabo su trabajo de oficina; ¿Iban a afectar ahora también al juicio? Ahora, por lo menos, se veía incapaz de comprender cómo podía haber pensado escribir a Titorelli e invitarlo al banco.

Sacudió la cabeza al pensar en ello una vez más cuando el criado se acercó a su lado y llamó su atención sobre los tres caballeros que esperaban en un banco de la antesala. Ya llevaban mucho tiempo esperando ver a K. Ahora que el sirviente estaba hablando con K., se habían levantado y cada uno de ellos quería aprovechar la oportunidad para ver a K. antes que los demás. Había sido negligente por parte del banco dejarles perder el tiempo aquí en la sala de espera, pero ninguno de ellos quería llamar la atención sobre esto. "Sr. K., ..." —decía uno de ellos, pero K le había dicho al criado que fuera a buscar su abrigo de invierno y les dijo a los tres, mientras el criado le ayudaba a ponérselo—: Por favor, perdónenme, caballeros, me temo que no tengo tiempo de veros en este momento. Por favor, perdóneme, pero tengo algunos asuntos urgentes que resolver y tengo que irme de inmediato. Ya os habéis dado cuenta de cuánto tiempo me he retrasado. ¿Sería tan amable de volver mañana o en algún momento? O tal vez podríamos arreglar sus asuntos por teléfono. O tal vez le gustaría decirme ahora, brevemente, de qué se trata y luego podré darle una respuesta completa por escrito. Lo que sea, lo mejor será que vuelvas aquí". Los caballeros se dieron cuenta de que su espera había sido totalmente inútil, y estas sugerencias de

K los dejaron tan asombrados que se miraron unos a otros sin decir una palabra. -¿Está convenido, verdad? -preguntó K., que se había vuelto hacia el criado que le traía el sombrero. A través de la puerta abierta del despacho de K. pudieron ver que la nevada del exterior se había vuelto mucho más intensa. De modo que K se subió el cuello de la chaqueta y se la abotonó por debajo de la barbilla. En ese momento, el subdirector salió de la habitación contigua, sonrió al ver a K negociando con los caballeros con su abrigo de invierno, y preguntó: —¿Están a punto de salir? —Sí —dijo K., poniéndose más erguido—, tengo que salir por algún negocio. Pero el subdirector ya se había vuelto hacia los caballeros. —¿Y qué hay de estos caballeros? —preguntó. "Creo que ya han estado esperando bastante tiempo". —Ya hemos llegado a un entendimiento —dijo K—. Pero ahora los caballeros no podían contenerse más, rodearon a K y le explicaron que no habrían estado esperando durante horas si no se hubiera tratado de algo importante que había que discutir ahora, largo y tendido y en privado. El subdirector los escuchó un rato, también miró a K mientras sostenía su sombrero en la mano limpiando el polvo aquí y allá, y luego dijo: "Caballeros, hay una manera muy sencilla de resolver esto. Si lo prefiere, estaré encantado de hacerme cargo de estas negociaciones en lugar del secretario principal. Su negocio, por supuesto, necesita ser discutido sin demora. Somos empresarios como ustedes y conocemos el valor del tiempo de un hombre de negocios. ¿Te gustaría venir por aquí? Y abrió la puerta que daba a la antesala de su despacho.

¡El subdirector parecía muy bueno para apropiarse de todo lo que K se veía obligado a renunciar! Pero, ¿no iba K a ceder más de lo que tenía que ceder? Al huir a ver a un pintor desconocido, con, como tuvo que admitir, muy pocas esperanzas de algún vago beneficio, su renombre estaba sufriendo un daño que no podía ser reparado. Probablemente sería mucho mejor volver a quitarse el abrigo de invierno y, por lo menos, tratar de reconquistar a los dos caballeros que seguramente seguían esperando en la habitación de al lado. Si K no hubiera visto entonces al subdirector en su despacho, buscando algo de sus estanterías como si fuera suyo, probablemente incluso habría hecho el intento. Cuando K., algo agitado, se acercó a la puerta, el subdirector gritó: "¡Oh, todavía no te has ido!" Volvió la cara hacia él —sus numerosos y profundos pliegues parecían mostrar fuerza más que edad— e inmediatamente comenzó a buscarlo una vez más. —Estoy buscando una copia de un contrato —dijo—, que este caballero insiste en que usted debe tener. ¿Le parece que podría ayudarme a buscarlo? K. dio un paso adelante, pero el subdirector dijo: "Gracias, ya lo he encontrado", y con un gran paquete de papeles, que seguramente debía incluir muchos más documentos que la copia del contrato, se dio la vuelta y volvió a su despacho.

—No puedo ocuparme de él ahora mismo —se dijo K—, pero una vez que se hayan resuelto mis dificultades personales, entonces él será sin duda el primero en hacer efecto, y desde luego no le gustará. Un poco tranquilizado por estos pensamientos, K encargó al criado, que ya llevaba mucho tiempo sosteniendo la puerta del pasillo para él, la tarea de decirle al director, cuando pudiera, que K. iba a salir del banco por un asunto de negocios. Al salir del banco, se sintió casi feliz ante la idea de poder dedicarse más de sí mismo a su propio negocio durante un tiempo.

Se dirigió directamente al pintor, que vivía en una zona periférica de la ciudad, muy cerca de las oficinas de los tribunales, aunque esta zona era aún más pobre, las casas eran más oscuras, las calles estaban llenas de tierra que soplaba lentamente sobre la nieve medio derretida. En la gran puerta de entrada al edificio donde vivía el pintor sólo una de las dos puertas estaba abierta, se había abierto un agujero en la pared junto a la otra puerta y, cuando K se acercó a él, salió disparado un líquido repulsivo, amarillo y humeante, haciendo que algunas ratas se escabulleran hacia el canal cercano. Abajo, junto a la escalera, había un niño pequeño acostado boca abajo llorando, pero apenas se podía oír a causa del ruido de un taller de metales al otro lado del vestíbulo, ahogando cualquier otro sonido. La puerta del taller estaba abierta, tres obreros se colocaban en círculo alrededor de una pieza de trabajo que golpeaban con martillos. Un gran plato de hojalata colgaba de la pared, proyectando una luz pálida que se abría paso entre dos de los obreros, iluminando sus rostros y sus delantales de trabajo. K se limitó a echar una ojeada a ninguna de estas cosas, quería terminar las cosas aquí lo antes posible, intercambiar unas palabras para saber cómo estaban las cosas con el pintor y volver directamente al banco. Incluso si tuviera un pequeño éxito aquí, todavía tendría un buen efecto en su trabajo en el banco para ese día. En el tercer piso tuvo que aminorar el paso, le faltaba el aire: los escalones, al igual que la altura de cada piso, eran mucho más altos de lo necesario y le habían dicho que el pintor vivía en el desván. El aire también era bastante opresivo, no había una escalera adecuada y los estrechos escalones estaban cerrados por paredes a ambos lados con no más que una pequeña ventana alta aquí y allá. Justo cuando K se detuvo un momento, algunas muchachas salieron corriendo de uno de los pisos y subieron corriendo las escaleras, riendo. K los siguió lentamente, alcanzó a una de las muchachas que había tropezado y había sido dejada atrás por las demás, y le preguntó mientras subían una al lado de la otra: —¿Hay un pintor, Titorelli, que viva aquí? La niña, de apenas trece años y algo jorobada, lo golpeó con el codo y lo miró de reojo. Su juventud y sus defectos corporales no habían hecho nada para evitar que ya fuera bastante depravada. No sonrió ni una sola vez, sino que miró a K con seriedad, con ojos agudos y codiciosos. K. fingió no darse cuenta de su comportamiento y preguntó: —¿Conoce usted a Titorelli, el pintor? Ella asintió con la cabeza y preguntó en respuesta: —¿Por qué quieres verlo? K. pensó que le convendría averiguar rápidamente algo más sobre Titorelli. "Quiero que pinte mi retrato", dijo. —¿Pintar tu retrato? —preguntó, abriendo demasiado la boca y golpeando ligeramente a K con la mano como si hubiera dicho algo extraordinariamente sorprendente o torpe, con ambas manos se levantó la falda, que ya era muy corta, y, lo más rápido que pudo, corrió detrás de las otras muchachas cuyos gritos indistintos se perdían en las alturas. Sin embargo, en el siguiente recodo de la escalera, K se encontró de nuevo con todas las chicas. La jorobada les había hablado claramente de las intenciones de K. y lo estaban esperando. Se colocaron a ambos lados de la escalera, apretándose contra la pared para que K pudiera pasar entre ellos, y se alisaron los delantales con las manos. Todos sus rostros, incluso en esta guardia de honor, mostraban una mezcla de puerilidad y depravación. A la cabeza de la fila de muchachas, que ahora, riendo, empezaban a acercarse en torno a K., estaba el jorobado que había asumido el papel de líder. Gracias a ella, K encontró sin demora la dirección correcta: habría seguido subiendo las escaleras justo delante de él, pero ella le demostró que para llegar a Titorelli tendría que desviarse hacia un lado. Los escalones que conducían al pintor eran especialmente estrechos, muy largos sin ningún giro, toda la longitud se veía de una sola ojeada y, en la parte superior, en la puerta cerrada de Titorelli, llegaba a su fin. Esta puerta estaba mucho mejor iluminada que el resto de la escalera por la luz de una pequeña claraboya colocada oblicuamente sobre ella, había sido construida con tablones de madera sin pintar y el nombre de "Titorelli" estaba pintado en ella con amplias pinceladas rojas. K. no había pasado de la mitad de la escalera, acompañado de su séquito de muchachas, cuando, evidentemente resultado del ruido de todos aquellos pasos, la puerta se abrió ligeramente y en la rendija apareció un hombre que parecía estar vestido sólo con su camisón. —¡Oh! —exclamó al ver que se acercaba la multitud, y desapareció—. La jorobada aplaudió con alegría y las otras chicas se amontonaron detrás de K para empujarlo más rápido hacia adelante.

Sin embargo, aún no habían llegado a la cima, cuando el pintor que estaba encima de ellos abrió de repente la puerta de par en par y, con una profunda reverencia, invitó a K a entrar. A las chicas, en cambio, trataba de mantenerlas alejadas, no quería dejar entrar a ninguna de ellas por mucho que le rogaran y por mucho que intentaran entrar, si no podían entrar con su permiso, intentarían entrar a la fuerza contra su voluntad. La única que lo consiguió fue la jorobada, que se deslizó por debajo de su brazo extendido, pero el pintor la persiguió, la agarró por la falda, la abrazó una vez y la volvió a sentar junto a la puerta con las otras muchachas que, a diferencia de la primera, no se habían atrevido a cruzar el umbral mientras el pintor había abandonado su puesto. K no sabía qué iba a hacer con todo aquello, pues todos parecían divertirse. Una detrás de la otra, las muchachas que estaban junto a la puerta estiraron el cuello y le gritaron al pintor varias palabras que eran en broma, pero que K no entendió, e incluso el pintor se echó a reír mientras el jorobado giraba en su mano. Luego cerró la puerta, hizo una reverencia una vez más a K., le tendió la mano y se presentó, diciendo: —Titorelli, pintor. K. señaló la puerta, detrás de la cual cuchicheaban las muchachas, y dijo: —Parece que usted es muy popular en este edificio. -¡Ay, esos mocosos! -exclamó el pintor, tratando en vano de abrocharse el camisón al cuello-. También iba descalzo y, aparte de eso, no llevaba más que un par de pantalones holgados de lino amarillento sostenidos por un cinturón cuyo extremo libre se movía de un lado a otro. "Esos niños son una verdadera carga para mí", continuó. Se le cayó el botón superior de la camisa de dormir y desistió de intentar abrocharlo, fue a buscar una silla para K y le hizo sentarse en ella. "Una de ellas la pinté una vez, hoy no está aquí, y desde entonces me han estado siguiendo. Si estoy aquí, solo entran cuando yo lo permito, pero tan pronto como salgo, siempre hay al menos uno de ellos aquí. Mandaron a hacer una llave para mi puerta y se la prestaron el uno al otro. Es difícil imaginar lo doloroso que es eso. Supongamos que vuelvo a casa con una señora a la que voy a pintar, abro la puerta con mi propia llave y encuentro allí a la jorobada o algo así, junto a la mesa pintándose los labios de rojo con mi pincel, y mientras tanto sus hermanitas la vigilan, moviéndose y causando caos en todos los rincones de la habitación. O bien, como sucedió ayer, podría volver a casa a última hora de la noche —por favor, perdona mi apariencia y que la habitación esté desordenada, tiene que ver con ellos—, así que podría llegar a casa tarde en la noche y querer irme a la cama, entonces siento que algo me pellizca la pierna, mirar debajo de la cama y sacar a otro de ellos de debajo de ella. No sé por qué me molestan así, supongo que acabas de ver que no hago nada para animarlos a acercarse a mí. Y también me dificultan hacer mi trabajo, por supuesto. Si no consiguiera este estudio por nada, me habría mudado hace mucho tiempo". En ese momento, una vocecita, tierna y ansiosa, gritó desde debajo de la puerta: "Titorelli, ¿podemos entrar ahora?" —No —respondió el pintor—. —¿Ni siquiera solo yo, solo? —volvió a preguntar la voz. —Ni siquiera tú —dijo el pintor, mientras se dirigía a la puerta y la cerraba con llave—.

Mientras tanto, K había estado mirando alrededor de la habitación, y si no se lo hubieran señalado, nunca se le habría ocurrido que esa miserable habitación podía llamarse estudio. No era lo suficientemente largo ni lo suficientemente ancho como para dar dos pasos. Todo, suelo, paredes y techo, era de madera, entre los tablones se veían huecos estrechos. Frente a donde estaba K., la cama estaba apoyada en la pared, bajo una manta de muchos colores. En el centro de la habitación había un cuadro sobre un caballete, cubierto con una camisa cuyos brazos colgaban hasta el suelo. Detrás de K estaba la ventana a través de la cual la niebla hacía imposible ver más allá del tejado cubierto de nieve del edificio vecino.

El giro de la llave en la cerradura le recordó a K que no había querido quedarse mucho tiempo. Así que sacó de su bolsillo la carta del fabricante, se la tendió al pintor y le dijo: —Me enteré de usted por este caballero, un conocido suyo, y he venido aquí por consejo suyo. El pintor echó un vistazo a la carta y la arrojó sobre la cama. Si el fabricante no hubiera dicho muy claramente que Titorelli era un conocido suyo, un pobre hombre que dependía de su caridad, entonces habría sido realmente posible creer que Titorelli no lo conocía o, al menos, que no podía recordarlo. Esta impresión se acrecentó cuando el pintor preguntó: «¿Quería comprar algunos cuadros o quería que le pintaran a sí mismo?» K. miró al pintor con asombro. ¿Qué decía realmente la carta? K. había dado por sentado que el fabricante le había explicado al pintor en su carta que K. no quería nada más que saber más sobre su juicio. ¡Había sido demasiado imprudente al venir aquí! Pero ahora tenía que darle al pintor algún tipo de respuesta y, mirando el caballete, le dijo: —¿Está usted trabajando en un cuadro actualmente? —Sí —dijo el pintor, y tomó la camisa que colgaba sobre el caballete y la arrojó sobre la cama después de la carta—. "Es un retrato. Un trabajo bastante bueno, aunque todavía no está del todo terminado". Esta fue una coincidencia conveniente para K., le dio una buena oportunidad para hablar sobre el tribunal, ya que la imagen mostraba, muy claramente, a un juez. Es más, era muy similar a la imagen del despacho del abogado, aunque ésta mostraba a un juez muy diferente, un hombre corpulento con una barba poblada, negra y tupida, que se extendía hasta los lados hasta las mejillas del hombre. El cuadro del abogado también era una pintura al óleo, mientras que este había sido hecho con colores pastel y era pálido y poco claro. Pero todo lo demás en el cuadro era similar, ya que este juez también se aferraba con fuerza al brazo de su trono y parecía estar a punto de levantarse de él. Al principio, K estuvo a punto de decir: «Ciertamente es un juez», pero se contuvo por el momento y se acercó al cuadro como si quisiera estudiarlo en detalle. Había una gran figura en el centro del respaldo del trono que K no pudo entender y preguntó al pintor sobre ella. Habrá que trabajar un poco más, le dijo el pintor, y tomando un lápiz pastel de una mesita añadió algunos trazos a los bordes de la figura, pero sin que K. la hiciera más clara, hasta donde K pudo distinguirla. —Ésa es la figura de la justicia —dijo finalmente el pintor—. —Ya veo —dijo K.— , aquí está la venda de los ojos y aquí están las balanzas. ¿Pero no están esas alas en sus talones, y no se está moviendo?" —Sí —dijo el pintor—, tenía que pintarlo así, según el contrato. En realidad, es la figura de la justicia y la diosa de la victoria, todo en uno". —No es una buena combinación —dijo K con una sonrisa—. "La justicia debe permanecer quieta, de lo contrario la balanza se moverá y no será posible emitir un veredicto justo". "Solo estoy haciendo lo que el cliente quería", dijo el pintor. —Sí, desde luego —dijo K., que no había querido criticar a nadie con ese comentario—. "Has pintado la figura tal como realmente aparece en el trono". "No", dijo el pintor, "nunca he visto esa figura ni ese trono, todo es pura invención, pero me dijeron qué era lo que tenía que pintar". —¿Cómo es eso? —preguntó K., fingiendo no entender del todo lo que decía el pintor. "Ese es un juez sentado en la silla del juez, ¿no es así?" -Sí -dijo el pintor-, pero ese juez no es muy alto y nunca se ha sentado en un trono así. "Y él mismo se ha pintado en una pose tan grandiosa. Está sentado allí, igual que el presidente de la corte". -Sí, señores así son muy vanidosos -dijo el pintor-. "Pero tienen permiso de más arriba para pintarse así. Está establecido de manera bastante estricta qué tipo de retrato puede obtener cada uno de ellos para sí mismo. Solo que es una lástima que no puedas distinguir los detalles de su traje y posar en esta foto, los colores pastel no son realmente adecuados para mostrar a personas así". —Sí —dijo K.—, parece extraño que esté en colores pastel. —Eso es lo que quería el juez —dijo el pintor—, es para una mujer. La visión del cuadro pareció darle ganas de trabajar, se arremangó la camisa, cogió algunos de los lápices de colores, y K observó cómo una sombra rojiza se acumulaba alrededor de la cabeza del juez bajo sus puntas temblorosas e irradiaba los bordes del cuadro. Este juego de sombras rodeaba lentamente la cabeza como una decoración o una distinción elevada. Pero alrededor de la figura de la Justicia, aparte de una coloración que apenas se notaba, permanecía clara, y en este resplandor la figura parecía brillar hacia adelante, de modo que ahora no parecía ni el Dios de la Justicia ni el Dios de la Victoria, ahora parecía, más bien, una representación perfecta del Dios de la Caza. K. encontró la obra del pintor más absorbente de lo que hubiera querido; pero, finalmente, se reprochó a sí mismo haber permanecido tanto tiempo sin haber hecho nada relevante para su propio asunto. —¿Cómo se llama este juez? —preguntó de pronto. —No puedo decírtelo —respondió el pintor—. Estaba profundamente inclinado sobre el cuadro y claramente descuidando a su huésped que, al principio, había recibido con tanto cuidado. K interpretó esto como una simple debilidad del pintor, y le irritaba tanto como le hacía perder el tiempo. —Supongo que debe ser usted un fideicomisario de la corte —dijo—. El pintor dejó inmediatamente los lápices de colores, se puso de pie, se frotó las manos y miró a K con una sonrisa. "Siempre directo con la verdad", dijo. "Quieres aprender algo sobre la cancha, como dice tu carta de recomendación, pero luego comienzas a hablar de mis fotos para ponerme de tu lado. Aun así, no te lo voy a reprochar, no ibas a saber que eso era totalmente incorrecto para intentar conmigo. ¡Oh, por favor! -dijo bruscamente, rechazando el intento de K de hacer alguna objeción-. Luego continuó: "Y además, tiene toda la razón en su comentario de que soy un fideicomisario de la corte". Hizo una pausa, como queriendo darle a K el tiempo necesario para aceptar este hecho. Una vez más se oyó a las chicas desde detrás de la puerta. Probablemente estaban apretados alrededor del ojo de la cerradura, tal vez incluso podían ver el interior de la habitación a través de los huecos de los tablones. K. renunció a la oportunidad de excusarse de alguna manera, ya que no deseaba distraer al pintor de lo que estaba diciendo, o tal vez no quería que se alejara demasiado de sí mismo y de esta manera se hiciera hasta cierto punto inalcanzable, por lo que preguntó: «¿Es esa una posición públicamente reconocida?» —No —fue la respuesta cortante del pintor, como si la pregunta le impidiera decir nada más—. Pero K quería que siguiera hablando y dijo: "Bueno, posiciones como esa, que no están oficialmente reconocidas, a menudo pueden tener más influencia que las que sí lo están". —Y así es conmigo —dijo el pintor, y asintió con el ceño fruncido—. "Ayer estaba hablando de su caso con el fabricante, y me preguntó si no me gustaría ayudarlo, y le respondí: 'Puede venir a verme si quiere', y ahora me alegro de verlo aquí tan pronto. Este negocio parece ser bastante importante para ti y, por supuesto, no me sorprende eso. ¿No le gustaría quitarse el abrigo ahora? K. tenía la intención de quedarse muy poco tiempo, pero la invitación del pintor fue muy bien recibida. El aire de la habitación se había vuelto poco a poco bastante opresivo para él, varias veces había mirado con asombro una pequeña estufa de hierro en la esquina que ciertamente no podía haber sido encendida, el calor de la habitación era inexplicable. Mientras se quitaba el abrigo de invierno y también se desabrochaba la levita, el pintor le dijo en disculpa: "Debo tener calor. Y es muy acogedor aquí, ¿no? Esta habitación es muy buena en ese sentido. K. no respondió, pero en realidad no era el calor lo que le incomodaba, sino mucho más la congestión, el aire que casi dificultaba la respiración, probablemente la habitación no había sido ventilada durante mucho tiempo. Lo desagradable de esto se hizo aún más fuerte para K cuando el pintor lo invitó a sentarse en la cama mientras él mismo se sentaba en la única silla de la habitación frente al caballete. El pintor incluso pareció no entender por qué K permanecía al borde de la cama e instó a K a que se pusiera cómodo, y mientras vacilaba, se acercó él mismo a la cama y apretó a K. profundamente contra las sábanas y las almohadas. Luego volvió a su asiento y por fin hizo su primera pregunta objetiva, que hizo que K olvidara todo lo demás. "Eres inocente, ¿verdad?", preguntó. —Sí —dijo K—. Sintió una simple alegría al responder a esta pregunta, especialmente porque la respuesta se le dio a un individuo privado y, por lo tanto, no tendría consecuencias. Hasta entonces nadie le había hecho esta pregunta tan abiertamente. Para aprovechar al máximo su placer, añadió: "Soy totalmente inocente". —Así —dijo el pintor, y bajó la cabeza y pareció estar pensando—. De repente volvió a levantar la cabeza y dijo: "Bueno, si eres inocente, todo es muy simple". K. comenzó a fruncir el ceño, este supuesto administrador de la corte hablaba como un niño ignorante. —Mi inocencia no simplifica las cosas —dijo K—. A pesar de todo, no pudo evitar sonreír y sacudió lentamente la cabeza. "Hay muchos detalles finos en los que el tribunal se pierde, pero al final llega a un lugar donde originalmente no había nada y le saca una enorme culpa". —Sí, sí, claro —dijo el pintor, como si K. hubiera estado perturbando su línea de pensamiento sin ninguna razón—. —Pero tú eres inocente, ¿verdad? — Claro que sí —dijo K. —Eso es lo principal —dijo el pintor—. No había ningún contraargumento que pudiera influir en él, pero aunque había tomado una decisión, no estaba claro si estaba hablando de esa manera por convicción o indiferencia. K., entonces, quiso averiguarlo y dijo por lo tanto: "Estoy seguro de que usted está más familiarizado con el tribunal que yo, apenas sé más de lo que he oído, y eso ha sido de muchas personas muy diferentes. Pero todos estaban de acuerdo en una cosa, y era que cuando se hacen acusaciones mal pensadas no se ignoran, y que una vez que el tribunal ha hecho una acusación está convencido de la culpabilidad del acusado y es muy difícil hacerle pensar lo contrario". —¿Muy difícil? —preguntó el pintor, levantando una mano en el aire. "Es imposible hacerle pensar de otra manera. Si pintara a todos los jueces uno al lado del otro aquí en un lienzo, y tú estuvieras tratando de defenderte frente a él, tendrías más éxito con ellos que con el tribunal real". —Sí —se dijo K., olvidando que sólo había ido allí para investigar al pintor—.

Una de las muchachas que estaba detrás de la puerta se levantó de nuevo y preguntó: "Titorelli, ¿se va a ir pronto?" —¡Silencio! —gritó el pintor a la puerta—. ¿No ves que estoy hablando con el caballero? Pero esto no fue suficiente para satisfacer a la muchacha y le preguntó: "¿Vas a pintar su cuadro?" Y cuando el pintor no respondió, ella añadió: "Por favor, no lo pintes, es un tipo terrible". Siguió un murmullo incomprensible y entretejido de gritos, respuestas y llamados de acuerdo. El pintor se acercó de un salto a la puerta, la abrió muy levemente —se veían las manos entrelazadas de las muchachas estirándose por la rendija como si quisieran algo— y dijo: —Si no os calláis, os tiraré a todos por las escaleras. Siéntate aquí en los escalones y cállate". Probablemente no le obedecieron de inmediato, por lo que tuvo que ordenar: "¡Abajo de los escalones!" Solo entonces se hizo el silencio.

—Lo siento —dijo el pintor al volver a K. K. Apenas se había vuelto hacia la puerta, había dejado completamente en manos del pintor si lo pondría bajo su protección y cómo si así lo deseaba. Incluso ahora, apenas hizo movimiento cuando el pintor se inclinó sobre él y, susurrándole al oído para que no se le oyera fuera, dijo: —Estas chicas también pertenecen a la corte. —¿Cómo es eso? —preguntó K., inclinando la cabeza hacia un lado y mirando al pintor. Pero el pintor se sentó de nuevo en su silla y, medio en broma, medio en explicación: "Bueno, todo pertenece a la corte". —Eso es algo que nunca había notado hasta ahora —dijo K. secamente, este comentario general del pintor hacía que su comentario sobre las muchachas fuera mucho menos inquietante—. Sin embargo, K miró un rato hacia la puerta, detrás de la cual las muchachas estaban ahora sentadas tranquilamente en los escalones. Excepto que uno de ellos había empujado una pajita a través de una grieta entre los tablones y la movía lentamente hacia arriba y hacia abajo. —Todavía no parece tener una idea general de lo que es el tribunal —dijo el pintor, que había estirado las piernas y golpeaba el suelo con la punta del pie—. "Pero como eres inocente, no lo necesitarás de todos modos. Te sacaré de esto yo solo". —¿Cómo piensa hacer eso? —preguntó K. —Usted mismo dijo hace poco que es imposible acudir a los tribunales con razones y pruebas. —Sólo imposible por las razones y las pruebas que usted mismo lleva al tribunal —dijo el pintor, levantando el dedo índice como si K no se hubiera dado cuenta de una fina distinción—. Es diferente si se trata de hacer algo detrás del patio público, es decir, en las consultas, en los pasillos o aquí, por ejemplo, en mi estudio. A K le empezó a resultar mucho más fácil creer lo que el pintor decía, o más bien estaba en gran medida de acuerdo con lo que también le habían dicho otros. De hecho, incluso era bastante prometedor. Si realmente era tan fácil influir en los jueces a través de contactos personales, como había dicho el abogado, entonces los contactos del pintor con estos jueces vanidosos eran especialmente importantes, y al menos no debían ser subestimados. Y el pintor encajaría muy bien en el círculo de ayudantes que K. iba reuniendo poco a poco a su alrededor. Se había hecho notar en el banco por su talento para la organización, aquí, donde se le colocaba completamente con sus propios recursos, sería una buena oportunidad para probar ese talento hasta sus límites. El pintor observó el efecto que su explicación había tenido en K. y luego, con cierta inquietud, dijo: "¿No se le ocurre que la forma en que estoy hablando es casi como la de un abogado? Es el contacto incesante con los señores de la corte lo que tiene esa influencia en mí. Gano mucho con ello, por supuesto, pero pierdo mucho, artísticamente hablando". —¿Cómo entró usted en contacto con los jueces? —preguntó K., que quería ganarse la confianza del pintor antes de ponerlo a su servicio. —Eso fue muy fácil —dijo el pintor—, heredé estos contactos. Mi padre fue pintor de la corte antes que yo. Es una posición que siempre se hereda. No pueden usar gente nueva para ello, las reglas que rigen cómo se pintan los distintos grados de funcionarios son tantas y variadas y, sobre todo, tan secretas que nadie fuera de ciertas familias las conoce. En el cajón, por ejemplo, tengo las notas de mi padre, que no muestro a nadie. Pero solo puedes pintar a los jueces si sabes lo que dicen. Aunque, incluso si los perdiera, nadie podría disputar mi posición debido a todas las reglas que llevo en mi cabeza. Todos los jueces quieren ser pintados como los viejos y grandes jueces, y yo soy el único que puede hacer eso". —Es usted digno de envidia —dijo K., pensando en su posición en el banco—. —¿Tu posición es inexpugnable, entonces? —Sí, absolutamente inexpugnable —dijo el pintor, y alzó los hombros con orgullo—. "Así es como puedo permitirme el lujo de ayudar a algún hombre pobre que se enfrenta a un juicio de vez en cuando". —¿Y cómo se hace eso? —preguntó K., como si el pintor no lo hubiera descrito como un hombre pobre. El pintor no se dejó distraer, sino que dijo: "En tu caso, por ejemplo, como eres totalmente inocente, esto es lo que haré". La repetida mención de la inocencia de K se estaba volviendo molesta para él. A veces le parecía que el pintor utilizaba estos comentarios para hacer de un resultado favorable del juicio una condición previa para su ayuda, lo que, por supuesto, haría innecesaria la ayuda misma. Pero a pesar de estas dudas, K se obligó a no interrumpir al pintor. No quería prescindir de la ayuda del pintor, eso era lo que había decidido, y esta ayuda no parecía en modo alguno menos dudosa que la del abogado. K. valoraba mucho más la ayuda del pintor porque se ofrecía de una manera más inofensiva y abierta.

El pintor había acercado su asiento a la cama y prosiguió con voz apagada: —Olvidé preguntarte: ¿qué clase de absolución es la que quieres? Hay tres posibilidades: la absolución absoluta, la absolución aparente y el aplazamiento. La absolución absoluta es lo mejor, por supuesto, solo que no hay nada que pueda hacer para obtener ese tipo de resultado. No creo que haya nadie que pueda hacer algo para obtener una absolución absoluta. Probablemente lo único que podría hacer eso es si el acusado es inocente. Como eres inocente, en realidad podría ser posible y podrías depender solo de tu inocencia. En ese caso, no me necesitarás ni a mí ni a ningún otro tipo de ayuda.

Al principio, K se asombró de esta ordenada explicación, pero luego, con la misma calma que el pintor, dijo: —Creo que te contradices a ti mismo. —¿Cómo es eso? —preguntó pacientemente el pintor, echándose hacia atrás con una sonrisa. Esta sonrisa hizo que K se sintiera como si no estuviera examinando las palabras del pintor, sino buscando inconsistencias en los procedimientos del propio tribunal. Sin embargo, continuó sin vergüenza y dijo: "Usted comentó antes que no se puede abordar el tribunal con pruebas razonadas, luego restringió esto a la audiencia pública, y ahora va tan lejos como para decir que un hombre inocente no necesita asistencia en la corte. Eso implica una contradicción. Además, usted ha dicho antes que los jueces pueden ser influenciados personalmente, pero ahora insiste en que una absolución absoluta, como usted la llama, nunca puede lograrse a través de la influencia personal. Eso implica una segunda contradicción". "Es muy fácil aclarar estas contradicciones", dijo el pintor. "Estamos hablando de dos cosas diferentes aquí, está lo que dice la ley y está lo que sé por mi propia experiencia, no hay que confundir las dos. Nunca lo he visto por escrito, pero la ley, por supuesto, dice, por un lado, que los inocentes serán liberados, pero por otro lado no dice que los jueces puedan ser influenciados. Pero en mi experiencia es al revés. No conozco ninguna absolución absoluta, pero sí sé de muchas ocasiones en las que se ha influido en un juez. Es posible, por supuesto, que no hubiera inocencia en ninguno de los casos que conozco. Pero, ¿es eso probable? ¿Ni un solo acusado inocente en tantos casos? Cuando era niño solía escuchar atentamente a mi padre cuando nos contaba casos judiciales en casa, y los jueces que venían a su estudio hablaban del tribunal, en nuestros círculos nadie habla de otra cosa; Casi nunca tuve la oportunidad de ir a los tribunales, pero siempre la aproveché cuando pude, he escuchado innumerables juicios en etapas importantes de su desarrollo, los he seguido de cerca hasta donde se podían seguir, y tengo que decir que nunca he visto una sola absolución". "Entonces. Ni una sola absolución -dijo K., como si hablara consigo mismo y con sus esperanzas-. "Eso confirma la impresión que ya tengo de la cancha. Así que tampoco tiene sentido desde este lado. Podrían reemplazar toda la corte con un solo verdugo". —No hay que generalizar —dijo el pintor, insatisfecho—, sólo he hablado de mi propia experiencia. —Pues ya es suficiente —dijo K.—, ¿o es que ha oído hablar de alguna absolución que haya ocurrido antes? —Dicen que ha habido algunas absoluciones antes —respondió el pintor—, pero es muy difícil estar seguro de ello. Los tribunales no hacen públicas sus conclusiones finales, ni siquiera los jueces pueden conocerlas, por lo que todo lo que sabemos sobre estos casos anteriores son solo leyendas. Pero la mayoría de ellos implicaron absoluciones absolutas, se puede creer eso, pero no se pueden probar. Por otro lado, tampoco hay que olvidarse de ellos, estoy seguro de que hay algo de verdad en ellos, y son muy bonitos, yo mismo he pintado algunos cuadros que representan estas leyendas". —Mi apreciación no se verá alterada por meras leyendas —dijo K. —No creo que sea posible citar estas leyendas en los tribunales, ¿verdad? El pintor se echó a reír. "No, no se pueden citar en la corte", dijo. —Entonces no tiene sentido hablar de ellos —dijo K., que quería, por el momento, aceptar todo lo que el pintor le dijera, aunque le pareciera inverosímil o contradijera lo que otros le habían dicho. Ahora no tenía tiempo para examinar la verdad de todo lo que el pintor decía, ni siquiera para refutarlo, habría logrado todo lo que hubiera podido si el pintor lo ayudara de alguna manera, incluso si su ayuda no fuera decisiva. Como resultado, dijo: "Así que no prestemos más atención a la absolución absoluta, pero usted mencionó otras dos posibilidades". "Aparente absolución y aplazamiento. Son las únicas posibilidades", dijo el pintor. "Pero antes de hablar de ellos, ¿no te gustaría quitarte el abrigo? Debes estar caliente". —Sí —dijo K., que hasta entonces no había prestado más atención que a las explicaciones del pintor, pero ahora que le habían señalado el calor, su frente empezó a sudar copiosamente. "Es casi insoportable". El pintor asintió como si comprendiera muy bien el malestar de K. —¿No podríamos abrir la ventana? —preguntó K. —No —dijo el pintor—. Es sólo un cristal fijo, no se puede abrir. K se dio cuenta de que durante todo este tiempo había estado esperando que el pintor se acercara de repente a la ventana y la abriera. Se había preparado incluso para la niebla que respiraría por la boca abierta. La idea de que allí estaba completamente aislado del aire le daba vértigo. Golpeó ligeramente la colcha a su lado y, con voz débil, dijo: "Eso es muy inconveniente y poco saludable". —Oh, no —dijo el pintor en defensa de su ventana—, como no se puede abrir, esta habitación retiene mejor el calor que si la ventana fuera de doble acristalamiento, aunque sea de un solo cristal. No hay mucha necesidad de ventilar la habitación, ya que hay mucha ventilación a través de los huecos de la madera, pero cuando quiero, puedo abrir una de mis puertas, o incluso las dos. -K se consoló un poco con esta explicación y miró a su alrededor para ver dónde estaba la segunda puerta. El pintor lo vio hacerlo y le dijo: "Está detrás de ti, tuve que esconderlo detrás de la cama". Sólo entonces K pudo ver la puertecita en la pared. —Es realmente demasiado pequeño para un estudio aquí —dijo el pintor, como si quisiera anticipar una objeción que K. haría—. "Tuve que arreglar las cosas lo mejor que pude. Obviamente es un lugar muy malo para la cama, frente a la puerta. Por ejemplo, cuando llega el juez que estoy pintando en este momento, siempre entra por la puerta junto a la cama, e incluso le he dado una llave de esta puerta para que pueda esperarme aquí en el estudio cuando no esté en casa. Aunque hoy en día suele venir temprano por la mañana cuando todavía estoy durmiendo. Y, por supuesto, siempre me despierta cuando escucho que se abre la puerta al lado de la cama, por muy profundamente dormido que esté. Si pudieras escuchar la forma en que lo maldigo mientras se sube a mi cama por la mañana, perderías todo el respeto por los jueces. Supongo que podría quitarle la llave, pero eso solo empeoraría las cosas. Solo se necesita un pequeño esfuerzo para romper cualquiera de las puertas de aquí de sus bisagras". Durante todo el tiempo que el pintor hablaba, K pensaba si debía quitarse el abrigo, pero finalmente se dio cuenta de que, si no lo hacía, no podría quedarse allí por más tiempo, así que se quitó la levita y se la puso en la rodilla para poder volver a ponérsela en cuanto terminara la conversación. Apenas lo había hecho, cuando una de las muchachas gritó: «¡Ahora se ha quitado el abrigo!», y se oyó a todas apretarse alrededor de los huecos de los tablones para ver el espectáculo por sí mismas. —Las muchachas creen que voy a pintar tu retrato —dijo el pintor—, y por eso te quitas el abrigo. —Ya veo —dijo K., sólo un poco divertido por esto, ya que se sentía un poco mejor que antes, a pesar de que ahora estaba sentado en mangas de camisa—. Con cierta irritación preguntó: "¿Qué dijiste que eran las otras dos posibilidades?" Ya había olvidado los términos utilizados. —Aparente absolución y aplazamiento —dijo el pintor—. "Depende de ti cuál elijas. Puedes conseguir cualquiera de ellos si te ayudo, pero requerirá algo de esfuerzo, por supuesto, la diferencia entre ellos es que la absolución aparente requiere un esfuerzo concentrado durante un tiempo y que el aplazamiento requiere mucho menos esfuerzo, pero tiene que ser sostenido. Ahora bien, aparente absolución. Si eso es lo que quieres, escribiré una afirmación de tu inocencia en un pedazo de papel. El texto de una afirmación de este tipo me fue transmitido por mi padre y es bastante inexpugnable. Llevo esta afirmación a los jueces que conozco. Así que empezaré con el que estoy pintando actualmente, y le haré la afirmación cuando venga a su sesión esta noche. Le expondré la afirmación, le explicaré que eres inocente y le daré mi garantía personal de ello. Y eso no es solo una garantía superficial, es real y vinculante". Los ojos del pintor parecían mostrar algún reproche hacia K por querer imponerle ese tipo de responsabilidad. —Eso sería muy amable de su parte —dijo K. —¿Y entonces el juez le creería a usted y, sin embargo, no dictaría una absolución absoluta? —Es como acabo de decir —respondió el pintor—. "Y de todos modos, no es del todo seguro que todos los jueces me crean, muchos de ellos, por ejemplo, podrían querer que los lleve a verlos personalmente. Así que entonces tú también tendrías que venir. Pero al menos entonces, si eso sucede, el asunto está a medio ganar, especialmente porque te enseñaría de antemano exactamente cómo debes actuar con el juez en cuestión, por supuesto. Lo que también sucede, sin embargo, es que hay algunos jueces que me rechazan de antemano, y eso es peor. Ciertamente haré varios intentos, pero aún así, tendremos que olvidarnos de ellos, pero al menos podemos permitírnoslo, ya que ningún juez puede emitir el veredicto decisivo. Luego, cuando tengo suficientes firmas de jueces en este documento, se lo llevo al juez que está interesado en su caso. Incluso podría tener su firma ya, en cuyo caso las cosas se desarrollan un poco más rápido de lo que lo harían de otra manera. Pero no suele haber muchos retrasos a partir de entonces, y ese es el momento en que el acusado puede sentirse más seguro. Es extraño, pero cierto, que la gente sienta más confianza en este tiempo que después de haber sido absuelta. No se necesita ningún esfuerzo particular ahora. Cuando tenga el documento que afirma la inocencia del acusado, garantizado por varios otros jueces, el juez puede absolverlo sin ninguna preocupación, y aunque todavía quedan varios trámites por cumplir, no hay duda de que eso es lo que hará como favor a mí y a varios otros conocidos. Tú, sin embargo, sales de la cancha y eres libre". —Entonces seré libre —dijo K., vacilante—. -Así es -dijo el pintor-, pero sólo aparentemente libres o, por decirlo mejor, temporalmente libres, ya que los jueces más jóvenes, los que conozco, no tienen derecho a dar la absolución definitiva. Solo el juez más alto puede hacer eso, en un tribunal que está fuera del alcance de usted, de mí y de todos nosotros. No sabemos cómo se ven las cosas allí y, por cierto, no queremos saberlo. El derecho a absolver a las personas es un gran privilegio y nuestros jueces no lo tienen, pero sí tienen el derecho de liberar a las personas de la acusación. Es decir, si son liberados de esta manera, por el momento se retira la acusación, pero sigue pendiendo sobre sus cabezas y sólo se necesita una orden de más arriba para que vuelva a entrar en vigor. Y como estoy en tan buen contacto con el tribunal, también puedo decirles cómo se describe la diferencia entre la absolución absoluta y la aparente, solo que de una manera superficial, en las directivas a las oficinas judiciales. Si hay una absolución absoluta todo el proceso debe detenerse, todo desaparece del proceso, no solo la acusación sino el juicio e incluso la absolución desaparece, todo simplemente desaparece. Con una aparente absolución es diferente. Cuando eso sucede, nada ha cambiado, excepto que el caso de su inocencia, su absolución y los fundamentos de la absolución se han fortalecido. Aparte de eso, los procedimientos continúan como antes, las oficinas de los tribunales continúan con sus actividades y el caso se pasa a los tribunales superiores, se devuelve a los tribunales inferiores y así sucesivamente, hacia atrás y hacia adelante, a veces más rápido, a veces más lento, de un lado a otro. Es imposible saber exactamente lo que está sucediendo mientras esto sucede. Visto desde fuera, a veces puede parecer que todo se ha olvidado hace mucho tiempo, que los documentos se han perdido y que la absolución es completa. Nadie familiarizado con el tribunal lo creería. Ningún documento se pierde, el tribunal no olvida nada. Un día —nadie se lo espera— algún juez recoge los documentos y los examina más de cerca, se da cuenta de que este caso en particular sigue activo y ordena el arresto inmediato del acusado. He estado hablando aquí como si hubiera una larga demora entre la aparente absolución y la nueva detención, eso es muy posible y conozco casos como ese, pero es igual de probable que el acusado se vaya a casa después de haber sido absuelto y encuentre a alguien allí esperando para volver a arrestarlo. Entonces, por supuesto, su vida como hombre libre ha llegado a su fin". —¿Y el juicio vuelve a empezar? —preguntó K., resultando difícil de creer. —El juicio siempre volverá a empezar —dijo el pintor—, pero existe, una vez más como antes, la posibilidad de obtener una aparente absolución. Una vez más, el acusado tiene que hacer acopio de todas sus fuerzas y no debe rendirse". El pintor dijo esta última frase, posiblemente como resultado de la impresión que le dio K., cuyos hombros habían caído un poco. —Pero conseguir una segunda absolución —preguntó K., como si esperara nuevas revelaciones del pintor—, ¿no es más difícil de conseguir que la primera vez? —En cuanto a eso —respondió el pintor—, no hay nada que se pueda decir con certeza. ¿Quiere decir que el segundo arresto tendría una influencia adversa en el juez y en el veredicto que dicte sobre el acusado? No es así como sucede. Cuando se dicta la sentencia absolutoria, los jueces ya son conscientes de que es probable que se vuelva a arrestar. Así que cuando sucede, apenas tiene efecto. Pero hay un sinnúmero de otras razones por las que el estado de ánimo de los jueces y su perspicacia legal en el caso pueden ser alterados, y los esfuerzos para obtener la segunda absolución deben ser por lo tanto adecuados a las nuevas condiciones, y generalmente tan vigorosos como la primera". —Pero esta segunda absolución no será una vez más definitiva —dijo K., meneando la cabeza—. —Claro que no —dijo el pintor—, a la segunda absolución le sigue la tercera detención, la tercera absolución a la cuarta detención, y así sucesivamente. Eso es lo que significa el término absolución aparente. K. guardó silencio. —Está claro que no cree usted que una absolución aparente ofrezca muchas ventajas —dijo el pintor—, tal vez el aplazamiento le convendría más. ¿Quiere que le explique en qué consiste el aplazamiento? -K asintió-. El pintor se había echado hacia atrás y se había extendido en su silla, su camisón estaba abierto de par en par, había metido la mano dentro y se acariciaba el pecho y los costados. —Aplazamiento —dijo el pintor, mirando vagamente al frente durante un rato, como si tratara de encontrar una explicación perfectamente adecuada—, el aplazamiento consiste en mantener permanentemente los procedimientos en sus primeras etapas. Para ello, el acusado y las personas que le ayudan deben mantener un contacto personal continuo con el tribunal, especialmente con las personas que le ayudan. Repito, esto no requiere tanto esfuerzo como obtener una aparente absolución, pero probablemente requiere mucha más atención. Nunca debes perder de vista el juicio, tienes que ir a ver al juez apropiado a intervalos regulares, así como cuando surge algo en particular y, hagas lo que hagas, tienes que tratar de ser amigable con él; Si no conoces

personalmente al juez, tienes que influir en él a través de los jueces que sí conoces, y tienes que hacerlo sin renunciar a las discusiones directas. Siempre y cuando no deje de hacer ninguna de estas cosas, puede estar razonablemente seguro de que el juicio no pasará de sus primeras etapas. El juicio no se detiene, pero el acusado está casi tan seguro de evitar la condena como si hubiera sido absuelto. En comparación con una absolución aparente, el aplazamiento tiene la ventaja de que el futuro del acusado es menos incierto, está a salvo del impacto de ser arrestado de nuevo repentinamente y no necesita temer los esfuerzos y el estrés involucrados en obtener una absolución aparente justo cuando todo lo demás en su vida lo haría más difícil. Sin embargo, el aplazamiento también tiene ciertas desventajas propias, y no deben subestimarse. No quiero decir con esto que el acusado nunca sea libre, tampoco es libre en el sentido propio de la palabra con una aparente absolución. Hay otra desventaja. No se puede impedir que los procedimientos avancen a menos que se den algunas razones al menos aparentes. Por lo tanto, algo tiene que parecer que está sucediendo cuando se mira desde el exterior. Esto significa que, de vez en cuando, hay que obedecer varias órdenes, hay que interrogar al acusado, hay que llevar a cabo investigaciones, etc. El juicio ha sido restringido artificialmente dentro de un pequeño círculo, y tiene que ser continuamente girado dentro de él. Y eso, por supuesto, trae consigo ciertos disgustos para el acusado, aunque no hay que imaginar que sean tan malos. Todo esto es solo para mostrar, los interrogatorios, por ejemplo, son muy cortos, si alguna vez no tienes tiempo o no tienes ganas de ir a ellos puedes ofrecer una excusa, con algunos jueces incluso puedes organizar las medidas cautelares con mucho tiempo de anticipación, en esencia todo lo que significa es que, Como acusado, tiene que presentarse ante el juez de vez en cuando". Mientras el pintor pronunciaba estas últimas palabras, K se había echado el abrigo al brazo y se había levantado. Inmediatamente, desde el otro lado de la puerta, se escuchó un grito de "¡Ya se está de pie!"
—¿Ya te vas? —preguntó el pintor, que también se había levantado. "Debe ser el aire el que te está expulsando. Lo siento mucho. Todavía hay mucho que tengo que decirte. Tuve que poner todo muy brevemente, pero espero

que al menos haya quedado todo claro". —Oh, sí —dijo K., a quien le dolía la cabeza por el esfuerzo de escuchar—. A pesar de esta afirmación, el pintor lo resumió todo una vez más, como si quisiera darle a K. algo que lo consolara en su camino a casa. "Ambos tienen en común que evitan que el acusado sea condenado", dijo. —Pero también impiden que se le absuelva debidamente —dijo K en voz baja, como si le avergonzara reconocerlo—. —Lo tienes, en esencia —dijo rápidamente el pintor—. K. colocó la mano sobre el abrigo de invierno, pero no se atrevió a ponérselo. Sobre todo, le habría gustado empacar todo y salir corriendo al aire libre. Ni siquiera las muchachas pudieron convencerlo de que se pusiera el abrigo, a pesar de que ya se decían en voz alta que lo hacía. El pintor todavía tenía que interpretar de alguna manera el estado de ánimo de K., así que dijo: —Supongo que todavía has evitado deliberadamente decidir entre mis sugerencias. Está bien. Incluso habría aconsejado no tomar una decisión de inmediato. No hay más que un pelo de diferencia entre las ventajas y las desventajas. Todo tiene que ser sopesado cuidadosamente. Pero lo más importante es que no debes perder demasiado tiempo". -Volveré aquí pronto -dijo K., que de repente había decidido ponerse la levita, se echó el abrigo al hombro y corrió hacia la puerta detrás de la cual las muchachas empezaban a gritar. K creyó ver a las muchachas gritando a través de la puerta. —Bueno, tendrás que cumplir tu palabra —dijo el pintor, que no le había seguido—, de lo contrario, iré yo mismo al banco a preguntar por ello. —¿Me abrirás esta puerta? —dijo K. tirando de la manija que, como se dio cuenta por la resistencia, estaba fuertemente sujeta por las chicas del otro lado. "¿Quieres que te molesten las chicas?", preguntó el pintor. —Es mejor que uses el otro lado —dijo, señalando la puerta detrás de la cama— . K. accedió y volvió a la cama de un salto. Pero en lugar de abrir la puerta, el pintor se metió debajo de la cama y por debajo le preguntó a K.: "Un momento más, ¿no le gustaría ver un cuadro que pueda venderle?" K. no quería ser descortés, el pintor realmente se había puesto de su lado y le había prometido ayudarlo más en el futuro. y debido al olvido de K. no se había mencionado ningún pago por la ayuda del pintor, por lo que K no pudo rechazarlo ahora y le permitió mostrarle el cuadro, a pesar de que estaba temblando de impaciencia por salir del estudio. De debajo de la cama, el pintor sacó una pila de cuadros sin enmarcar. Estaban tan cubiertos de polvo que, cuando el pintor trató de soplarlo, el de arriba se arremolinó frente a los ojos de K., robándole el aliento durante algún tiempo. —Paisaje de páramo —dijo el pintor pasando el cuadro a K—. Mostraba dos árboles enfermizos, bien separados entre sí por la hierba oscura. Al fondo se veía una puesta de sol multicolor. —Está bien —dijo K. —Lo compraré. K. se expresó de esta manera cortante sin pensarlo, de modo que se alegró de que el pintor no se lo tomara a mal y recogiera un segundo cuadro del suelo. —Es una contrapartida del primer cuadro —dijo el pintor—. Tal vez se había pensado que era una contrapartida, pero no se veía la menor diferencia entre ella y la primera imagen, allí estaban los árboles, allí la hierba y allí la puesta de sol. Pero esto tenía poca importancia para K. —Son hermosos paisajes —dijo—, los compraré los dos y los colgaré en mi oficina. —Parece que le gusta este tema —dijo el pintor, tomando un tercer cuadro—, buen trabajo, todavía tengo otro cuadro similar aquí. Sin embargo, la imagen no era similar, sino que era exactamente el mismo paisaje de páramo. El pintor aprovechó al máximo esta oportunidad para vender sus viejos cuadros. —Me quedo con esta también —dijo K—. ¿Cuánto cuestan los tres cuadros? —De eso podemos hablar la próxima vez —dijo el pintor—. "Ahora tienes prisa y seguiremos en contacto. Y además, me alegro de que te gusten los cuadros, te daré todos los cuadros que tengo aquí abajo. Son todos paisajes de páramos, he pintado muchos paisajes de páramos. A mucha gente no le gusta ese tipo de imágenes porque son demasiado sombrías, pero hay otras, y tú eres una de ellas, a las que les encantan los temas sombríos". Pero K. no estaba de humor para oír hablar de las experiencias profesionales de este pintor y mendigo. —¡Envuélvelos todos! —gritó, interrumpiendo al pintor mientras hablaba—, mi criado vendrá a buscarlos por la mañana. —No hay necesidad de eso —dijo el pintor—. "Espero poder encontrar un porteador para ti que pueda ir contigo ahora". Y, por fin, se inclinó sobre la cama y abrió la puerta. "Pisa la cama, no te preocupes por eso", dijo el pintor, "eso es lo que hacen todos los que entran aquí". Aun sin esta invitación, K no había mostrado ningún reparo en colocar el pie en medio de las sábanas, luego miró a través de la puerta abierta y volvió a retirar el pie. "¿Qué es eso?", le preguntó al pintor. —¿Por qué te sorprende tanto? —preguntó, sorprendido a su vez. "Esas son oficinas de los tribunales. ¿No sabías que aquí hay oficinas judiciales? Hay oficinas de tribunales en casi todos los áticos, ¿por qué debería ser diferente este edificio? Incluso mi estudio es en realidad una de las oficinas del tribunal, pero el tribunal lo puso a mi disposición". Lo que escandalizó a K no fue tanto encontrar oficinas judiciales incluso aquí, sino que se escandalizó principalmente de sí mismo, de su propia ingenuidad en los asuntos judiciales. Le parecía que una de las reglas más básicas que regían cómo debía comportarse un acusado era siempre estar preparado, nunca permitir sorpresas, nunca mirar, desprevenido, a la derecha cuando el juez estaba a su lado, a su izquierda, y esta era la regla básica que estaba violando continuamente. Un largo pasillo se extendía frente a él, soplaba aire que, comparado con el aire del estudio, era refrescante. Había bancos colocados a ambos lados del pasillo, al igual que en la sala de espera de la oficina se dirigía él mismo. Parece haber normas precisas sobre cómo deben equiparse las oficinas. No parecía haber mucha gente visitando las oficinas ese día. Había un hombre allí, medio sentado, medio acostado, con la cara enterrada en el brazo en el banco y parecía estar durmiendo; Otro hombre estaba de pie en la penumbra al final del pasillo. K. se subió entonces a la cama, el pintor le siguió con los cuadros. Pronto se encontraron con un criado de la corte —K podía reconocer ahora a todos los sirvientes de la corte por los botones de oro que llevaban en sus ropas de civil por debajo de los botones normales— y el pintor le ordenó que fuera con K. llevando los cuadros. K se tambaleaba más de lo que caminaba, con el pañuelo apretado sobre la boca. Casi habían llegado a la salida cuando las muchachas se abalanzaron sobre ellos, por lo que K no había podido evitarlos. Habían visto claramente que la segunda puerta del estudio había sido abierta y habían dado la vuelta para imponerse a él desde este lado. "¡No puedo ir contigo más lejos!", gritó el pintor con una carcajada mientras las chicas se acercaban. -¡Adiós, y no lo dude demasiado! -K ni siquiera le miró-. Una vez en la calle, tomó el primer taxi que encontró. Ahora tenía que deshacerse del sirviente, cuyo botón de oro llamaba continuamente su atención, aunque no llamara la de nadie más. Como criado, el criado de la corte iba a sentarse en el carruaje. Pero K. lo persiguió desde allí. Ya era bien entrada la tarde cuando K. llegó frente al banco. Le habría gustado dejar los cuadros en el coche, pero temía que llegara alguna ocasión en que tuviera que hacerle ver al pintor que todavía los tenía. Así que mandó llevar las fotos a su despacho y las guardó bajo llave en el cajón más bajo de su escritorio para poder guardarlas a salvo de la vista del subdirector durante los próximos días.

Capítulo Ocho

Block, el hombre de negocios: despedir al abogado

K. había tomado finalmente la decisión de retirar su defensa al abogado. Era imposible eliminar sus dudas sobre si esta era la decisión correcta, pero esto fue superado por su creencia en su necesidad. Esta decisión, el día en que tenía la intención de ir a ver al abogado, tomó mucha de la fuerza que necesitaba para su trabajo, trabajó excepcionalmente lento, tuvo que permanecer en su oficina mucho tiempo y ya eran más de las diez cuando finalmente se paró frente a la puerta principal del abogado. Incluso antes de llamar, pensó si no sería mejor avisar al abogado por carta o por teléfono, ya que una conversación personal sería sin duda muy difícil. Sin embargo, K. no quería prescindir de él, si lo notificaba por cualquier otro medio, sería recibido en silencio o con unas pocas palabras formuladas, y a menos que Leni descubriera algo, K. nunca sabría cómo había tomado el abogado su despido y cuáles podrían ser sus consecuencias, en la opinión no poco importante del abogado. Pero sentado frente a él y sorprendido por su despido, K podía deducir fácilmente todo lo que quería de la cara y del comportamiento del abogado, aunque no se le pudiera inducir a decir mucho. Al fin y al cabo, no era descabellado que K. pudiera convencerse de que lo mejor era dejar su defensa en manos del abogado y retirar su despido.

Como de costumbre, al principio no hubo respuesta a la llamada de K a la puerta. «Leni podría ser un poco más rápida», pensó K. Pero al menos podía alegrarse de que no hubiera nadie más interfiriendo como solía suceder, ya fuera el hombre de su camisón o cualquier otra persona que pudiera molestarlo. Cuando K apretó el botón por segunda vez, volvió a mirar hacia la otra puerta, pero esta vez también permanecía cerrada. Por fin, dos ojos aparecieron en la escotilla del espía de la puerta del abogado, aunque no eran los ojos de Leni. Alguien abrió la puerta, pero se mantuvo apretado contra ella mientras volvía a llamar al interior: "¡Es él!", y solo entonces abrió la puerta correctamente. K. empujó la puerta, porque detrás de él ya podía oír cómo se giraba apresuradamente la llave en la cerradura de la puerta del otro piso. Cuando finalmente se abrió la puerta frente a él, corrió directamente al pasillo. A través del pasillo que conducía entre las habitaciones, vio a Leni, a quien se había dirigido el grito de advertencia del abridor de la puerta, que seguía huyendo en camisón. La miró un momento y luego miró a la persona que había abierto la puerta. Era un hombre pequeño y marchito con una barba poblada, sostenía una vela en la mano. —¿Trabaja usted aquí? —preguntó K. —No —respondió el hombre—, no pertenezco aquí en absoluto, el abogado sólo me representa, estoy aquí por asuntos legales. —¿Sin tu abrigo? —preguntó K., indicando con un gesto de la mano la falta de vestimenta del hombre. -¡Oh, perdóname! -exclamó el hombre, y se miró a sí mismo a la luz de la vela que sostenía, como si hasta entonces no hubiera sabido de su aspecto. —¿Es Leni tu amante? —preguntó K. secamente. Había separado ligeramente las piernas, las manos, con las que sostenía el sombrero, estaban detrás de la espalda. Por el simple hecho de estar en posesión de un grueso abrigo, sintió su ventaja sobre este hombrecillo delgado. —Oh, Dios mío —dijo y, conmocionado, se llevó una mano a la cara como en defensa—, no, no, ¿en qué puedes estar pensando? —Parece usted bastante honrado —dijo K con una sonrisa—, pero venga de todos modos. K. indicó con su sombrero el camino que debía tomar el hombre y le dejó ir delante de él. —¿Cómo se llama, pues? —preguntó K en el camino. "Bloquear. Soy un hombre de negocios -dijo el hombrecillo, retorciéndose mientras se presentaba, aunque K no le permitió dejar de moverse. —¿Es éste tu verdadero nombre? —preguntó K. —Claro que lo es —fue la respuesta del hombre—, ¿por qué lo dudas? —Pensé que podrías tener alguna razón para mantener tu nombre en secreto —dijo K—. Se sentía tan libre como normalmente sólo se siente en el extranjero cuando se habla con personas de menor rango, guardándose todo sobre sí mismo, hablando sólo casualmente de los intereses del otro, capaz de elevarlo a un nivel superior al propio, pero también capaz, a voluntad, de dejarlo caer de nuevo. K. se detuvo en la puerta del despacho del abogado, la abrió y, dirigiéndose al hombre de negocios que se había adelantado obedientemente, le gritó: —¡No tan rápido! ¡Trae un poco de luz aquí! -pensó K. que Leni podría haberse escondido allí, dejó que el hombre de negocios buscara en todos los rincones, pero la habitación estaba vacía. Frente a la foto del juez, K agarró los tirantes del empresario para evitar que siguiera adelante. —¿Lo conoces? —preguntó, señalando hacia arriba con el dedo. El empresario levantó la vela, parpadeó mientras miraba hacia arriba y dijo: "Es un juez". —¿Un juez importante? —preguntó K., y se colocó a un lado y frente al hombre de negocios para que pudiera observar la impresión que le causaba el cuadro. El hombre de negocios miraba hacia arriba con admiración. "Es un juez importante". —Usted no tiene mucha perspicacia —dijo K—. Es el más bajo de los jueces de instrucción más bajos. —Ahora me acuerdo —dijo el hombre de negocios mientras bajaba la vela—, que eso es lo que ya me han dicho. —Claro que sí —exclamó K.—, me había olvidado de ello, por supuesto que ya se lo habrían dicho. —¿Pero por qué, por qué? —preguntó el hombre de negocios mientras avanzaba hacia la puerta, impulsado por las manos de K. Fuera, en el corredor, K dijo: —¿Sabe dónde está escondido Leni, verdad? —¿Escondida? —dijo el hombre de negocios—, no, pero podría estar en la cocina cocinando sopa para el abogado. —¿Por qué no lo dijiste inmediatamente? —preguntó K. —Iba a llevarte allí, pero me volviste a llamar —respondió el hombre de negocios, como confundido por las órdenes contradictorias. —Te crees muy listo, ¿no es así? —dijo K.—. ¡Ahora llévame allí! K. nunca había estado en la cocina, era sorprendentemente grande y estaba muy bien equipada. Solo la estufa era tres veces más grande que las estufas normales, pero no fue posible ver ningún detalle más allá de esto, ya que la cocina estaba iluminada en ese momento por solo una pequeña lámpara que colgaba de la entrada. Junto a la estufa estaba Leni, con un delantal blanco como siempre, rompiendo huevos en una olla sobre una lámpara de alcohol. —Buenas noches, Josef —dijo ella con una mirada de reojo—. -Buenas noches -dijo K., señalando con una mano una silla en un rincón en la que iba a sentarse el hombre de negocios, y en efecto se sentó en ella. K., sin embargo, se acercó mucho a espaldas de Leni, se inclinó sobre su hombro y preguntó: —¿Quién es este hombre? Leni rodeó a K con una mano mientras revolvía la sopa con la otra, lo atrajo hacia sí y dijo: —Es un personaje lamentable, un pobre hombre de negocios llamado Block. Solo míralo". Los dos miraron hacia atrás por encima del hombro. El hombre de negocios estaba sentado en la silla que K le había indicado, había apagado la vela cuya luz ya no era necesaria y había presionado la mecha con los dedos para detener el humo. —Estabas en camisón —dijo K., poniéndole la mano en la cabeza y volviéndola hacia la estufa—. Ella guardó silencio. —¿Es tu amante? —preguntó K. Estaba a punto de agarrar la olla de sopa, pero K le tomó las dos manos y le dijo: —¡Respóndeme! Ella dijo: "Ven a la oficina, te explicaré todo". —No —dijo K.—, quiero que me lo explique aquí. Lo rodeó con sus brazos y quiso besarlo. K., sin embargo, la apartó y le dijo: "No quiero que me beses ahora". —Josef — dijo Leni, mirando a K a los ojos con súplica pero con franqueza—, ahora no vas a sentir celos del señor Block, ¿verdad? Rudi —dijo entonces, volviéndose hacia el hombre de negocios—, ayúdame, me están sospechando de algo, ya lo ves, deja la vela en paz. Parecía que el señor Block no había estado prestando atención, pero lo había estado siguiendo de cerca. —Ni siquiera sé por qué podrías estar celoso —dijo ingenuamente—. —En realidad, yo tampoco —dijo K., mirando al hombre de negocios con una sonrisa—. Leni soltó una carcajada y, mientras K no prestaba atención, aprovechó para abrazarlo y susurrarle: — Déjalo en paz, ahora puedes ver qué clase de persona es. Lo he estado ayudando un poco porque es un cliente importante del abogado, y no por otra razón. ¿Y tú? ¿Quiere hablar con el abogado a esta hora del día? Hoy está muy mal, pero si quieres le diré que estás aquí. Pero seguro que puedes pasar la noche conmigo. Ha pasado tanto tiempo desde la última vez que estuviste aquí, incluso el abogado ha estado preguntando por ti. ¡No descuides tu caso! Y tengo algunas cosas que decirles que he aprendido. Pero ahora, antes que nada, ¡quítate el abrigo!" Lo ayudó a quitarse el abrigo, le quitó el sombrero de la cabeza, corrió con las cosas al pasillo para colgarlas, luego corrió y se encargó de la sopa. —¿Quieres que le diga que estás aquí de inmediato o que le lleve la sopa primero? —Dígale que estoy aquí primero —dijo K—. Estaba de mal humor, al principio había tenido la intención de hablar detalladamente de sus asuntos con Leni, especialmente de la cuestión de dar aviso al abogado, pero ahora ya no quería hacerlo debido a la presencia del empresario. Ahora consideraba que su asunto era demasiado importante como para permitir que este pequeño hombre de negocios participara en él y tal vez cambiara algunas de sus decisiones, por lo que llamó a Leni a pesar de que ella ya estaba en camino al abogado. "Tráele su sopa primero", dijo, "quiero que se ponga fuerte para la discusión conmigo, la necesitará". —Usted también es cliente del abogado, ¿no es así? —dijo el hombre de negocios en voz baja desde su rincón, como si tratara de averiguarlo—. Sin embargo, no fue bien recibido. -¿Qué asunto es éste tuyo? -preguntó K., y Leni dijo-: ¿Quiere usted callarse? —Entonces le llevaré primero la sopa, ¿de acuerdo? Y vertió la sopa en un plato. "La única preocupación entonces es que pueda irse a dormir poco después de haber comido". —Lo que tengo que decirle le quitará el sueño —dijo K., que todavía quería insinuar que tenía la intención de entablar algunas negociaciones importantes con el abogado, quería que Leni le preguntara de qué se trataba y sólo entonces pedirle consejo. Pero en lugar de eso, ella simplemente cumplió rápidamente la orden que él le había dado. Cuando se acercó a él con el plato, lo rozó deliberadamente y susurró: "Le diré que estás aquí tan pronto como haya comido la sopa para que pueda recuperarte lo antes posible". —Vete —dijo K.—, vete. —Sé un poco más amable —dijo ella y, sin dejar de sostener el plato, se dio la vuelta una vez más en el umbral de la puerta—.

K. la observaba mientras se alejaba; finalmente se había tomado la decisión de despedir al abogado, probablemente era mejor que no hubiera podido discutir más el asunto con Leni de antemano; Apenas comprendía la complejidad del asunto, sin duda le habría aconsejado que no lo hiciera y tal vez incluso le hubiera impedido despedir al abogado esta vez, habría permanecido en la duda y la inquietud y finalmente habría llevado a cabo su decisión después de un tiempo de todos modos, ya que esta decisión era algo que no podía evitar. Cuanto antes se llevara a cabo, más daño se evitaría. Y además, tal vez el empresario tenía algo que decir al respecto.

K. se dio la vuelta, el hombre de negocios apenas se dio cuenta cuando estaba a punto de levantarse. —Quédate donde estás —dijo K., y acercó una silla a su lado—. —¿Ha sido usted cliente del abogado durante mucho tiempo? —preguntó K. —Sí —dijo el hombre de negocios—, mucho tiempo. —¿Cuántos años lleva representándole hasta ahora? —preguntó K. —No sé qué quiere decir —dijo el hombre de negocios—, ha sido mi abogado de negocios, yo compro y vendo cereales, ha sido mi abogado de negocios desde que me hice cargo del negocio, y eso es unos veinte años, pero tal vez se refiera a mi propio juicio y me ha estado representando en él desde que comenzó. Y ya han pasado más de cinco años. Sí, más de cinco años —añadió luego, sacando un viejo maletín—, lo tengo todo anotado; Puedo decirte las fechas exactas si quieres. Es muy difícil recordarlo todo. Probablemente, mi juicio ha durado mucho más que eso, comenzó poco después de la muerte de mi esposa, y ya han pasado más de cinco años y medio. —De modo que el abogado se encarga de los asuntos jurídicos ordinarios, ¿verdad? —preguntó. Esta combinación de negocios criminales y comerciales pareció sorprendentemente tranquilizadora para K. —Oh, sí —dijo el hombre de negocios, y luego susurró—: Incluso dicen que es más eficiente en jurisprudencia que en otros asuntos. Pero luego pareció arrepentirse de haber dicho esto, y puso una mano en el hombro de K y dijo: —Por favor, no me traiciones con él, ¿quieres? K. le dio unas palmaditas en el muslo para tranquilizarlo y dijo: "No, yo no traiciono a la gente". —Puede ser tan vengativo, ya ves —dijo el hombre de negocios— . —Estoy seguro de que no hará nada contra un cliente tan fiel como usted —dijo K. —Oh, podría hacerlo —dijo el hombre de negocios—, cuando se enfada no importa quién sea, y de todos modos, yo no le soy realmente fiel. —¿Cómo es eso, entonces? —preguntó K. —No estoy seguro de que deba contártelo —dijo el hombre de negocios vacilante—. —Creo que todo irá bien —dijo K. —Bueno —dijo el hombre de negocios—, te contaré algo de ello, pero también tendrás que contarme un secreto, y entonces podremos apoyarnos mutuamente con el abogado. —Es usted muy cuidadoso —dijo K.—, pero le contaré un secreto que le tranquilizará por completo. Ahora dime, ¿de qué manera le has sido infiel al abogado?

"Yo he..." —dijo el hombre de negocios vacilante y en un tono como si estuviera confesando algo deshonroso—: He contratado a otros abogados además de él. —Eso no es tan grave —dijo K., un poco decepcionado—. —Está aquí —dijo el hombre de negocios, que había tenido algunas dificultades para respirar desde que hizo su confesión, pero que ahora, después de escuchar el comentario de K., comenzó a sentir más confianza por él. "Eso no está permitido. Y lo que menos está permitido es contratar a abogados de poca monta cuando ya se tiene uno adecuado. Y eso es justo lo que he hecho, además de él tengo cinco abogados de poca monta". — ¡Cinco! —exclamó K., asombrado por este número—. ¿Cinco abogados además de éste? El hombre de negocios asintió. "Incluso estoy negociando con un sexto". -¿Pero por qué necesita usted tantos abogados? -preguntó K. -Necesito a todos -dijo el hombre de negocios-. —¿Le importaría explicármelo? —preguntó K. —Con mucho gusto —dijo el hombre de negocios—. "Sobre todo, no quiero perder mi caso, bueno, eso es obvio. Así que eso significa que no debo descuidar nada que pueda serme útil; incluso si hay muy pocas esperanzas de que una cosa en particular sea de alguna utilidad, no puedo simplemente tirarla a la basura. Así que todo lo que tengo lo he puesto en práctica en mi caso. He sacado todo el dinero de mi negocio, por ejemplo, las oficinas de mi negocio solían ocupar casi un piso entero, pero ahora todo lo que necesito es una pequeña habitación en la parte de atrás donde trabajo con un aprendiz. No fue solo el uso del dinero lo que causó la dificultad, por supuesto, sino que tuvo mucho más que ver con que no trabajaba en el negocio tanto como solía hacerlo. Si quieres hacer algo con tu juicio, no tienes mucho tiempo para nada más". —¿De modo que usted también trabaja en el tribunal? —preguntó K. — De eso es precisamente de lo que quiero saber más. "No puedo decirte mucho sobre eso", dijo el hombre de negocios, "al principio también traté de hacer eso, pero pronto tuve que dejarlo de nuevo. Te desgasta demasiado y realmente no sirve de mucho. Y resultó ser completamente imposible trabajar allí y negociar, al menos para mí lo era. Es una tensión pesada allí solo sentado y esperando. Tú mismo sabes cómo es el aire en esas oficinas. —¿Cómo sabe usted que he estado allí, entonces? —preguntó K. —Yo mismo estaba en la sala de espera cuando usted pasó. -¡Qué casualidad! - exclamó K., totalmente absorto y olvidando lo ridículo que le había parecido antes el hombre de negocios. —¡Así que me viste! Estabas en la sala de espera cuando pasé. Sí, pasé por eso una vez". "No es una coincidencia tan grande", dijo el empresario, "estoy allí casi todos los días". —Supongo que ahora tendré que ir allí con bastante frecuencia —dijo K.—, aunque no puedo esperar que se me muestre el mismo respeto que entonces. Todos me defendieron. Debieron pensar que yo era un juez". — No —dijo el hombre de negocios—, estábamos saludando al criado de la corte. Sabíamos que usted era un acusado. Ese tipo de noticias se propagan muy rápidamente". —Así que ya lo sabías —dijo K.—, la forma en que me comporté debe haberte parecido muy arrogante. ¿Me criticaste por eso después? —No —dijo el empresario—, todo lo contrario. Eso fue una estupidez". —¿Qué quiere decir con «estupidez»? —preguntó K. —¿Por qué lo pregunta? —preguntó el hombre de negocios con cierta irritación. "Parece que todavía no conoces a la gente de allí y puede que te lo tomes a mal. No olvides que en procedimientos como este siempre hay muchas cosas diferentes de las que hablar, cosas que simplemente no puedes entender solo con la razón, simplemente te cansas y te distraes demasiado para la mayoría de las cosas y, por lo tanto, en cambio, la gente confía en la superstición. Hablo de los demás, pero yo mismo no soy mejor. Una de estas supersticiones, por ejemplo, es que se puede aprender mucho sobre el resultado del caso de un acusado mirando su cara, especialmente la forma de sus labios. Hay muchos que creen eso, y dijeron que podían ver por la forma de tus labios que definitivamente serías declarado culpable muy pronto. Repito que todo esto no es más que una superstición ridícula, y en la mayoría de los casos está completamente desmentida por los hechos, pero cuando vives en esa sociedad es difícil contenerse de creencias como esa. Imagínense cuánto efecto puede tener esa superstición. Hablaste con uno de ellos allí, ¿no es así? Apenas fue capaz de darte una respuesta. Hay muchas cosas allí que pueden confundirte, por supuesto, pero una de ellas, para él, era la apariencia de tus labios. Más tarde nos dijo a todos que creyó ver algo en tus labios que significaba que él mismo sería condenado. —¿En mis labios? —preguntó K., sacando un espejo de bolsillo y examinándose a sí mismo. "No puedo ver nada especial en mis labios. ¿Puedes?" —Ni yo —dijo el hombre de negocios—, nada en absoluto. —¡Esta gente es tan supersticiosa! —exclamó K. —¿No es eso lo que te acabo de decir? —preguntó el hombre de negocios. —¿Tenéis entonces tanto contacto entre vosotros, intercambiando las opiniones de los demás? —preguntó K. —Hasta ahora me he mantenido completamente apartado. "Normalmente no tienen mucho contacto entre sí", dijo el empresario, "eso sería imposible, son muchos. Y tampoco tienen mucho en común. Si un grupo de ellos alguna vez piensa que han encontrado algo en común, pronto resulta que estaban equivocados. No hay nada que puedan hacer como grupo en lo que respecta a la corte. Cada caso se examina por separado, el tribunal es muy meticuloso. Así que no hay nada que lograr formando un grupo, solo que a veces un individuo logrará algo en secreto; Y sólo cuando se ha hecho eso, los demás se enteran; Nadie sabe cómo se hizo. Así que no hay un sentido de unión, te encuentras con gente de vez en cuando en las salas de espera, pero no hablamos mucho allí. Las creencias supersticiosas se establecieron hace mucho tiempo y se extendieron por sí mismas". —Vi a esos caballeros en la sala de espera —dijo K.—, me pareció tan inútil que estuvieran esperando de esa manera. —Esperar no es inútil —dijo el hombre de negocios—, sólo tiene sentido si intentas interferir tú mismo. Te acabo de decir que tengo cinco abogados además de este. Podrías pensar —yo mismo lo pensé al principio— podrías pensar que ahora podría dejarles todo todo a ellos. Eso sería totalmente erróneo. Puedo dejárselo a ellos menos que cuando solo tenía uno. Tal vez no lo entiendas, ¿verdad? —No —dijo K., y para tranquilizar al hombre de negocios, que había estado hablando demasiado deprisa, puso su mano sobre la del hombre de negocios para tranquilizarlo—, pero me gustaría pedirle que hable un poco más despacio, son muchas cosas muy importantes para mí, y no puedo entender exactamente lo que está diciendo. —Tienes toda la razón al recordarme eso —dijo el hombre de negocios—, eres nuevo en todo esto, un junior. Tu prueba tiene seis meses, ¿no? Sí, he oído hablar de ello. ¡Qué nuevo caso! Pero ya he pensado todas estas cosas innumerables veces, para mí son las cosas más obvias del mundo". —Debe alegrarse de que su juicio haya progresado ya hasta ahora, ¿verdad? —preguntó K., que no quería preguntar directamente cómo estaban los asuntos del hombre de negocios, pero de todos modos no recibió una respuesta clara. "Sí, he estado trabajando en mi juicio durante cinco años", dijo el empresario mientras hundía la cabeza, "eso no es un logro menor". Luego se quedó en silencio durante un rato. K. escuchó para saber si Leni estaba de regreso. Por un lado, no quería que ella volviera demasiado pronto, ya que todavía tenía muchas preguntas que hacer y no quería que ella lo encontrara en esta conversación íntima con el hombre de negocios, pero, por otro lado, le irritaba que ella se quedara tanto tiempo con el abogado cuando K estaba allí. mucho más tiempo del que necesitó para darle la sopa. —Todavía lo recuerdo exactamente —volvió a decir el hombre de negocios, y K le prestó inmediatamente toda su atención—, cuando mi caso era tan antiguo como lo es ahora el suyo. Solo tenía un abogado en ese momento, pero no estaba muy satisfecho con él". Ahora lo descubriré todo, pensó K., asintiendo vigorosamente, como si así pudiera animar al hombre de negocios a decir todo lo que vale la pena saber. "Mi caso", continuó el empresario, "no avanzó en absoluto, hubo algunas audiencias que se llevaron a cabo y fui a cada una de ellas, reuní materiales, entregué todos mis libros de negocios al tribunal, lo que luego descubrí que era completamente innecesario, corrí de un lado a otro con el abogado, y él también presentó varios documentos al tribunal..." —¿Varios documentos? —preguntó K. —Sí, así es —dijo el hombre de negocios—. —Eso es muy importante para mí —dijo K.—, en mi caso todavía está trabajando en el primer conjunto de documentos. Todavía no ha hecho nada. Ahora me doy cuenta de que me ha estado descuidando de una manera bastante vergonzosa. "Puede haber muchas buenas razones por las que los primeros documentos aún no están listos", dijo el hombre de negocios, "y de todos modos, resultó más tarde que los que me presentó no valían nada. Incluso leí uno de ellos yo mismo, uno de los funcionarios del tribunal fue muy servicial. Era muy erudito, pero en realidad no decía nada. Sobre todo, había mucho latín, que no puedo entender, luego páginas y páginas de apelaciones generales a la corte, luego muchos halagos para funcionarios en particular, no fueron nombrados, estos funcionarios, pero cualquiera familiarizado con la corte debe haber podido adivinar quiénes eran, luego hubo autoelogios por parte del abogado donde se humilló a sí mismo ante la corte de una manera que era francamente perruna, y luego investigaciones interminables de casos del pasado que se suponía que eran similares al mío. Aunque, hasta donde pude seguirlos, estas investigaciones se habían llevado a cabo con mucho cuidado. Ahora, no quiero criticar el trabajo del abogado con todo esto, y el documento que leí fue solo uno de muchos, pero aun así, y esto es algo que diré, en ese momento no pude ver ningún progreso en mi juicio en absoluto". —¿Y qué clase de progreso esperaba usted? —preguntó K. —Es una pregunta muy sensata —dijo el hombre de negocios con una sonrisa— , es muy raro que usted vea algún progreso en estos procedimientos. Pero yo no lo sabía entonces. Soy un hombre de negocios, mucho más en esos días que ahora, quería ver algún progreso tangible, todo debería haber estado avanzando hacia alguna conclusión o al menos debería haber seguido adelante de alguna manera de acuerdo con las reglas. En lugar de eso, solo hubo más audiencias, y la mayoría de ellos pasaron por las mismas cosas de todos modos; Tenía todas las respuestas al pie de la letra, como en un servicio religioso; Había mensajeros de la corte que venían a mí al trabajo varias veces a la semana, o venían a mi casa o a cualquier otro lugar donde pudieran encontrarme; y eso era muy inquietante, por supuesto (pero al menos ahora las cosas están mejor en ese sentido, es mucho menos inquietante cuando te contactan por teléfono), e incluso comenzaron a extenderse rumores sobre mi juicio entre algunas de las personas con las que hago negocios, y especialmente mis parientes, por lo que me estaban haciendo sufrir de muchas maneras diferentes, pero todavía no había la menor señal de que incluso la primera audiencia tomaría lugar pronto. Así que fui al abogado y me quejé de ello. Me lo explicó todo extensamente, pero se negó a hacer nada de lo que le pedí, nadie tiene ninguna influencia en la forma en que se desarrolla el juicio, dijo, tratar de insistir en ello en cualquiera de los documentos presentados, como estaba pidiendo, era simplemente inaudito y nos haría daño tanto a él como a mí. Pensé: lo que este abogado no puede o no quiere hacer, otro abogado lo hará. Así que busqué a otros abogados. Y antes de que digas nada: ninguno de ellos pidió una fecha definida para el juicio principal y ninguno de ellos la obtuvo, y de todos modos, aparte de una excepción de la que hablaré en un minuto, realmente es imposible, eso es una cosa en que este abogado no me engañó; pero, además, no tenía motivos para arrepentirme de haber recurrido a otros abogados. Tal vez ya hayas escuchado cómo el Dr. Huld habla de los abogados de poca monta, probablemente los hizo sonar muy despreciables para ti, y tiene razón, son despreciables. Pero cuando habla de ellos y los compara consigo mismo y con sus colegas, hay un pequeño error en lo que dice, y, solo para su interés, se lo contaré. Cuando habla de los abogados con los que se relaciona, los distingue llamándolos los "grandes abogados". Eso está mal, cualquiera puede llamarse a sí mismo "grande" si quiere, por supuesto, pero en este caso solo el uso de la corte puede hacer esa distinción. Verá, el tribunal dice que además de los abogados menores también hay abogados menores y grandes abogados. Este y sus colegas no son más que abogados menores, y la diferencia de rango entre ellos y los grandes abogados, de los que sólo he oído hablar y nunca he visto, es incomparablemente mayor que entre los abogados menores y los despreciados abogados menores. —¿Los grandes abogados? —preguntó K. —¿Quiénes son, pues? ¿Cómo te pones en contacto con ellos? —¿Entonces nunca has oído hablar de ellos? —dijo el hombre de negocios. "Casi no hay nadie que haya sido acusado que no pase mucho tiempo soñando con los grandes abogados una vez que ha oído hablar de ellos. Lo mejor es que no te dejes engañar de esa manera. No sé quiénes son los grandes abogados, y probablemente no haya forma de contactarlos. No conozco ningún caso del que pueda hablar con certeza en el que hayan participado. Defienden a mucha gente, pero no puedes atraparlos por tus propios esfuerzos, solo defienden a aquellos a los que quieren defender. Y supongo que nunca se hacen cargo de casos que no hayan pasado ya por los tribunales inferiores. De todos modos, es mejor no pensar en ellos, ya que si lo haces hace que las discusiones con los otros abogados, todos sus consejos y todo lo que logran lograr, parezca tan desagradable e inútil, yo mismo tuve esa experiencia, solo quería tirar todo y acostarme en casa en la cama y no escuchar nada más al respecto. Pero eso, por supuesto, sería la cosa más estúpida que podrías hacer, y tampoco te quedarías en paz en la cama por mucho tiempo. —¿De modo que no pensaba usted en aquellos tiempos en los grandes abogados? —preguntó K. —No por mucho tiempo —dijo el hombre de negocios, y volvió a sonreír—, me temo que no puede olvidarse de ellos por completo, especialmente en la noche, cuando estos pensamientos vienen tan fácilmente. Pero yo quería resultados inmediatos en esos días, así que acudí a los abogados de poca monta".

—¡Míralos a ustedes dos acurrucados juntos! —gritó Leni mientras volvía con el plato y se paraba en la puerta. De hecho, estaban sentados muy juntos, si alguno de ellos volvía la cabeza aunque fuera un poco, habría chocado con la del otro, el hombre de negocios no solo era muy pequeño, sino que también estaba sentado encorvado, de modo que K también se vio obligado a agacharse si quería escucharlo todo. —¡Todavía no! —exclamó K., para apartar a Leni, con la mano todavía apoyada en la del hombre de negocios, retorciéndose de impaciencia—. —Quería que le hablara de mi juicio —le dijo el empresario a Leni—. —Sigue, pues, sigue —dijo ella—. Le habló al empresario con afecto pero, al mismo tiempo, con condescendencia. A K no le gustaba eso, había empezado a aprender que, después de todo, aquel hombre tenía algún valor, al menos tenía experiencia y estaba dispuesto a compartirla. Probablemente Leni se equivocó con él. La observó con irritación mientras Leni tomaba la vela de la mano del hombre de negocios —a la que había estado sosteniendo todo este tiempo—, le limpiaba la mano con el delantal y luego se arrodillaba a su lado para rascar un poco de cera que había goteado de la vela sobre sus pantalones. —Iba a hablarme de los abogados de poca monta —dijo K., apartando la mano de Leni sin hacer más comentarios—. —¿Qué te pasa hoy? —preguntó Leni, le dio unos golpecitos suaves y continuó con lo que había estado haciendo. —Sí, los abogados de poca monta —dijo el hombre de negocios, llevándose la mano a la frente como si pensara mucho—. K. quiso ayudarlo y le dijo: "Usted quería resultados inmediatos, así que acudió a los abogados de poca monta". —Sí, así es —dijo el empresario, pero no continuó con lo que venía diciendo—. «A lo mejor no quiere hablar de ello delante de Leni», pensó K., reprimiendo su impaciencia por oír el resto de inmediato, y dejó de intentar presionarle.

—¿Le has dicho que estoy aquí? —le preguntó a Leni. —Claro que sí —dijo ella—, te está esperando. Deja a Block en paz ahora, puedes hablar con Block más tarde, todavía estará aquí. -K todavía dudaba-. "¿Seguirás aquí?" le preguntó al empresario, queriendo escuchar la respuesta de él y no queriendo que Leni hablara del empresario como si él no estuviera allí, estaba lleno de resentimiento secreto hacia Leni hoy. Y una vez más fue solo Leni quien respondió. "A menudo duerme aquí". —¿Duerme aquí? —exclamó K., había creído que el hombre de negocios lo esperaría allí mientras él arreglaba rápidamente sus asuntos con el abogado, y luego se irían juntos para discutir todo a fondo y sin ser molestados. —Sí —dijo Leni—, no todo el mundo es como tú, Josef, y se le permite ver al abogado cuando quiera. Ni siquiera parezca sorprendido de que el abogado, a pesar de estar enfermo, todavía le reciba a las once de la noche. Das demasiado por sentado lo que tus amigos hacen por ti. Bueno, tus amigos, o al menos a mí me gusta, nos gusta hacer cosas por ti. No quiero ni necesito más agradecimientos que el hecho de que me tengas cariño. «¿Te quieres?», pensó K al principio, y sólo entonces se le ocurrió: «Bueno, sí, le tengo cariño». Sin embargo, lo que dijo, olvidando todo lo demás, fue: "Me recibe porque soy su cliente. Si necesitara la ayuda de alguien más, tendría que rogar y mostrar gratitud cada vez que hiciera algo". "Es realmente desagradable hoy, ¿no?" —preguntó Leni al empresario. «Ahora soy yo el que no está aquí», pensó K., y estuvo a punto de perder los estribos con el hombre de negocios cuando, con la misma rudeza de Leni, dijo: «El abogado también tiene otras razones para recibirlo. Su caso es mucho más interesante que el mío. Y también está solo en sus primeras etapas, probablemente no haya progresado mucho, por lo que al abogado todavía le gusta tratar con él. Todo eso cambiará más adelante". —Sí, sí —dijo Leni, mirando al empresario y riendo—. —¡No habla a medias! —dijo ella, volviéndose hacia K. —No puedes creer ni una palabra de lo que dice. Es tan hablador como dulce. Tal vez por eso el abogado no lo soporta. Al menos, solo lo ve cuando está de buen humor. Ya me he esforzado por cambiar eso, pero es imposible. Piénsalo, hay veces que le digo que Block está aquí y no lo recibe hasta tres días después. Y si Block no está en el lugar cuando lo llaman, entonces todo está perdido y todo tiene que comenzar de nuevo. Por eso dejé que Block durmiera aquí, no sería la primera vez que el Dr. Huld quiere verlo por la noche. Así que ahora Block está listo para eso. A veces, cuando sabe que Block sigue aquí, incluso cambia de opinión sobre dejarlo entrar a verlo. -K miró inquisitivamente al hombre de negocios-. Este último asintió con la cabeza y, aunque antes había hablado abiertamente con K., pareció sentirse confundido por la vergüenza cuando dijo: —Sí, más tarde te vuelves muy dependiente de tu abogado. —Solo está fingiendo que le importa —dijo Leni—. "Le gusta mucho dormir aquí, lo ha dicho a menudo". Se acercó a una puertecita y la abrió de un empujón. "¿Quieres ver su dormitorio?", preguntó. K. se acercó a la habitación baja y sin ventanas y miró desde la puerta. La habitación contenía una cama estrecha que la llenaba por completo, de modo que para entrar en la cama había que trepar por el poste de la cama. A la cabecera de la cama había un nicho en la pared donde, meticulosamente ordenados, había una vela, un frasco de tinta y una pluma con un fajo de papeles que probablemente tenían que ver con el juicio. —¿Duerme usted en el cuarto de la criada? —preguntó K., mientras volvía al hombre de negocios. —Leni me lo ha dejado —respondió el hombre de negocios—, tiene muchas ventajas. K. lo miró largamente; Su primera impresión del hombre de negocios tal vez no había sido correcta; Tenía experiencia, ya que su juicio ya había durado mucho tiempo, pero había pagado un alto precio por esta experiencia. De repente, K no pudo soportar más la vista del hombre de negocios. —¡Llévalo a la cama, entonces! —gritó a Leni, que pareció entenderlo—. Por su parte, quería ir al abogado y, al despedirlo, liberarse no solo del abogado, sino también de Leni y del empresario. Pero antes de llegar a la puerta, el hombre de negocios le habló con dulzura. —Disculpe, señor —dijo, y K miró a su alrededor con paso bizco—. —Has olvidado tu promesa —dijo el hombre de negocios, tendiendo la mano a K implorante desde donde estaba sentado—, ibas a contarme un secreto. —

Es verdad —dijo K., mientras miraba a Leni, que le observaba atentamente, para ver cómo estaba—. "Así que escucha; De todos modos, ahora no es un secreto. Voy a ver al abogado ahora para despedirlo". "¡Lo está despidiendo!", gritó el empresario, y saltó de su silla y corrió por la cocina con los brazos en alto. No paraba de gritar: "¡Va a despedir a su abogado!". Leni trató de abalanzarse sobre K., pero el empresario se interpuso en su camino y ella lo apartó con los puños. Luego, todavía con las manos cerradas en puños, corrió detrás de K., a quien, sin embargo, se le había dado un largo sobresalto. Ya estaba dentro de la habitación del abogado cuando Leni lo alcanzó. Había estado a punto de cerrar la puerta tras de sí, pero Leni la mantuvo abierta con el pie, le agarró del brazo e intentó tirar de él hacia atrás. Pero ejerció tal presión sobre su muñeca que, con un suspiro, se vio obligada a soltarlo. No se atrevió a entrar en la habitación de inmediato, y K cerró la puerta con la llave.

—Llevo mucho tiempo esperándote —dijo el abogado desde su cama—. Había estado leyendo algo a la luz de una vela, pero ahora lo dejó sobre la mesita de noche y se puso las gafas, mirando a K fijamente a través de ellas. En lugar de disculparse, K dijo: "Me iré de nuevo pronto". Como no se había disculpado, el abogado hizo caso omiso de lo que K. había dicho, y replicó: —La próxima vez no le dejaré entrar tan tarde. —Me parece muy aceptable —dijo K—. El abogado lo miró con curiosidad. —Siéntate —dijo—. —Como usted desee —dijo K., acercando una silla a la mesita de noche y sentándose—. —Me ha parecido que usted ha cerrado la puerta con llave —dijo el abogado—. —Sí —dijo K.—, ha sido por Leni. No tenía intención de dejar a nadie a la ligera. Pero el abogado le preguntó: "¿Estaba siendo importuna otra vez?" —¿Importuno? —preguntó K. —Sí —dijo el abogado, riendo mientras lo hacía, tuvo un ataque de tos y luego, una vez pasado, comenzó a reír de nuevo. —Estoy seguro de que te habrás dado cuenta de lo importuna que puede ser a veces —dijo, y le dio unas palmaditas en la mano a K., que éste había apoyado en la mesita de noche y que ahora le arrebataba—. —Entonces no le das mucha importancia —dijo el abogado cuando K se quedó callado—, tanto mejor. De lo contrario, podría haber tenido que disculparme con usted. Es una peculiaridad de

Leni. Hace mucho tiempo que la perdoné por ello, y no estaría hablando de ello ahora, si no hubieras cerrado la puerta hace un momento. De todos modos, tal vez debería al menos explicarte esta peculiaridad suya, pero pareces bastante perturbado, la forma en que me estás mirando, y por eso lo haré, esta peculiaridad suya consiste en esto: Leni encuentra atractiva a la mayoría de los acusados. Se apega a cada uno de ellos, ama a cada uno de ellos, incluso parece ser amada por cada uno de ellos; luego a veces me entretiene contándome de ellos cuando se lo permito. No estoy tan asombrado por todo esto como usted parece. Si los miras de la manera correcta, el acusado realmente puede ser atractivo, con bastante frecuencia. Pero se trata de un fenómeno notable y, hasta cierto punto, científico. Ser acusado no causa ningún cambio claro y definible con precisión en la apariencia de una persona, por supuesto. Pero no es como ocurre con otros asuntos legales, la mayoría de ellos permanecen en su forma de vida habitual y, si tienen un buen abogado que los cuide, el juicio no se interpone en su camino. Sin embargo, hay quienes tienen experiencia en estos asuntos y pueden mirar a una multitud, por grande que sea, y decirte cuál de ellos se enfrenta a una acusación. ¿Cómo pueden hacer eso?, te preguntarás. Mi respuesta no te agradará. Es simplemente que aquellos que se enfrentan a un cargo son los más atractivos. No puede ser su culpa lo que los hace atractivos, ya que no todos son culpables —al menos eso es lo que yo, como abogado, tengo que decir— y tampoco puede ser el castigo adecuado lo que los ha hecho atractivos, ya que no todos son castigados, por lo que solo puede ser que los procedimientos que se les imputan se apoderen de ellos. Cualquiera que sea la razón, algunas de estas personas atractivas son realmente muy atractivas. Pero todos ellos son atractivos, incluso Block, lamentable gusano que es. Cuando el abogado terminó de decir lo que estaba diciendo, K estaba completamente en control de sí mismo, incluso había asentido visiblemente en sus últimas palabras para confirmarse a sí mismo la opinión que ya se había formado: que el abogado estaba tratando de confundirlo, como siempre lo hacía, haciendo observaciones generales e irrelevantes, y así distraerlo de la cuestión principal de lo que realmente estaba haciendo para el juicio de K. El abogado debió de darse cuenta de que K le ofrecía más resistencia que antes, ya que se quedó callado, dándole a K la oportunidad de hablar él mismo, y luego, como K también permanecía en silencio, preguntó: —¿Tenía usted alguna razón concreta para venir a verme hoy? —Sí —dijo K., levantando la mano para protegerse ligeramente los ojos de la luz de la vela, a fin de poder ver mejor al abogado—, quería decirle que le retiro mi representación con efecto inmediato. —¿Le he entendido bien? —preguntó el abogado mientras se incorporaba a medias en la cama y se apoyaba con una mano en la almohada. —Creo que sí —dijo K., sentándose rígidamente erguido como si esperara en una emboscada—. —Bueno, sin duda podemos hablar de este plan suyo —dijo el abogado después de una pausa—. —Ya no es un plan —dijo K. —Puede ser —dijo el abogado—, pero no debemos apresurar nada. Usó la palabra «nosotros», como si no tuviera intención de dejar libre a K. y como si, aunque ya no pudiera representarlo, al menos pudiera continuar como su consejero. —No se está apurando nada —dijo K., levantándose lentamente y poniéndose detrás de la silla—, todo ha sido bien pensado y probablemente incluso durante demasiado tiempo. La decisión es inapelable". —Entonces permítame decir unas palabras —dijo el abogado, echando la colcha a un lado y sentándose en el borde de la cama—. Sus piernas desnudas y de pelo blanco temblaban de frío. Le pidió a K que le pasara una manta del sofá. K. le pasó la manta y le dijo: "Corre usted el riesgo de resfriarse sin motivo". "Las circunstancias son lo suficientemente importantes", dijo el abogado mientras envolvía la funda de la cama alrededor de la mitad superior de su cuerpo y luego la manta alrededor de sus piernas. "Tu tío es mi amigo y con el paso del tiempo yo también me he encariñado contigo. Lo admito abiertamente. No hay nada en eso de lo que pueda avergonzarme". A K le resultaba muy desagradable oír al anciano hablar de esa manera tan conmovedora, ya que le obligaba a explicarse más ampliamente, lo que hubiera preferido evitar, y era consciente de que también le confundía, aunque nunca pudiera hacerle revocar su decisión. "Gracias por sentirse tan amable conmigo", dijo, "y también me doy cuenta de lo profundamente involucrado que ha estado en mi caso, lo más profundamente posible para usted y para traerme la mayor ventaja posible. Sin embargo, recientemente he llegado a la convicción de que no es suficiente. Naturalmente, nunca intentaría, teniendo en cuenta que usted es mucho mayor y tiene más experiencia que yo, convencerle de mi opinión; si alguna vez lo he hecho sin querer, le ruego que me perdone, pero, como usted mismo acaba de decir, las circunstancias son lo suficientemente importantes y creo que mi juicio debe abordarse con mucho más vigor del que ha sido el caso hasta ahora". —Ya veo —dijo el abogado—, que te has impacientado. —No soy impaciente —dijo K. con cierta irritación, y dejó de prestar tanta atención a su elección de palabras—. Cuando llegué aquí por primera vez con mi tío, probablemente te habrás dado cuenta de que no estaba muy preocupado por mi caso, y si no me lo recordaban a la fuerza, por así decirlo, lo olvidaría por completo. Pero mi tío insistió en que debía permitirte que me representaras, y lo hice como un favor para él. Podría haber esperado que el caso fuera menos pesado de lo que había sido, ya que el objetivo de contratar a un abogado es que él debería asumir parte de su peso. Pero lo que realmente sucedió fue todo lo contrario. Antes, el juicio nunca fue tan preocupante para mí como lo ha sido desde que me representaste. Cuando estaba sola nunca hacía nada con mi caso, apenas me daba cuenta de ello, pero luego, una vez que había alguien que me representaba, todo estaba listo para que algo sucediera, siempre, sin cesar, estaba esperando que hicieras algo, poniéndome cada vez más tenso, pero no hacías nada. Recibí de usted cierta información sobre el tribunal que probablemente no podría haber obtenido en ningún otro lugar, pero eso no puede ser suficiente cuando el juicio, supuestamente en secreto, está cada vez más cerca de mí. -K había apartado la silla y se había mantenido erguido, con las manos en los bolsillos de su levita-. —Después de cierto punto del proceso —dijo el abogado en voz baja y tranquila—, nunca sucede nada nuevo de importancia. Tantos litigantes, en la misma etapa de sus juicios, se han presentado ante mí al igual que ustedes ahora y han hablado de la misma manera". —Entonces estos otros litigantes —dijo K.— han tenido razón, igual que yo. Eso no significa que no lo sea". —No pretendía demostrar que se equivocara —dijo el abogado—, pero quería añadir que esperaba de usted un mejor juicio que de los demás, sobre todo porque le he dado más información sobre el funcionamiento del tribunal y mis propias actividades de lo que normalmente hago. Y ahora me veo obligado a aceptar que, a pesar de todo, tienes muy poca confianza en mí. No me lo pones fácil". ¡Cómo se humillaba el abogado ante K.! No mostraba ningún respeto por la dignidad de su posición, que en este punto debe haber sido la más delicada. ¿Y por qué lo hizo? Parecía estar muy ocupado como abogado y como hombre rico, ni la pérdida de ingresos ni la pérdida de un cliente podían haber sido de mucha importancia para él en sí mismas. Además, no se encontraba bien y debería haber pensado en pasar el trabajo a otros. Y a pesar de todo eso, se aferró fuertemente a K. ¿Por qué? ¿Se trataba de algo personal por el bien de su tío, o realmente consideraba que el caso de K. era excepcional y esperaba poder distinguirse con él, ya fuera por el bien de K. o, y nunca se podía excluir esta posibilidad, por el de sus amigos de la corte? No era posible aprender nada mirándole, a pesar de que K lo examinaba con bastante descaro. Casi podría suponerse que estaba ocultando deliberadamente sus pensamientos mientras esperaba ver qué efecto tendrían sus palabras. Pero juzgó claramente que el silencio de K era favorable para él y continuó: —Habrá notado el tamaño de mi oficina, pero que no empleo a ningún personal para que me ayude. Eso solía ser muy diferente, hubo un tiempo en que varios abogados jóvenes trabajaban para mí, pero ahora trabajo solo. Esto tiene que ver en parte con los cambios en mi forma de hacer negocios, en el sentido de que hoy en día me concentro cada vez más en asuntos como su propio caso, y en parte con la comprensión cada vez más profunda que adquiero de estos asuntos legales. Me di cuenta de que nunca podía permitir que nadie más se ocupara de este tipo de trabajo a menos que quisiera dañar tanto al cliente como al trabajo que había asumido. Pero la decisión de hacer todo el trabajo yo mismo tuvo su resultado obvio: me vi obligado a rechazar a casi todos los que me pedían que los representara y solo podía aceptar a aquellos que me interesaban especialmente... bueno, hay suficientes criaturas que saltan a cada migaja que arrojo, y no están tan lejos. Lo más importante es que me enfermé por el exceso de trabajo. Pero a pesar de eso, no me arrepiento de mi decisión, posiblemente debería haber rechazado más casos de los que hice, pero resultó ser completamente necesario para que me dedicara por completo a los casos que asumí, y los resultados exitosos demostraron que valió la pena. Una vez leí una descripción de la diferencia entre representar a alguien en asuntos legales ordinarios y en asuntos legales de este tipo, y el escritor lo expresó muy bien. Esto es lo que dijo: algunos abogados conducen a sus clientes en un hilo hasta que se dicta sentencia, pero hay otros que inmediatamente levantan a sus clientes sobre sus hombros y los llevan hasta el juicio y más allá. Así son las cosas. Pero era muy cierto cuando dije que nunca me arrepiento de todo este trabajo. Pero si, como en tu caso, son tan malinterpretados, bueno, entonces estoy muy cerca de arrepentirme. Todas estas conversaciones contribuyeron más a impacientar a K que a persuadirle. Por la forma en que el abogado hablaba, K creyó oír lo que podía esperar si cedía, los retrasos y las excusas comenzarían de nuevo, los informes sobre cómo avanzaban los documentos, cómo había mejorado el estado de ánimo de los funcionarios del tribunal, así como todas las enormes dificultades, en resumen, todo lo que había oído tantas veces antes se volvería a poner de manifiesto aún más plenamente. intentaba engañar a K. con esperanzas que nunca se especificaban y hacerle sufrir con amenazas que nunca estaban claras. Tenía que poner fin a eso, así que dijo: "¿Qué harás en mi nombre si sigues representándome?" El abogado aceptó en silencio incluso esta pregunta insultante y respondió: "Debería continuar con lo que ya he estado haciendo por usted". —Eso es exactamente lo que pensaba —dijo K.—, y ahora no hace falta que digas una palabra más. —Haré un intento más —dijo el abogado, como si lo que había estado molestando tanto a K también le afectara a él—. "Verá, tengo la impresión de que no sólo ha juzgado mal la asistencia legal que le he dado, sino también que ese error de juicio lo ha llevado a comportarse de esta manera, parece, aunque es el acusado, haber sido tratado demasiado bien o, para decirlo de una mejor manera, tratado con negligencia, con aparente negligencia. Incluso eso tiene su razón; A menudo es mejor estar encadenado que ser libre. Pero me gustaría mostrarle cómo se trata a otros acusados, tal vez logre aprender algo de ello. Lo que haré es llamar a Block, abrir la puerta y sentarme aquí junto a la mesita de noche. -Con gusto -dijo K., e hizo lo que el abogado le sugirió-; Siempre estaba dispuesto a aprender algo nuevo. Pero para asegurarse de que estaba en cualquier caso, añadió: —Pero usted se da cuenta de que ya no va a ser mi abogado, ¿no es así? —Sí —dijo el abogado—. "Pero todavía puedes cambiar de opinión hoy si quieres". Se recostó en la cama, se subió la colcha hasta la barbilla y se volvió hacia la pared. Entonces llamó.

Leni apareció casi en el mismo momento en que lo había hecho. Miró apresuradamente a K y al abogado para tratar de averiguar qué había sucedido; pareció tranquilizarse al ver a K sentado tranquilamente en la cama del abogado. Ella sonrió y asintió con la cabeza a K., K. la miró sin comprender. —A buscar a Block —dijo el abogado—. Pero en lugar de ir a buscarlo, Leni simplemente fue a la puerta y gritó: "¡Bloquea! ¡Al abogado!". Entonces, probablemente porque el abogado había vuelto la cara hacia la pared y no prestaba atención, se deslizó detrás de la silla de K. A partir de entonces, ella lo molestaba inclinándose hacia adelante sobre el respaldo de la silla o, aunque con mucha ternura y cuidado, le pasaba las manos por el cabello y las mejillas. Al final, K trató de detenerla cogiéndola de una mano y, tras resistir un poco, Leni le permitió que la siguiera agarrando. Block llegó tan pronto como lo llamaron, pero permaneció de pie en la puerta y parecía estar preguntándose si debía entrar o no. Enarcó las cejas y bajó la cabeza como si escuchara para saber si se repetiría la orden de atender al abogado. K. podría haberle animado a entrar, pero había decidido hacer una última pausa no sólo con el abogado, sino con todo lo que había en su casa, por lo que se mantuvo inmóvil. Leni también guardó silencio. Block se dio cuenta de que al menos nadie lo perseguía y, de puntillas, entró en la habitación, su rostro estaba tenso, sus manos estaban apretadas detrás de su espalda. Dejó la puerta abierta por si necesitaba volver de nuevo. K ni siquiera le echó una mirada, sino que se limitó a mirar la gruesa colcha bajo la cual no se veía al abogado, pues se había apretado muy cerca de la pared. Entonces se escuchó su voz: "¿Bloquea aquí?", preguntó. Block ya se había deslizado un poco en la habitación, pero esta pregunta pareció darle primero un empujón en el pecho y luego otro en la espalda, parecía a punto de caer, pero permaneció de pie, profundamente inclinado, y dijo: "A su servicio, señor". "¿Qué quieres?", preguntó el abogado, "has venido en un mal momento". —¿No me habían convocado? —preguntó Block, más para sí mismo que para el abogado. Sostenía sus manos frente a sí mismo como protección y habría estado listo para huir en cualquier momento. —Te han convocado —dijo el abogado—, pero aun así has venido en un mal momento. Luego, después de una pausa, agregó: "Siempre llegas en un mal momento". Cuando el abogado empezó a hablar, Block había dejado de mirar a la cama, sino que se había quedado mirando hacia una de las esquinas, simplemente escuchando, como si la luz del altavoz fuera más brillante de lo que Block podía soportar. Pero también le resultaba difícil escuchar, ya que el abogado hablaba a la pared y hablaba rápida y tranquilamente. —¿Quiere que me vaya de nuevo, señor? —preguntó Block. —Bueno, ya está usted aquí —dijo el abogado—. "¡Quédate!" Era como si el abogado no hubiera hecho lo que Block había querido, sino que lo hubiera amenazado con un palo, ya que ahora Block realmente comenzó a temblar. —Ayer fui a ver —dijo el abogado— al tercer juez, un amigo mío, y poco a poco fui a centrar la conversación en el tema de usted. ¿Quieres saber lo que dijo? —Oh, sí, por favor —dijo Block—. El abogado no respondió de inmediato, por lo que Block repitió su solicitud y bajó la cabeza como si estuviera a punto de arrodillarse. Pero entonces K le habló: "¿Qué crees que estás haciendo?", gritó. Leni había querido evitar que gritara, así que él le cogió la otra mano. No era el amor lo que le hacía apretarlo y aferrarse a él con tanta fuerza, ella suspiraba con frecuencia y trataba de separar sus manos de él. Pero Block fue castigado por el arrebato de K., ya que el abogado le preguntó: "¿Quién es su abogado?" —Lo es, señor —dijo Block—. "¿Y quién además de mí?", preguntó el abogado. —Nadie más que usted, señor —dijo Block—. —Y que no haya nadie más que yo —dijo el abogado—. Block comprendió perfectamente lo que eso significaba, miró a K con el ceño fruncido, sacudiendo la cabeza violentamente. Si estas acciones se hubieran traducido en palabras, habrían sido insultos groseros. ¡K. había sido amable y estaba dispuesto a discutir su propio caso con alguien así! —No le molestaré más —dijo K., reclinándose en su silla—. "Puedes arrodillarte o arrastrarte a cuatro patas, lo que quieras. No me molestaré más contigo". Pero Block todavía tenía cierto sentimiento de orgullo, al menos en lo que se refería a K., y se acercó a él agitando los puños, gritando tan fuerte como se atrevió mientras el abogado estaba allí. "No deberías hablarme así, eso no está permitido. ¿Por qué me insultas? Especialmente aquí frente al abogado, donde los dos, tú y yo, solo somos tolerados por su caridad. No eres mejor persona que yo, también te han acusado de algo, también te enfrentas a una acusación. Si, a pesar de eso, sigues siendo un caballero, entonces yo soy tan caballero como tú, si no más. Y quiero que me hablen como a un caballero, especialmente por ti. Si crees que el hecho de que te permitan sentarte allí y escuchar en silencio mientras me arrastro a cuatro patas, como tú dices, te convierte en algo mejor que yo, entonces hay un viejo dicho legal que debes tener en cuenta: si estás bajo sospecha es mejor estar en movimiento que quieto, ya que si estás quieto puedes estar en la sartén de la balanza sin saberlo y ser pesado junto con tus pecados. nada. Se limitó a mirar con asombro a este ser distraído, con los ojos completamente quietos. ¡Había pasado por tales cambios en las últimas horas! ¿Era la prueba la que lo lanzaba de un lado a otro de esta manera y le impedía saber quién era amigo y quién era enemigo? ¿No se daba cuenta de que el abogado lo humillaba deliberadamente y que no tenía otro propósito que el de mostrar su poder a K., y tal vez incluso subyugar a K.? Pero si Block era incapaz de ver eso, o si temía tanto al abogado que ni siquiera le serviría de nada, ¿cómo fue que fue tan astuto o tan audaz como para mentirle al abogado y ocultarle el hecho de que tenía otros abogados trabajando en su nombre? ¿Y cómo se atrevía a atacar a K., que podía traicionar su secreto cuando quisiera? Pero se atrevió aún más que eso, se acercó a la cama del abogado y allí comenzó a hacer quejas sobre K. —Dr. Huld, señor —dijo—, ¿oyó usted la forma en que este hombre me habló? Se puede contar la duración de su juicio en horas, y él quiere decirme qué hacer cuando he estado involucrado en un caso legal durante cinco años. Incluso me insulta. Él no sabe nada, pero me insulta, cuando yo, en la medida en que mi débil capacidad me lo permite, cuando he hecho un estudio minucioso de cómo comportarme con el tribunal, lo que debemos hacer y cuáles son las prácticas del tribunal". —No dejes que nadie te moleste —dijo el abogado—, y haz lo que te parezca correcto. —Lo haré —dijo Block, como si hablara consigo mismo para darse valor, y con una rápida mirada a un lado se arrodilló junto a la cama—. —Ahora estoy arrodillado, doctor Huld, señor —dijo—. Pero el abogado guardó silencio. Con una mano, Block acarició cuidadosamente la colcha de la cama. En el silencio en que lo hacía, Leni, al liberarse de las manos de K., dijo: —Me estás haciendo daño. Suéltame. Voy a ir a Block. Se acercó a él y se sentó en el borde de la cama. Block se sintió muy complacido con esto y, con gestos animados, pero silenciosos, la instó inmediatamente a que intercediera por él ante el abogado. Estaba claro que necesitaba desesperadamente que el abogado le dijera algo, aunque tal vez sólo para poder hacer uso de la información con sus otros abogados. Probablemente Leni sabía muy bien cómo hacer que el abogado volviera en sí, le señaló la mano y frunció los labios como si estuviera dando un beso. Block realizó inmediatamente el beso de mano y, a instancias de Leni, lo repitió dos veces más. Pero el abogado siguió guardando silencio. Entonces Leni se inclinó sobre el abogado, mientras se estiraba, se podía ver la atractiva forma de su cuerpo, y, inclinada cerca de su rostro, acarició su largo cabello blanco. Eso lo obligó a dar una respuesta. —Soy bastante cauteloso a la hora de decírselo —dijo el abogado, y se pudo ver que su cabeza temblaba ligeramente, tal vez para sentir mejor la presión de la mano de Leni. Block escuchó atentamente con la cabeza gacha, como si al escuchar estuviera rompiendo una orden. —¿Por qué desconfías tanto de ello? —preguntó Leni. K. tenía la sensación de estar escuchando un diálogo artificioso que se había repetido muchas veces, que se repetiría muchas veces más, y que sólo para Block nunca perdería su frescura. "¿Cómo ha sido su comportamiento hoy?", preguntó el abogado en lugar de responder. Antes de que Leni dijera nada, miró a Block y lo observó un rato mientras él levantaba las manos hacia ella y las frotaba implorantes. Finalmente asintió seriamente, se volvió hacia el abogado y dijo: "Ha sido tranquilo y trabajador". Se trataba de un anciano hombre de negocios, un hombre cuya barba era larga, y le rogaba a una joven que hablara en su nombre. Incluso si había algún plan detrás de lo que hizo, no había nada que pudiera restablecerlo a los ojos de su prójimo. K. no podía entender cómo el abogado podía haber pensado que esta actuación lo convencería. Incluso si no hubiera hecho nada antes para que quisiera irse, esta escena lo habría hecho. Era casi humillante incluso para el espectador. Éstos eran, pues, los métodos del abogado, a los que K. afortunadamente no había estado expuesto durante mucho tiempo, para hacer que el cliente se olvidara del mundo entero y dejarle nada más que la esperanza de llegar al final de su juicio por este medio ilusorio. Ya no era un cliente, era el perro del abogado. Si el abogado le hubiera ordenado que se metiera debajo de la cama como si fuera una perrera y que ladrara por debajo de ella, lo habría hecho con entusiasmo. K. escuchó todo esto, lo probó y lo meditó como si se le hubiera encomendado la tarea de observar de cerca todo lo que se habla aquí, informar a un funcionario superior sobre ello y escribir un informe. "¿Y qué ha estado haciendo todo el día?", preguntó el abogado. —Lo tuve todo el día encerrado en el cuarto de servicio —dijo Leni—, para que no me impidiera hacer mi trabajo. Ahí es donde suele quedarse. De vez en cuando miraba a través de la mirilla para ver qué hacía, y cada vez se arrodillaba en la cama y leía los papeles que le dabas, apoyado en el alféizar de la ventana. Eso me causó una buena impresión; ya que la ventana solo se abre a un conducto de aire y apenas da luz. Demostró lo obediente que es que incluso estaba leyendo en esas condiciones". "Me alegro de escucharlo", dijo el abogado. —¿Pero entendía lo que estaba leyendo? Mientras se desarrollaba esta conversación, Block movía continuamente los labios y formulaba claramente las respuestas que esperaba que Leni diera. —Bueno, no puedo darte una respuesta segura a eso, por supuesto —dijo Leni—, pero pude ver que estaba leyendo a fondo. Se pasaba todo el día leyendo la misma página, pasando el dedo por las líneas. Cada vez que lo miraba, suspiraba como si esta lectura fuera mucho trabajo para él. Supongo que los papeles que le diste eran muy difíciles de entender. —Sí —dijo el abogado—, ciertamente lo son. Y realmente no creo que entendiera nada de ellos. Pero al menos deberían darle una idea de lo dura que es la lucha y de cuánto trabajo me cuesta defenderlo. ¿Y para quién estoy haciendo todo este arduo trabajo? Lo estoy haciendo, es ridículo incluso decirlo, lo estoy haciendo por Block. Él también debería darse cuenta de lo que eso significa. ¿Estudió sin pausa? —Casi sin pausa —respondió Leni—. "Justo una vez me pidió un vaso de agua, así que le di un vaso a través de la ventana. Luego, a las ocho, lo dejé salir y le di algo de comer". Block miró de reojo a K., como si lo estuvieran elogiando y tuviera que impresionar a K. también. Ahora parecía más optimista, se movía con más libertad y se balanceaba de un lado a otro sobre las rodillas. Esto hizo que su asombro fuera aún más evidente cuando escuchó las siguientes palabras del abogado: "Usted habla bien de él", dijo el abogado, "pero eso es precisamente lo que me lo pone difícil. Verá, el juez no habló nada bien de él, ni de Block ni de su caso. —¿No hablaba bien de él? —preguntó Leni. —¿Cómo es posible? Block la miró con tal tensión que pareció pensar que, a pesar de que las palabras del juez habían sido pronunciadas tanto tiempo antes, ella sería capaz de cambiarlas a su favor. —De ninguna manera —dijo el abogado—. "De hecho, se enfadó bastante cuando empecé a hablarle de Block. ' No me hables de Block', dijo. —Es mi cliente —dije—. Vas a dejar que te maltrate —dijo—. —No creo que su caso esté perdido todavía —dije—. —Vas a dejar que te maltrate —repitió—. —No lo creo —dije yo—. Block se esfuerza mucho en su caso y siempre sabe dónde está parado. Prácticamente vive conmigo para que siempre sepa lo que está pasando. No siempre se encuentra un entusiasmo como ese. No es muy agradable personalmente, lo reconozco, sus modales son terribles y es sucio, pero en lo que respecta al juicio es bastante inmaculado. Dije inmaculado, pero estaba exagerando deliberadamente. Luego dijo: 'Block es astuto, eso es todo. Ha acumulado mucha experiencia y sabe cómo retrasar los procedimientos. Pero hay más cosas que él no sabe de lo que sí sabe. ¿Qué crees que diría si se enterara de que su juicio aún no ha comenzado, si le dijeras que ni siquiera han tocado el timbre para anunciar el inicio del proceso? Está bien, Block, está bien -dijo el abogado, al oír estas palabras, Block había empezado a incorporarse sobre sus rodillas temblorosas y claramente quería suplicar alguna explicación. Era la primera vez que el abogado le decía palabras claras directamente a Block. Miró hacia abajo con sus ojos cansados, mitad en blanco y mitad en blanco a Block, que lentamente se hundió de rodillas bajo esta mirada. "Lo que dijo el juez no tiene sentido para usted", dijo el abogado. "No tienes por qué asustarte con cada palabra. Si lo vuelves a hacer no te diré nada más. Es imposible empezar una frase sin que me mires como si estuvieras recibiendo tu juicio final. ¡Deberías avergonzarte de ti mismo aquí frente a mi cliente! Y estás destruyendo la confianza que tiene por mí. ¿Qué es lo que quieres? Sigues vivo, sigues bajo mi protección. ¡No tiene sentido preocuparse! En alguna parte has leído que el juicio final a menudo puede llegar sin previo aviso, de cualquier persona en cualquier momento. Y, en las circunstancias adecuadas, eso es básicamente cierto, pero también es cierto que no me gusta tu ansiedad y miedo y veo que no tienes la confianza en mí que deberías tener. Ahora, ¿qué acabo de decir? Repetí algo que dijo uno de los jueces. Sabes que hay tantas opiniones diferentes sobre el procedimiento que se forman en una gran pila y nadie puede entenderlas. Este juez, por ejemplo, considera que los procedimientos comienzan en un punto diferente al que yo lo hago. Una diferencia de opinión, nada más. En cierta etapa del procedimiento, la tradición dice que se da una señal tocando una campana. Este juez considera que ese es el punto en el que comienzan los procedimientos. No puedo exponer aquí todas las opiniones que se oponen a ese punto de vista, y de todos modos no lo entenderían, baste decir que hay muchas razones para estar en desacuerdo con él". Avergonzado, Block pasó los dedos por la pila de la alfombra, su ansiedad por lo que había dicho el juez le había hecho olvidar por un momento su condición de inferioridad hacia el abogado, solo pensó en sí mismo y le dio la vuelta a las palabras del juez para examinarlas desde todos los ángulos. —Bloqueo —dijo Leni, como si lo reprendiera y, agarrando el cuello de su abrigo, lo levantó un poco más. "Deje la alfombra en paz y escuche lo que dice el abogado".

Este capítulo quedó inconcluso.

Capítulo Nueve

En la Catedral

Un importante contacto comercial italiano del banco había venido a visitar la ciudad por primera vez y a K. se le encomendó la tarea de mostrarle algunos de sus lugares de interés cultural. En cualquier otro momento habría visto este trabajo como un honor, pero ahora, cuando le resultaba difícil incluso mantener su puesto actual en el banco, lo aceptaba solo con reticencia. Cada hora que no podía estar en la oficina era motivo de preocupación para él, ya no podía hacer uso de su tiempo en la oficina tan bien como lo había hecho antes, pasaba muchas horas simplemente fingiendo hacer un trabajo importante, pero eso solo aumentaba su ansiedad por no estar en la oficina. A veces le parecía ver al subdirector, que siempre estaba vigilando, entrar en el despacho de K., sentarse en su escritorio, hojear sus papeles, recibir a los clientes que casi se habían convertido en viejos amigos de K. y atraerlos lejos de él, tal vez incluso descubriera errores, errores que parecían amenazar a K. desde mil direcciones cuando ahora estaba en el trabajo. y que ya no podía evitar. De modo que ahora, si alguna vez se le pedía que saliera de la oficina por asuntos de negocios o incluso necesitaba hacer un breve viaje de negocios, por mucho que pareciera un honor —y las tareas de este tipo habían aumentado sustancialmente en los últimos tiempos—, siempre existía la sospecha de que querían sacarlo de su oficina por un tiempo y revisar su trabajo. O al menos la idea de que pensaban que era prescindible. No le habría sido difícil rechazar la mayoría de estos trabajos, pero no se atrevió a hacerlo porque, si sus temores tenían el más mínimo fundamento, rechazar los trabajos habría sido un reconocimiento de ellos. Por esta razón, nunca se negó a aceptarlos, e incluso cuando se le pidió que hiciera un agotador viaje de negocios de dos días, no dijo nada sobre tener que salir en el lluvioso clima otoñal cuando tenía un fuerte resfriado, solo para evitar el riesgo de que no se le pidiera que fuera. Cuando, con un fuerte dolor de cabeza, regresó de este viaje, se enteró de que había sido elegido para acompañar al contacto de negocios italiano al día siguiente. La tentación de rechazar por una vez el trabajo era muy grande, sobre todo porque no tenía ninguna relación directa con los negocios, pero no se podía negar que las obligaciones sociales para con este contacto comercial eran en sí mismas suficientemente importantes, sólo que no para K., que sabía muy bien que necesitaba algunos éxitos en el trabajo si quería mantener su puesto allí y que, si fracasaba en eso, no le ayudaría, incluso si este italiano de alguna manera lo encontraba bastante encantador; No quería ser expulsado de su lugar de trabajo ni por un día, ya que el miedo de que no lo permitieran volver a entrar era demasiado grande, sabía muy bien que el miedo era exagerado, pero aún así lo ponía ansioso. Sin embargo, en este caso era casi imposible pensar en una excusa aceptable, su conocimiento del italiano no era grande pero sí lo suficientemente bueno; el factor decisivo fue que K. había sabido antes un poco de historia del arte y esto se había hecho ampliamente conocido en todo el banco en forma extremadamente exagerada, y que K. había sido miembro de la Sociedad para la Conservación de los Monumentos de la Ciudad, aunque sólo por razones comerciales. Se decía que este italiano era un amante del arte, por lo que la elección de K. para acompañarlo fue algo natural.

Era una mañana muy lluviosa y tormentosa cuando K., de mal genio al pensar en el día que le esperaba, llegó temprano a las siete en punto a la oficina para que al menos pudiera hacer algún trabajo antes de que su visitante se lo impidiera. Había pasado la mitad de la noche estudiando un libro de gramática italiana para estar algo preparado y estaba muy cansado; Su escritorio le resultaba menos atractivo que la ventana en la que últimamente había pasado demasiado tiempo sentado, pero resistió la tentación y se sentó a trabajar. Desgraciadamente, en ese momento entró el sirviente e informó de que el director le había enviado a ver si el jefe de la oficina ya estaba en su despacho; si lo era, le ruego que tuviera la amabilidad de ir a su sala de recepción, ya que el caballero de Italia ya estaba allí. —Iré enseguida —dijo K—. Se metió un pequeño diccionario en el bolsillo, tomó bajo el brazo una guía de los lugares turísticos de la ciudad que había recopilado para extraños, y pasó por el despacho del subdirector hasta el del director. Se alegró de haber llegado a la oficina tan temprano y de haber podido ser útil de inmediato, nadie podría haber esperado seriamente eso de él. El despacho del subdirector estaba, por supuesto, tan vacío como en mitad de la noche, probablemente se le había pedido al sirviente que también lo llamara, pero sin éxito. Cuando K entró en la sala de recepción, dos hombres se levantaron de los profundos sillones donde habían estado sentados. El director le dedicó una sonrisa amistosa, claramente estaba muy contento de que K. estuviera allí, inmediatamente le presentó al italiano que estrechó la mano de K vigorosamente y bromeó diciendo que alguien era madrugador. K no entendía muy bien a quién se refería, además era una expresión extraña de usar y a K le costó un poco adivinar su significado. Él respondió con algunas frases insulsas que el italiano recibió una vez más con una carcajada, pasando su mano nerviosa y repetidamente por su bigote tupido y gris azulado. Este bigote estaba obviamente perfumado, era casi tentador acercarse a él y olerlo. Cuando todos se hubieron sentado y comenzado una ligera conversación preliminar, K se desconcertó al notar que no entendía más que fragmentos de lo que decía el italiano. Cuando hablaba con mucha calma entendía casi todo, pero eso era muy poco frecuente, la mayoría de las palabras salían a borbotones de su boca y parecía estar disfrutando tanto que negaba con la cabeza. Cuando hablaba de esta manera, su forma de hablar solía estar envuelta en una especie de dialecto que a K le parecía que no tenía nada que ver con el italiano, pero que el director no sólo entendía sino que también hablaba, aunque K. debería haberlo previsto, ya que el italiano procedía del sur de su país, donde el director también había pasado varios años. Cualquiera que fuera la causa, K se dio cuenta de que la posibilidad de comunicarse con el italiano le había sido arrebatada en gran medida, incluso su francés era difícil de entender, y su bigote ocultaba los movimientos de sus labios que podrían haber ayudado a comprender lo que decía. K empezó a prever muchas dificultades, dejó de tratar de entender lo que decía el italiano —con el director allí, que podía entenderlo tan fácilmente, habría sido un esfuerzo inútil— y por el momento no hizo más que fruncir el ceño al italiano mientras se relajaba sentado profunda pero cómodamente en el sillón, ya que a menudo tiraba de su pantalón. Y en un momento dado levantó los brazos en el aire y movió las manos libremente para tratar de representar algo que K no podía agarrar, aunque estaba inclinado hacia adelante y no dejaba que las manos se perdieran de vista. A K no le quedaba más remedio que observar maquinalmente el intercambio entre los dos hombres, y su cansancio se hizo sentir por fin, para su alarma, aunque, afortunadamente a su debido tiempo, una vez se sorprendió a sí mismo a punto de levantarse, darse la vuelta y marcharse. Finalmente, el italiano miró el reloj y se levantó de un salto. Después de despedirse del director, se volvió hacia K., apretándose tanto contra él que K. tuvo que empujar su silla hacia atrás para poder moverse. Sin duda, el director había visto la ansiedad en los ojos de K. al tratar de lidiar con este dialecto del italiano, se unió a esta conversación de una manera tan hábil y discreta que parecía no estar agregando más que comentarios menores, mientras que en realidad estaba rompiendo rápida y pacientemente lo que el italiano decía para que K pudiera entender. De este modo, K. se enteró de que el italiano tenía primero que resolver algunos asuntos de negocios, que desgraciadamente sólo disponía de un poco de tiempo, que ciertamente no tenía la intención de correr a ver todos los monumentos de la ciudad, que preferiría, al menos mientras K estuviera de acuerdo, Fue enteramente su decisión: ver la catedral y hacerlo a fondo. Se alegró mucho de que le acompañara alguien tan culto y tan amable —con esto se refería a K., que no se ocupaba de escuchar al italiano, sino al director— y le preguntó si sería tan amable, si la hora era adecuada, de reunirse con él en la catedral dentro de dos horas, a eso de las diez. Esperaba poder estar allí en ese momento. K. dio una respuesta apropiada, el italiano estrechó primero la mano del director y luego la de K., luego otra vez la del director y se dirigió a la puerta, medio vuelto hacia los dos hombres que lo seguían y continuando hablando sin interrupción. K. permaneció junto al director por un corto tiempo, aunque el director parecía especialmente descontento hoy. Creyó que tenía que disculparse con K. por algo y se lo dijo —estaban muy juntos—, al principio había pensado que él mismo acompañaría al italiano, pero luego —no dio más razones precisas que ésta— decidió que sería mejor enviar a K. con él. No debía sorprenderse si al principio no podía entender al italiano, lo haría muy pronto, y aunque realmente no podía entender mucho, decía que no era tan malo, ya que realmente no era tan importante que se entendiera al italiano. Y de todos modos, el conocimiento del italiano de K era sorprendentemente bueno, el director estaba seguro de que se las arreglaría muy bien. Y con eso, llegó el momento de que K. se fuera. Pasó el tiempo que le quedaba con un diccionario, copiando palabras oscuras que necesitaría para guiar al italiano por la catedral. Era una tarea extremadamente fastidiosa, los sirvientes le llevaban el correo, el personal del banco venía con varias preguntas y, cuando veían que K estaba ocupado, se quedaban junto a la puerta y no se marchaban hasta que los había escuchado, el subdirector no perdía la oportunidad de molestar a K. y entraba con frecuencia, le quitaba el diccionario de la mano y hojeaba sus páginas. Era evidente que era inútil, cuando se abría la puerta de la antesala, incluso los clientes aparecían de la penumbra y se inclinaban tímidamente ante él —querían llamar su atención, pero no estaban seguros de si los había visto—, toda esta actividad daba vueltas alrededor de K. con él en el centro mientras compilaba la lista de palabras que necesitaría. Luego los buscó en el diccionario, luego los escribió, luego practicó su pronunciación y finalmente trató de aprenderlos de memoria. Las buenas intenciones que había tenido antes, sin embargo, parecían haberlo abandonado por completo, era el italiano quien le había causado todo este esfuerzo y a veces se enfadaba tanto con él que enterraba el diccionario debajo de unos papeles con la firme intención de no hacer más preparativos, pero luego se daba cuenta de que no podía caminar de un lado a otro de la catedral con el italiano sin decir una palabra. Así que, con una rabia aún mayor, volvió a sacar el diccionario.

Exactamente a las nueve y media, justo cuando estaba a punto de irse, hubo una llamada telefónica para él, Leni le dio los buenos días y le preguntó cómo estaba, K. le dio las gracias apresuradamente y le dijo que ahora le era imposible hablar porque tenía que ir a la catedral. —¿A la catedral? —preguntó Leni. —Sí, a la catedral. —¿Por qué tienes que ir a la catedral? —

preguntó Leni. K trató de explicárselo brevemente, pero apenas había empezado cuando Leni dijo de repente: —Te están acosando. Una cosa que K no pudo soportar fue la lástima de no haber querido o esperado, se despidió de ella con dos palabras, pero mientras volvía a colocar el auricular en su lugar, dijo, mitad para sí mismo y mitad para la chica al otro lado de la línea que ya no podía escucharlo: "Sí, me están acosando".

A estas alturas ya era tarde y casi existía el peligro de que no llegara a tiempo. Tomó un taxi hasta la catedral, en el último momento había recordado el álbum que no había tenido oportunidad de regalar al italiano antes y por eso se lo llevaba ahora. Lo sostuvo sobre sus rodillas y tamborileó con impaciencia durante todo el viaje. La lluvia había amainado un poco, pero seguía húmeda, fría y oscura, sería difícil ver algo en la catedral, pero estar de pie sobre las frías losas bien podría empeorar mucho el escalofrío de K. La plaza frente a la catedral estaba bastante vacía, K recordaba que ya de pequeño se había dado cuenta de que casi todas las casas de esta estrecha plaza tenían las cortinas de las ventanas cerradas la mayor parte del tiempo, aunque hoy, con un tiempo así, era más comprensible. La catedral también parecía bastante vacía, por supuesto a nadie se le ocurriría ir allí en un día como este. K. corrió a lo largo de las dos naves laterales, pero no vio a nadie más que a una anciana que, envuelta en un cálido chal, estaba arrodillada ante un cuadro de la Virgen María y lo miraba fijamente. Luego, a lo lejos, vio a un funcionario de la iglesia que se alejaba cojeando a través de una puerta en la pared. K. había llegado a tiempo, habían dado las diez, justo cuando entraba en el edificio, pero el italiano todavía no estaba allí. K. volvió a la entrada principal, permaneció un rato indeciso, y luego dio la vuelta a la catedral bajo la lluvia, por si el italiano esperaba en otra entrada. No lo encontraba por ningún lado. ¿Podría el director haber entendido mal la hora que habían acordado? De todos modos, ¿cómo podría alguien entender correctamente a alguien así? Fuera lo que fuese, K tendría que esperarlo al menos media hora. Como estaba cansado quiso sentarse, volvió a entrar en la catedral, encontró algo parecido a una pequeña alfombra en uno de los escalones, la movió con el pie hasta un banco cercano, se envolvió más en su abrigo, se subió el cuello y se sentó. Para pasar el tiempo, abrió el álbum y hojeó un poco las páginas, pero pronto tuvo que darse por vencido porque se hizo tan oscuro que cuando levantó la vista apenas pudo distinguir nada en la nave lateral a su lado.

A lo lejos había un gran triángulo de velas parpadeando en el altar mayor, K no estaba seguro de haberlas visto antes. Tal vez acababan de encenderse. El personal de la iglesia se arrastra en silencio como parte de su trabajo, no se les nota. Cuando K se dio la vuelta, vio también una vela alta y robusta atada a una columna no muy lejos de él. Era todo muy bonito, pero totalmente insuficiente para iluminar los cuadros que normalmente se dejaban en la oscuridad de los altares laterales, y parecía hacer la oscuridad aún más profunda. Era una descortesía por parte del italiano no venir, pero también era sensato por su parte, no habría habido nada que ver, habrían tenido que contentarse con buscar algunos cuadros con la linterna eléctrica de bolsillo de K y mirarlos una pequeña parte a la vez. K. se acercó a una capilla lateral cercana para ver qué podían esperar, subió unos escalones hasta una barandilla baja de mármol y se inclinó sobre ella para mirar el cuadro del altar a la luz de su antorcha. La luz eterna colgaba inquietantemente frente a él. Lo primero que K vio en parte y adivinó en parte fue un gran caballero con armadura que se mostraba en el borde más alejado de la pintura. Estaba apoyado en su espada que había clavado en el suelo desnudo frente a él, donde solo crecían unas pocas briznas de hierba aquí y allá. Parecía estar prestando mucha atención a algo que se estaba desarrollando frente a él. Era asombroso ver cómo se quedaba allí sin acercarse más. Tal vez su trabajo era hacer guardia. Hacía mucho tiempo que K no miraba ningún cuadro, y estudió al caballero durante mucho tiempo, a pesar de que tenía que parpadear continuamente porque le resultaba difícil soportar la luz verde de su linterna. Luego, cuando movió la luz a las otras partes del cuadro, encontró un entierro de Cristo mostrado de la manera habitual, también era una pintura comparativamente nueva. Guardó la linterna y volvió a su sitio.

Parecía que no tenía sentido esperar más al italiano, pero fuera sin duda estaba lloviendo a cántaros, y como en la catedral no hacía tanto frío como K había esperado, decidió quedarse allí por el momento. Cerca de él estaba el gran púlpito, había dos cruces doradas lisas unidas a su pequeño techo redondo que yacían casi planas y cuyas puntas se cruzaban entre sí. El exterior de la balaustrada del púlpito estaba cubierto de un follaje verde que continuaba hasta la columna que lo sostenía, se podían ver angelitos entre las hojas, algunos de ellos vivos y otros quietos. K. se acercó al púlpito y lo examinó desde todos los ángulos, su mampostería había sido esculpida con gran cuidado, parecía como si el follaje hubiera atrapado una profunda oscuridad entre y detrás de sus hojas y la mantuviera allí prisionera, K. metió la mano en uno de estos huecos y palpó cautelosamente la piedra, hasta entonces había sido totalmente inconsciente de la existencia de este púlpito. Entonces K se fijó por casualidad en que uno de los empleados de la iglesia estaba de pie detrás de la siguiente fila de bancos, llevaba una sotana negra suelta y arrugada, sostenía una caja de rapé en la mano izquierda y observaba a K. Ahora, ¿qué es lo que quiere? pensó K. ¿Le parezco sospechoso? ¿Quiere una propina? Pero cuando el hombre de la sotana vio que K se había fijado en él, levantó la mano derecha, con una pizca de rapé todavía entre dos dedos, y señaló en una dirección vaga. Era casi imposible entender lo que significaba este comportamiento, K esperó un rato más, pero el hombre de la sotana no dejó de gesticular con la mano e incluso la aumentó asintiendo con la cabeza. —¿Y ahora qué es lo que quiere? —preguntó K en voz baja, no se atrevía a gritar en voz alta—. Pero entonces sacó su bolso y se abrió paso a través de los bancos más cercanos para llegar al hombre. Él, sin embargo, inmediatamente hizo un gesto para rechazar esta oferta, se encogió de hombros y se alejó cojeando. De niño, K. había imitado montar a caballo con el mismo tipo de movimiento que esta cojera. "Este viejo es como un niño", pensó K., "no tiene sentido para otra cosa que no sea servir en una iglesia. Mira la forma en que se detiene cuando yo me detengo, y cómo espera a ver si continúo". Con una sonrisa, K siguió al anciano todo el camino por la nave lateral y casi hasta el altar mayor, todo este tiempo el anciano continuó señalando algo, pero K. evitó deliberadamente mirar a su alrededor, solo señalaba para dificultar que K. lo siguiera. Finalmente, K dejó de seguirlo, no quería preocupar demasiado al anciano, y tampoco quería asustarlo por completo en caso de que el italiano apareciera después de todo.

Cuando entró en la nave central para volver al lugar donde había dejado el álbum, se fijó en un pequeño púlpito secundario sobre una columna casi al lado de la platea junto al altar donde se sentaba el coro. Era muy sencilla, de piedra blanca y lisa, y tan pequeña que desde la distancia parecía un nicho vacío donde debería haber estado la estatua de un santo. Ciertamente, habría sido imposible para el sacerdote dar un paso atrás de la balaustrada, y, aunque no había decoración en ella, la parte superior del púlpito se curvaba excepcionalmente bajo, de modo que un hombre de estatura media no podría mantenerse erguido y tendría que permanecer inclinado hacia adelante sobre la balaustrada. En general, parecía que había tenido la intención de hacer sufrir al sacerdote, era imposible entender por qué se necesitaría este púlpito, ya que también estaban disponibles los otros que eran grandes y estaban decorados tan artísticamente.

Y K. ciertamente no habría notado este pequeño púlpito si no hubiera habido una lámpara colocada sobre él, lo que generalmente significaba que estaba a punto de pronunciarse un sermón. Entonces, ¿se iba a dar un sermón ahora? ¿En esta iglesia vacía? K bajó la vista hacia los escalones que, apretados contra la columna, conducían al púlpito. Eran tan estrechos que parecían estar allí como decoración en la columna en lugar de para que alguien los usara. Pero debajo del púlpito —K sonrió con asombro— había realmente un sacerdote de pie con la mano en la barandilla, listo para subir los escalones y mirar a K. Luego asintió muy levemente, de modo que K se persignó e hizo una genuflexión como debería haber hecho antes. Con un pequeño balanceo, el sacerdote subió al púlpito con pasos cortos y rápidos. ¿Había realmente un sermón a punto de comenzar? Tal vez el hombre de la sotana no había sido realmente tan demente, y había tenido la intención de guiar a K hasta el predicador, lo que en esta iglesia vacía habría sido muy necesario. Y también había, en algún lugar frente a una imagen de la Virgen

María, una anciana que debería haber venido a escuchar el sermón. Y si iba a haber un sermón, ¿por qué no se había introducido en el órgano? Pero el órgano permaneció en silencio y se limitó a mirar débilmente desde la oscuridad de su gran altura.

K. pensó entonces si debía marcharse lo más pronto posible, si no lo hacía ahora no habría posibilidad de hacerlo durante el sermón y tendría que quedarse allí todo el tiempo que durara, había perdido tanto tiempo cuando debería haber estado en su despacho, hacía tiempo que no había necesidad de esperar más al italiano, miró su reloj, eran las once. Pero, ¿realmente podría darse un sermón? ¿Podría K. constituir toda la congregación? ¿Cómo podía hacerlo cuando no era más que un extraño que quería mirar la iglesia? Eso, básicamente, era todo lo que era. La idea de un sermón, ahora, a las once, en un día de trabajo, con un tiempo horrible, era una tontería. El sacerdote —no había duda de que era un sacerdote, un joven de rostro suave y moreno— iba claramente allí solo para apagar la lámpara después de que alguien la había encendido por error.

Pero no se había equivocado, el sacerdote pareció más bien comprobar que la lámpara estaba encendida y la giró un poco más arriba, luego se volvió lentamente hacia el frente y se apoyó en la balaustrada agarrando su barandilla angular con ambas manos. Se quedó así un rato y, sin volver la cabeza, miró a su alrededor. K se había alejado un buen trecho y apoyó los codos en el banco delantero. En algún lugar de la iglesia —no podía decir exactamente dónde— podía distinguir al hombre de la sotana, encorvado bajo la espalda encorvada y en paz, como si su trabajo hubiera terminado. ¡En la catedral ahora estaba muy tranquilo! Pero K. tendría que perturbar ese silencio, no tenía intención de quedarse allí; si el deber del sacerdote era predicar en un momento determinado, independientemente de las circunstancias, entonces podía, y podía hacerlo sin la participación de K., y la presencia de K. no haría nada para aumentar el efecto de ello. De modo que K comenzó a moverse lentamente, se abrió paso de puntillas por el banco, llegó al amplio pasillo y lo recorrió sin ser molestado, excepto por el sonido de sus pasos, por ligeros que fueran, que resonaban en el suelo de piedra y resonaban desde la bóveda, silencioso pero continuo a un ritmo repetitivo y regular. K se sintió un poco abandonado cuando, probablemente observado por el sacerdote, caminaba solo entre los bancos vacíos, y el tamaño de la catedral parecía estar justo en el límite de lo que un hombre podía soportar. Cuando llegó de nuevo al lugar donde había estado sentado, no lo dudó, sino que simplemente extendió la mano hacia el álbum que había dejado allí y se lo llevó. Casi había abandonado el área cubierta por los bancos y estaba cerca del espacio vacío entre él y la salida cuando, por primera vez, escuchó la voz del sacerdote. Una voz poderosa y experimentada. ¡Atravesó los confines de la catedral, listo para esperarlo! Pero el sacerdote no llamaba a la congregación, su grito era bastante inequívoco y no había escapatoria, gritó "¡Josef K.!"

K se quedó quieto y miró al suelo. En teoría todavía era libre, podría haber seguido caminando, a través de una de las tres pequeñas puertas de madera oscura no muy lejos de él y lejos de allí. Simplemente significaría que no había entendido, o que había entendido pero eligió no prestarle atención. Pero si una vez se volvía se encontraría atrapado, entonces habría reconocido que lo había entendido perfectamente, que realmente era el Josef K. al que el sacerdote había llamado y que estaba dispuesto a seguir. Si el sacerdote hubiera vuelto a llamar, K seguramente habría seguido saliendo por la puerta, pero todo estaba en silencio mientras K también esperaba, giró ligeramente la cabeza porque quería ver qué estaba haciendo el sacerdote ahora. Se limitaba a permanecer de pie en el púlpito como antes, pero era obvio que había visto a K volver la cabeza. Si K. no se hubiera dado la vuelta por completo, habría sido como un niño jugando al escondite. Así lo hizo, y el sacerdote le hizo señas con el dedo. Como ahora todo se podía hacer abiertamente, corrió —por curiosidad y por el deseo de acabar con todo— con largos saltos voladores hacia el púlpito. En los bancos delanteros se detuvo, pero al sacerdote todavía le parecía demasiado lejos, extendió la mano y señaló bruscamente hacia abajo con el dedo hacia un lugar inmediatamente frente al púlpito. Y K hizo lo que le dijeron, de pie en ese lugar tuvo que inclinar la cabeza un largo trecho hacia atrás sólo para ver al sacerdote. —Usted es Josef K. —dijo el sacerdote, y levantó la mano de la balaustrada para hacer un gesto cuyo significado no estaba claro—. —Sí —dijo K., pensando en la libertad con la que siempre había dado su nombre en el pasado, desde hacía algún tiempo que le resultaba una carga, ahora había gente que conocía su nombre a la que nunca había visto antes, había sido tan agradable presentarse primero y sólo entonces que la gente supiera quién era. —Has sido acusado —dijo el sacerdote con especial dulzura—. —Sí —dijo K.—, así me lo han informado. —Entonces tú eres a quien busco —dijo el sacerdote—. "Soy el capellán de la prisión". —Ya veo —dijo K. —Te he llamado aquí —dijo el sacerdote—, porque quería hablar contigo. —Yo no sabía nada de eso —dijo K—. He venido aquí para enseñar la catedral a un caballero de Italia. —Eso no viene al caso —dijo el sacerdote—. "¿Qué tienes en la mano? ¿Es un libro de oraciones?" —No —respondió K.—, es un álbum de los lugares turísticos de la ciudad. —Déjalo —dijo el sacerdote—. K. la arrojó con tal fuerza que se abrió y rodó por el suelo, rasgando sus páginas. "¿Sabe usted que su caso va mal?", preguntó el sacerdote. —Así es como me parece a mí también —dijo K. —He gastado mucho esfuerzo en ello, pero hasta ahora sin ningún resultado. Aunque todavía tengo algunos documentos que presentar". "¿Cómo te imaginas que terminará?", preguntó el sacerdote. —Al principio pensé que todo iba a terminar bien —dijo K.—, pero ahora tengo mis dudas al respecto. No sé cómo terminará. ¿Lo sabes? —No lo sé —dijo el sacerdote—, pero me temo que acabará mal. Se le considera culpable. Es probable que su caso ni siquiera vaya más allá de un tribunal menor. Al menos provisionalmente, su culpabilidad se considera probada". —Pero no soy culpable —dijo K.—, ha habido un error. ¿Cómo es posible que alguien sea culpable? Aquí todos somos seres humanos, unos como los otros". —Es verdad —dijo el sacerdote—, pero así es como hablan los culpables. —¿Cree usted que yo también soy culpable? —preguntó K. —No hago ninguna presunción sobre usted —dijo el sacerdote—. —Le agradezco eso —dijo K.—, pero todos los demás implicados en estos procedimientos tienen algo contra mí y presumen que soy culpable. Incluso influyen en aquellos que no están involucrados. Mi posición se vuelve cada vez más difícil". "No entiendes los hechos", dijo el sacerdote, "el veredicto no llega de repente, los procedimientos continúan hasta que se llega a un veredicto gradualmente". —Ya veo —dijo K., bajando la cabeza—. —¿Qué piensa hacer ahora con su caso? —preguntó el sacerdote. —Todavía tengo que encontrar ayuda —dijo K., levantando la cabeza para ver qué pensaba el sacerdote de aquello—. "Todavía hay ciertas posibilidades que aún no he aprovechado". —Buscas demasiada ayuda en personas que no conoces —dijo el sacerdote con desaprobación—, y especialmente en las mujeres. ¿De verdad no te das cuenta de que esa no es la ayuda que necesitas?" —A veces, de hecho muy a menudo, podría creer que tienes razón —dijo K.—, pero no siempre. Las mujeres tienen mucho poder. Si pudiera persuadir a algunas de las mujeres que conozco para que trabajen conmigo, estaría seguro de que tendría éxito. Especialmente en un tribunal como este que parece consistir en nada más que cazadores de mujeres. Muéstrele al juez de instrucción una mujer a lo lejos y correrá sobre el escritorio, y el acusado, solo para llegar a ella tan pronto como pueda". El sacerdote bajó la cabeza hasta la balaustrada, sólo ahora el techo sobre el púlpito parecía oprimirlo. ¿Qué clase de clima espantoso podría haber afuera? Ya no era solo un día aburrido, era la noche más profunda. Ninguna de las vidrieras de la ventana principal arrojaba ni un parpadeo de luz sobre la oscuridad de las paredes. Y este fue el momento en que el hombre de la sotana optó por apagar las velas del altar mayor, una por una. —¿Está usted enfadado conmigo? —preguntó K. —Quizá no sepa a qué clase de tribunal sirve. No recibió respuesta. —Bueno, es sólo mi propia experiencia —dijo K. Por encima de él todavía reinaba el silencio—. —No quise insultarte —dijo K—. Al oír esto, el sacerdote le gritó a K.: "¿No puedes ver dos pasos delante de ti?" Gritó de rabia, pero también fue el grito de quien ve caer a otro y, conmocionado y sin pensarlo, grita contra su propia voluntad.

Los dos hombres, entonces, permanecieron en silencio durante mucho tiempo. En la oscuridad que había debajo de él, el sacerdote no podía haber visto a K. con claridad, aunque K podía verlo claramente a la luz de la pequeña lámpara. ¿Por qué no bajó el sacerdote? No había dado un sermón, sólo le había dicho a K algunas cosas que, si las seguía de cerca, probablemente le causarían más daño que bien. Pero el sacerdote ciertamente parecía tener buenas intenciones, incluso podría ser posible, si bajaba y cooperaba con él, incluso podría ser posible que obtuviera algún consejo aceptable que pudiera marcar la diferencia, podría, por ejemplo, ser capaz de mostrarle no tanto cómo influir en los procedimientos, sino cómo liberarse de ellos. cómo evadirlos, cómo vivir lejos de ellos. K. tuvo que admitir que esto era algo que había tenido en mente bastante últimamente. Si el sacerdote supiera de tal posibilidad, podría, si K se lo preguntaba, hacérselo saber, a pesar de que él mismo formaba parte del tribunal y a pesar de que, cuando K. había criticado al tribunal, había reprimido su naturaleza amable y de hecho le había gritado a K.

—¿No le gustaría venir aquí? —preguntó K. —Si no va a dar un sermón, venga aquí conmigo. —Ahora puedo bajar —dijo el sacerdote, tal vez arrepentido de haberle gritado a K—. Mientras descolgaba la lámpara de su gancho, dijo: "Para empezar, tuve que hablarte a distancia. De lo contrario, me influyo demasiado fácilmente y olvido mi deber".

K. lo esperó al pie de la escalinata. Mientras todavía estaba en uno de los escalones más altos, mientras bajaba por ellos, el sacerdote extendió la mano para que K la estrechara. -¿Puede usted dedicarme un poco de su tiempo? -preguntó K. -Todo el tiempo que necesite -dijo el sacerdote, y le pasó la linterna para que la llevara. Incluso a corta distancia, el sacerdote no perdía cierta solemnidad que parecía formar parte de su carácter. —Es usted muy amable conmigo —dijo K., mientras caminaban uno al lado del otro en la oscuridad de una de las naves laterales—. "Eso te convierte en una excepción entre todos los que pertenecen a la corte. Puedo confiar en ti más que en cualquiera de los otros que he visto. Puedo hablar abiertamente contigo". —No te engañes —dijo el sacerdote—. —¿Cómo me engañaría a mí mismo? —preguntó K. —Usted se engaña a sí mismo en el tribunal —dijo el sacerdote—, habla de este autoengaño en los primeros párrafos de la ley. Frente a la ley hay un portero. Un hombre del campo se acerca a la puerta y pide entrar. Pero el portero dice que no puede dejarlo entrar a la ley en este momento. El hombre piensa en esto y luego pregunta si podrá entrar más tarde. —Es posible —dice el portero—, pero ahora no. La puerta de entrada a la ley está abierta como siempre, y el portero se ha hecho a un lado, por lo que el hombre se inclina para tratar de ver hacia adentro. Cuando el portero se da cuenta de esto, se ríe y dice: "Si tienes la tentación, inténtalo y entra, aunque te diga que no puedes. Pero cuidado: soy poderoso. Y yo soy el más humilde de todos los porteros. Pero hay un portero para cada una de las habitaciones y cada una de ellas es más poderosa que la anterior. Es más de lo que puedo soportar con solo mirar la tercera. El hombre del campo no esperaba dificultades como ésta, se suponía que la ley estaba al alcance de cualquiera en cualquier momento, piensa, pero ahora mira más de cerca al portero con su abrigo de piel, ve su gran nariz ganchuda, su larga y delgada barba tártara, y decide que es mejor esperar hasta que tenga permiso para entrar. El portero le da un taburete y lo deja sentarse a un lado de la puerta. Se sienta allí durante días y años. Intenta que le dejen entrar una y otra vez y cansa al portero con sus peticiones. El portero a menudo lo interroga, preguntándole de dónde es y muchas otras cosas, pero estas son preguntas desinteresadas como las que hacen los grandes hombres, y siempre termina diciéndole que todavía no puede dejarlo entrar. El hombre había venido bien equipado para su viaje, y lo usa todo, por valioso que sea, para sobornar al portero. Lo acepta todo, pero al hacerlo le dice: "Solo aceptaré esto para que no pienses que hay algo que no has podido hacer". Durante muchos años, el hombre observa al portero casi sin descanso. Se olvida de los otros porteros y comienza a pensar que este es lo único que le impide acceder a la ley. Durante los primeros años, maldice su infeliz condición en voz alta, pero más tarde, cuando envejece, se queja para sí mismo. Se vuelve senil, y como ha llegado a conocer incluso las pulgas en el collar de piel del portero a lo largo de los años que lo ha estado estudiando, incluso les pide que lo ayuden y cambien de opinión al portero. Finalmente, sus ojos se oscurecen y ya no sabe si realmente se está oscureciendo o solo son sus ojos los que lo engañan. Pero ahora le parece ver una luz inextinguible que comienza a brillar desde la oscuridad detrás de la puerta. Ahora no le queda mucho tiempo de vida. Justo antes de morir, reúne toda su experiencia de todo este tiempo en una pregunta que todavía no le ha hecho al portero. Le hace señas, ya que no puede levantar su cuerpo rígido. El portero tiene que agacharse profundamente, ya que la diferencia de tamaño ha cambiado mucho en detrimento del hombre. «¿Qué es lo que quieres saber ahora?», pregunta el portero, «eres insaciable». "Todo el mundo quiere tener acceso a la ley", dice el hombre, "¿cómo es que, a lo largo de todos estos años, nadie más que yo ha pedido que se le deje entrar?" El portero puede ver que el hombre ha llegado a su fin, su oído se ha desvanecido, y así, para que pueda ser escuchado, le grita: 'Nadie más podría haberse metido de esta manera, ya que esta entrada era solo para ti. Ahora iré y lo cerraré'".

—De modo que el portero engañó al hombre —dijo K. inmediatamente, que había quedado cautivado por la historia—. —No seas demasiado rápido —dijo el sacerdote—, no tomes la opinión de otra persona sin verificarla. Te conté la historia exactamente como fue escrita. No hay nada ahí sobre hacer trampa". —Pero está muy claro —dijo K.—, y su primera interpretación fue bastante correcta. El portero le dio la información que lo liberaría solo cuando ya no pudiera ser útil". —No se lo preguntó antes —dijo el sacerdote—, y no olvides que no era más que un portero, y como portero cumplía con su deber. —¿Qué le hace pensar que cumplió con su deber? —preguntó K.—. No lo hizo. Podría haber sido su deber mantener alejados a todos los demás, pero este hombre es para quien estaba destinada la puerta y debería haberle dejado entrar. "No estás prestando suficiente atención a lo que se escribió y estás cambiando la historia", dijo el sacerdote. "Según la historia, hay dos cosas importantes que el portero explica sobre el acceso a la ley, una al principio y otra al final. En un lugar dice que no puede dejarlo entrar ahora, y en el otro dice que esta entrada estaba destinada solo para él. Si una de las afirmaciones contradecía a la otra, tendrías razón y el portero habría estafado al hombre del país. Pero no hay contradicción. Por el contrario, la primera afirmación insinúa incluso la segunda. Casi se podría decir que el portero fue más allá de su deber en el sentido de que le ofreció al hombre alguna posibilidad de ser admitido en el futuro. A lo largo de la historia, su deber parece haber sido simplemente rechazar al hombre, y hay muchos comentaristas que se sorprenden de que el portero haya ofrecido esta insinuación, ya que parece amar la exactitud y mantiene una estricta vigilancia sobre su posición. Permanece en su puesto durante muchos años y no cierra la puerta hasta el final, es muy consciente de la importancia de su servicio, mientras dice: 'Soy poderoso', tiene respeto por sus superiores, como dice: 'Solo soy el más humilde de los porteros', no es hablador, ya que a lo largo de todos estos años las únicas preguntas que hace son 'desinteresado, No es corruptible, como cuando se le ofrece un regalo dice: 'Solo aceptaré esto para que no pienses que hay algo que no has hecho nada', en lo que respecta al cumplimiento de su deber, no puede ser ni irritado ni suplicado, como dice del hombre que 'cansa al portero con sus peticiones', incluso su apariencia externa sugiere un carácter pedante, la nariz grande y ganchuda y la barba larga, delgada y tártara negra. ¿Cómo podría un portero ser más fiel a su deber? Pero en el carácter del portero también hay otros rasgos que podrían ser muy útiles para aquellos que buscan entrar en la ley, y cuando insinuaba alguna posibilidad en el futuro, siempre parecía dejar claro que incluso podría ir más allá de su deber. No se puede negar que es un poco ingenuo, y eso lo hace un poco engreído. Incluso si todo lo que dijo sobre su poder y el poder de los otros porteros y cómo ni siquiera él podía soportar verlos, digo que incluso si todas estas afirmaciones son correctas, la forma en que las hace muestra que es demasiado simple y arrogante para entender correctamente. Los comentaristas dicen acerca de esto que 'la comprensión correcta de un asunto y la mala comprensión del mismo asunto no son mutuamente excluyentes'. Tengan razón o no, hay que reconocer que su sencillez y arrogancia, por poco que demuestren, debilitan su función de vigilar la entrada, son defectos del carácter del portero. También hay que tener en cuenta que el portero parece ser amigable por naturaleza, no siempre es solo un funcionario. Hace una broma justo al principio, en el sentido de que invita al hombre a entrar al mismo tiempo que mantiene la prohibición de su entrada, y luego no lo despide sino que le da, como dice el texto, un taburete para que se siente y le permite quedarse al lado de la puerta. La paciencia con la que soporta las peticiones del hombre a lo largo de todos estos años, las pequeñas sesiones de interrogatorio, la aceptación de los regalos, su cortesía cuando soporta al hombre que maldice su destino, a pesar de que fue el portero quien causó ese destino, todas estas cosas parecen querer despertar nuestra simpatía. No todos los porteros se habrían comportado de la misma manera. Y finalmente, deja que el hombre le haga señas y se inclina profundamente hacia él para que pueda hacer su última pregunta. No hay más que una ligera impaciencia —el portero sabe que todo ha llegado a su fin— que se muestra en las palabras: «Eres insaciable». Hay muchos comentaristas que van aún más lejos al explicarlo de esta manera y piensan que las palabras "eres insaciable" son una expresión de admiración amistosa, aunque con cierta condescendencia. Se mire por donde se mire, la figura del portero sale diferente de lo que se podría pensar". —Usted conoce la historia mejor que yo y la conoce desde hace más tiempo —dijo K—. Permanecieron en silencio durante un rato. Y entonces K dijo: —¿Así que cree usted que el hombre no fue engañado, verdad? "No me malinterpretes", dijo el sacerdote, "solo estoy señalando las diferentes opiniones al respecto. No debes prestar demasiada atención a las opiniones de las personas. El texto no puede ser alterado, y las diversas opiniones a menudo no son más que una expresión de desesperación al respecto. Incluso hay una opinión que dice que es el portero el que ha sido engañado". —Eso parece llevar las cosas demasiado lejos —dijo K—. ¿Cómo pueden argumentar que el portero ha sido engañado? —Su argumento —respondió el sacerdote— se basa en la sencillez del portero. Dicen que el portero no conoce los entresijos de la ley, solo el camino hacia ella donde simplemente camina de un lado a otro. Ven sus ideas de lo que está dentro de la ley como bastante infantiles, y suponen que él mismo tiene miedo de lo que quiere asustar al hombre. Sí, le tiene más miedo que el hombre, ya que el hombre no quiere nada más que entrar en la ley, incluso después de haber oído hablar de los terribles porteros de allí, en contraste con el portero que no quiere entrar, o al menos no escuchamos nada al respecto. Por otro lado, hay quienes dicen que ya debe haber estado dentro de la ley ya que ha sido puesto a su servicio y eso solo se pudo haber hecho adentro. Eso se puede contrarrestar suponiendo que alguien le pudo haber dado el trabajo de portero por alguien que llamaba desde adentro, y que no pudo haber ido muy adentro ya que no podía soportar la vista del tercer portero. Tampoco, a lo largo de todos esos años, la historia dice que el portero le contó al hombre algo sobre el interior, aparte de su comentario sobre los otros porteros. Se le podría haber prohibido hacerlo, pero tampoco ha dicho nada al respecto. Todo esto parece mostrar que no sabe nada sobre cómo se ve el interior o lo que significa, y que por eso está siendo engañado. Pero también está siendo engañado por el hombre del campo, ya que es el subordinado de este hombre y no lo sabe. Hay muchas cosas que indican que trata al hombre como su subordinado, espero que lo recuerdes, pero aquellos que tienen este punto de vista dirían que está muy claro que realmente es su subordinado. Por encima de todo, el hombre libre es superior al hombre que tiene que servir a otro. Ahora, el hombre es realmente libre, puede ir a donde quiera, lo único que le está prohibido es entrar en la ley y, lo que es más, solo hay un hombre que se lo prohíbe: el portero. Si toma el taburete y se sienta al lado de la puerta y se queda allí toda su vida, lo hace por su propia voluntad, no hay nada en la historia que diga que fue obligado a hacerlo. Por otro lado, el portero está en su puesto por su empleo, no se le permite salir de él y parece que tampoco se le permite entrar, ni siquiera si quisiera. Además, aunque él está al servicio de la ley, él solo está allí para esta entrada, por lo tanto, él está allí solo para el servicio de este hombre para quien la puerta está destinada. Esta es otra forma en la que él es su subordinado. Podemos suponer que él ha estado realizando este servicio un tanto vacío durante muchos años, a lo largo de toda la vida de un hombre, ya que dice que un hombre vendrá, es decir, alguien lo suficientemente mayor como para ser un hombre. Eso significa que el portero tendrá que esperar mucho tiempo antes de que su función se cumpla, tendrá que esperar todo el tiempo que quisiera el hombre que llegó a la puerta por su propia voluntad. Incluso el final del servicio del portero está determinado por el momento en que termina la vida del hombre, por lo que el portero sigue siendo su subordinado hasta el final. Y se señala repetidamente que el portero parece no saber nada de nada de esto, aunque esto no se ve como algo notable, ya que los que sostienen este punto de vista ven al portero como un engaño de una manera mucho peor, una forma que tiene que ver con su servicio. Al final, hablando de la entrada, dice: "Ahora iré y la cerraré", aunque al principio del cuento dice que la puerta de la ley está abierta como siempre lo está, pero si siempre está abierta, siempre, eso significa que está abierta independientemente de la vida útil del hombre al que está destinada, y ni siquiera el portero podrá cerrarla. Hay varias opiniones al respecto, algunos dicen que el portero solo respondía a una pregunta o mostraba su devoción al deber o, justo cuando el hombre estaba en sus últimos momentos, el portero quería causarle arrepentimiento y tristeza. Hay muchos que están de acuerdo en que no podría cerrar la puerta. Incluso creen, al menos al final, que el portero es consciente, en el fondo, de que es el subordinado del hombre, ya que el hombre ve la luz que brilla desde la entrada a la ley, mientras que el portero probablemente estaría de espaldas a ella y no dice nada en absoluto para mostrar que ha habido algún cambio. —Eso está bien fundamentado —dijo K., que se había estado repitiendo en un susurro algunas partes de la explicación del sacerdote—. Está bien fundamentado, y ahora yo también creo que el portero debe haber sido engañado. Aunque eso no significa que haya abandonado lo que pensaba antes, ya que las dos versiones son, hasta cierto punto, incompatibles. No está claro si el portero ve con claridad o es engañado. Le dije que el hombre había sido engañado. Si el portero entiende claramente, entonces podría haber alguna duda al respecto, pero si el portero ha sido engañado, entonces el hombre está obligado a creer lo mismo. Eso significaría que el portero no es un tramposo, sino tan ingenuo que debería ser despedido de su trabajo de inmediato; Si el portero se equivoca, no le hará ningún daño, pero el hombre sufrirá un daño inmenso". -Allí has encontrado otra opinión -dijo el sacerdote-, porque hay muchos que dicen que la historia no da derecho a nadie de juzgar al portero. Por mucho que nos parezca, sigue estando al servicio de la ley, por lo que pertenece a la ley, por lo que está más allá de lo que el hombre tiene derecho a juzgar. En este caso no podemos creer que el portero sea el subordinado del hombre. Incluso si tiene que permanecer a la entrada de la ley, su servicio lo hace incomparablemente más que si viviera libremente en el mundo. El hombre ha acudido a la ley por primera vez y el portero ya está allí. La ley le ha dado su posición, dudar de su valía sería dudar de la ley". —No puedo decir que esté completamente de acuerdo con este punto de vista —dijo K. meneando la cabeza—, porque si lo aceptas, tendrás que aceptar que todo lo que dice el portero es verdad. Pero ya has explicado muy bien que eso no es posible. "No", dijo el sacerdote, "no tienes que aceptar todo como verdad, sólo tienes que aceptarlo como necesario". —Visión deprimente —dijo K—. La mentira convertida en el dominio del mundo.

K. lo dijo como si fuera su última palabra, pero no fue su conclusión. Estaba demasiado cansado para pensar en todas las ramificaciones de la historia, y el tipo de pensamientos a los que le llevaban no le eran familiares, cosas poco realistas, cosas más adecuadas para que las discutieran los funcionarios de la corte que para él. La sencilla historia había perdido su forma, quería quitársela de encima, y el sacerdote, que ahora se sentía bastante compasivo, lo permitió y aceptó las observaciones de K. sin hacer comentarios, aunque su punto de vista era ciertamente muy diferente del de K.

En silencio, siguieron caminando durante algún tiempo, K. permaneció cerca del sacerdote sin saber dónde estaba. La lámpara que tenía en la mano se había apagado hacía mucho tiempo. Una vez, justo delante de él, creyó ver la estatua de un santo por el brillo de la plata que había en ella, aunque rápidamente desapareció en la oscuridad. Para que no siguiera dependiendo enteramente del sacerdote, K le preguntó: "Ahora estamos cerca de la entrada principal, ¿verdad?" —No —dijo el sacerdote—, estamos muy lejos de allí. ¿Ya quieres ir? K. no había pensado en ir hasta entonces, pero inmediatamente dijo: "Sí, por supuesto, tengo que ir. Soy el jefe de empleados de un banco y hay gente esperándome, solo vine aquí para mostrarle a un contacto comercial extranjero la catedral". —Está bien —dijo el sacerdote ofreciéndole la mano—, vete entonces. —Pero yo solo no puedo orientarme en esta oscuridad —dijo K. —Ve a tu izquierda hasta la pared —dijo el sacerdote—, luego continúa junto a la pared sin abandonarla y encontrarás una salida. El sacerdote se había alejado pocos pasos de él, pero K ya gritaba en voz alta: —¡Por favor, espere! —Estoy esperando —dijo el sacerdote—. —¿Hay algo más que quieras de mí? —preguntó K. —No —dijo el sacerdote—. —Antes eras tan amable conmigo —dijo K.—, y me lo explicabas todo, pero ahora me abandonas como si yo no fuera nada para ti. —Tienes que irte —dijo el sacerdote—. —Bueno, sí —dijo K.—, eso es lo que tienes que entender. "Primero, tienes que entender quién soy", dijo el sacerdote. —Usted es el capellán de la cárcel —dijo K., y se acercó al sacerdote, no era tan importante para él volver directamente al banco como había creído, bien podía quedarse donde estaba. —Así que eso significa que pertenezco a la corte —dijo el sacerdote—. "Entonces, ¿por qué querría algo de ti? La corte no quiere nada de usted. Te acepta cuando llegas y te deja ir cuando te vas".

Capítulo Ten

Fin

La víspera del trigésimo primer cumpleaños de K. —eran alrededor de las nueve de la noche, hora en que las calles estaban tranquilas—, dos hombres llegaron a su lugar de residencia. Con levitas, pálidos y gordos, con sombreros de copa que parecían imposibles de quitarse de la cabeza. Después de algunas breves formalidades en la puerta de la casa cuando llegaron por primera vez, las mismas formalidades se repitieron con mayor extensión en la puerta de K. No le habían avisado de que vendrían, pero K se sentó en una silla cerca de la puerta, vestido de negro como estaban, y se puso lentamente unos guantes nuevos que le cubrían los dedos y se comportaba como si esperara visitas. Inmediatamente se puso de pie y miró a los caballeros inquisitivamente. —Entonces has venido a por mí, ¿verdad? —preguntó. Los caballeros asintieron, uno de ellos señaló al otro con la mano superior ahora en su mano. K. les dijo que esperaba otro visitante. Se acercó a la ventana y miró una vez más hacia la calle oscura. La mayoría de las ventanas del otro lado de la calle también estaban ya a oscuras, muchas de ellas tenían las cortinas cerradas. En una de las ventanas del mismo piso donde había una luz encendida, se podía ver a dos niños pequeños jugando entre sí dentro de un corralito, incapaces de moverse de donde estaban, extendiéndose la mano con sus manitas. —Algunos actores antiguos, sin importancia, eso es lo que me han mandado a buscar —se dijo K., y volvió a mirar a su alrededor para confirmárselo—. —Quieren arreglarme lo más barato que puedan. K. se volvió de repente para mirar a los dos hombres y preguntó: —¿En qué teatro tocas? —¿Teatro? —preguntó uno de los caballeros, volviéndose hacia el otro en busca de ayuda y tapándose las comisuras de los labios. El otro hizo un gesto como el de un mudo, como si estuviera luchando con algún organismo que le causara problemas. —No está usted debidamente preparado para responder a las preguntas —dijo K., y fue a buscar su sombrero—.

Tan pronto como estuvieron en la escalera, los caballeros quisieron tomar a K del brazo, pero K dijo: "Esperen hasta que estemos en la calle, no estoy enfermo". Pero sólo esperaron hasta la puerta principal antes de coger su brazo de una manera que K nunca había experimentado antes. Mantuvieron sus hombros pegados a los suyos, no giraron los brazos hacia adentro, sino que los retorcieron a lo largo de todo el cuerpo de K y se apoderaron de sus manos con un agarre formal, experimentado y al que no podían resistirse. K. se mantuvo rígido y erguido entre ellos, formaban ahora una sola unidad, de modo que si alguno de ellos hubiera sido derribado, todos habrían caído. Formaron una unidad del tipo que normalmente sólo puede ser formada por materia que no tiene vida.

Cada vez que pasaban bajo una lámpara, K trataba de ver a sus compañeros con más claridad, en la medida de lo posible cuando estaban tan apretados, ya que en la penumbra de su habitación esto no había sido posible. "A lo mejor son tenores", pensó al ver su gran papada. La limpieza de sus rostros le repugnaba. Podía ver las manos que los limpiaban, pasando por las comisuras de sus ojos, frotando sus labios superiores, rascando los pliegues de esas barbillas.

Cuando K. se dio cuenta de eso, se detuvo, lo que significaba que los demás también tenían que detenerse; Estaban al borde de una plaza abierta, desprovista de gente pero decorada con parterres. —¡Por qué te han enviado, de todas las personas! —exclamó, más como un grito que como una pregunta—. Era evidente que los dos caballeros no sabían qué responder, esperaron, con los brazos libres, como enfermeras cuando el paciente necesita descansar. —No iré más lejos —dijo K. como para ver qué pasaba. Los caballeros no necesitaron dar ninguna respuesta, bastó con que no aflojaran su agarre sobre K y trataran de moverlo, pero K se resistió. "Pronto no tendré necesidad de mucha fuerza, la usaré toda ahora", pensó. Pensó en las moscas que se arrancan las patas luchando por liberarse del papel mosca. "Estos caballeros tendrán mucho trabajo que hacer".

En ese momento, la señorita Bürstner entró en la plaza frente a ellos desde los escalones que conducían a una pequeña calle en un nivel inferior. No era seguro que fuera ella, aunque la similitud era, por supuesto, grande. Pero a K no le importaba si se trataba de ella, simplemente se dio cuenta de repente de que su resistencia no tenía sentido. No tendría nada de heroico si resistiera, si ahora causara problemas a estos caballeros, si al defenderse tratara de disfrutar de su último rayo de vida. Echó a andar, lo que agradó a los caballeros y algo de su placer le transmitió a él. Ahora le permitían decidir qué dirección tomar, y decidió tomar la dirección que seguía a la joven que tenían delante, no tanto porque quisiera alcanzarla, ni siquiera porque quisiera tenerla a la vista el mayor tiempo posible, sino sólo para no olvidar el reproche que ella representaba para él. "Lo único que puedo hacer ahora", se dijo a sí mismo, y su pensamiento fue confirmado por la igual longitud de sus propios pasos con los pasos de los otros dos, "lo único que puedo hacer ahora es mantener mi sentido común y hacer lo que sea necesario hasta el final. Siempre quise ir al mundo y tratar de hacer demasiado, e incluso hacerlo por algo que no fuera demasiado barato. Eso fue un error de mi parte. ¿Debería mostrarles ahora que no aprendí nada al enfrentarme a un juicio durante un año? ¿Debería salir como alguien estúpido? ¿Debo permitir que alguien diga, después de que me haya ido, que al comienzo de los procedimientos quise terminarlos, y que ahora que han terminado quiero comenzar de nuevo? No quiero que nadie diga eso. Estoy agradecido de que hayan enviado a estos hombres que no hablan ni comprenden para que me acompañen en este viaje, y que me hayan dejado a mí decir lo que es necesario".

Mientras tanto, la joven se había desviado por una calle lateral, pero K podía prescindir de ella y dejar que sus compañeros lo guiaran. Los tres, completamente de acuerdo, cruzaron un puente a la luz de la luna, los dos caballeros estaban dispuestos a ceder a cada pequeño movimiento de K mientras se acercaba ligeramente al borde y dirigía al grupo en esa dirección como una sola unidad. La luz de la luna brillaba y temblaba en el agua, que se dividía alrededor de una pequeña isla cubierta por una masa densamente apilada de follaje, árboles y arbustos. Debajo de ellos, ahora invisibles, había caminos de grava con cómodos bancos donde K se había estirado muchos días de verano. "En realidad no quería detenerme aquí", dijo a sus compañeros, avergonzado por haber accedido a sus deseos. A espaldas de K., uno de ellos pareció criticar en voz baja al otro por el malentendido acerca de detenerse, y luego continuaron. Siguieron subiendo por varias calles por donde caminaban o se paraban aquí y allá los policías; algunos a lo lejos y otros muy cerca. Uno de ellos, con un bigote tupido, con la mano en la empuñadura de la espada, parecía tener algún propósito al acercarse al grupo, lo que no dejaba de ser sospechoso. Los dos caballeros se detuvieron, el policía pareció a punto de abrir la boca, y entonces K empujó a su grupo hacia adelante con fuerza. Varias veces miró hacia atrás cautelosamente para ver si el policía lo seguía; pero cuando tuvieron una esquina entre ellos y el policía, K echó a correr, y los dos caballeros, a pesar de que les faltaba mucho el aire, tuvieron que correr con él.

De esta manera, abandonaron rápidamente la zona urbanizada y se encontraron en los campos que, en esta parte de la ciudad, comenzaban casi sin ninguna zona de transición. Había una cantera, vacía y abandonada, cerca de un edificio que todavía era como los de la ciudad. Aquí los hombres se detuvieron, tal vez porque siempre había sido su destino o tal vez porque estaban demasiado agotados para correr más. Allí soltaron a K., que se limitó a esperar en silencio, y se quitaron los sombreros de copa mientras miraban alrededor de la presa y se secaban el sudor de la frente con los pañuelos. La luz de la luna yacía en todas partes con la paz natural que no se concede a ninguna otra luz.

Después de intercambiar algunas cortesías sobre quién debía llevar a cabo las siguientes tareas —los caballeros no parecían haber tenido asignadas funciones específicas—, uno de ellos se dirigió a K y le quitó el abrigo, el chaleco y, finalmente, la camisa. K se estremeció involuntariamente, ante lo cual el caballero le dio un suave y tranquilizador golpecito en la espalda. Luego dobló cuidadosamente las cosas como si todavía fueran a ser necesarias, aunque no en un futuro cercano. Sin embargo, no quería exponer a K al aire frío de la noche sin moverse, así que lo tomó por debajo del brazo y caminó un poco de un lado a otro mientras el otro caballero buscaba un lugar adecuado alrededor de la presa. Cuando lo encontró, hizo una señal y el otro caballero lo acompañó hasta allí. Estaba cerca de la pared de roca, había una piedra tirada allí que se había desprendido. Los caballeros sentaron a K. en el suelo, lo apoyaron en la piedra y apoyó la cabeza en la parte superior de la misma. A pesar de todo el esfuerzo que hicieron, y a pesar de toda la cooperación mostrada por K., su comportamiento parecía muy forzado y difícil de creer. Así que uno de los caballeros le pidió al otro que le concediera un corto tiempo mientras él mismo colocaba a K. en posición, pero ni siquiera eso hizo para mejorarlo. Al final, dejaron a K en una posición que distaba mucho de ser la mejor de las que habían probado hasta entonces. Entonces uno de los caballeros abrió su levita y de una funda que colgaba de un cinturón extendido sobre su chaleco sacó un cuchillo de carnicero largo, delgado y de doble filo que levantó a la luz para probar su filo. Las repulsivas cortesías comenzaron una vez más, uno de ellos pasó el cuchillo por encima de K. al otro, quien a su vez lo pasó de nuevo por encima de K. al primero. K sabía ahora que sería su deber tomar el cuchillo que pasaba de mano en mano por encima de él y clavárselo a sí mismo. Pero no lo hizo, sino que retorció el cuello, que aún estaba libre, y miró a su alrededor. No fue capaz de demostrar toda su valía, no fue capaz de tomar todo el trabajo de los organismos oficiales, le faltó el resto de la fuerza que necesitaba y esta última carencia fue culpa de quien se la había negado. Al mirar a su alrededor, vio el último piso del edificio junto a la cantera. Vio cómo se encendía una luz y se abrían las dos mitades de una ventana, alguien, debilitado y enflaquecido por la altura y la distancia, se asomó de repente y estiró aún más los brazos. ¿Quién era? ¿Un amigo? ¿Una buena persona? ¿Alguien que participara? ¿Alguien que quería ayudar? ¿Estaba solo? ¿Fueron todos? ¿Alguien ayudaría? ¿Había objeciones que se habían olvidado? Debe haber habido algunos. La lógica no puede ser refutada, pero alguien que quiera vivir no se resistirá a ella. ¿Dónde estaba el juez que nunca había visto? ¿Dónde estaba el tribunal supremo al que nunca había llegado? Levantó ambas manos y extendió todos los dedos.

Pero las manos de uno de los caballeros se posaron en la garganta de K., mientras que el otro le clavó el cuchillo en el corazón y lo retorció allí dos veces. Cuando le falló la vista, K vio a los dos caballeros mejilla a mejilla, muy cerca de su cara, observando el resultado. —¡Como un perro! —dijo, era como si la vergüenza le sobreviviera—.

9 789361 907470

Printed at Repro India Ltd.